MELISSA

悪役令嬢と鬼畜騎士4

猫田

Illustrator
旭炬

この作品はフィクションです。
実際の人物・団体・事件などに一切関係ありません。

悪役令嬢と鬼畜騎士4

MELISSA

【1】

第二王子でありながら〈英雄〉として竜を討伐し、ベルン王国最強の騎士となったルカスと、元婚約者であるフェリクス様並びに隣国の王家縁のご令嬢であるビビアナ様がもたらした問題を解決し、婚約式をすっ飛ばして結婚式を挙げてから早数カ月。

悪役令嬢ツェツィーリア・クライン改め、第二王子妃ツェツィーリア・クライン・ヘアプスト。

ただいま羞恥で死にそうになっています……。

今日はレオン殿下からお呼び出しを受けていた。

月のもののせいで顔色が悪いことを気にしたアナが、慌ただしい時間の隙を縫って第二王子妃の間へ侍医を呼び出してくれたから、ありがたく貧血の薬を貰《もら》った。

一息ついたところでルカスと護衛である近衛騎士たちが迎えに来てくれて、そのまま一緒にレオン殿下の執務室に向かう。すると、ミア様に傾倒し婚約破棄事件を引き起こした息子さん《トーマス・ミュラー》によって引責辞任されたミュラー閣下に代わり、宰相となったお父様まで何故《なぜ》かいて、内心で首を傾《かし》げてしまったわ。

王太子が第二王子夫妻を呼び出しているのだ。

いくら第二王子妃の父親であり宰相であっても流石《さすが》に越権行為であり、その場に居合わせるなど普通であればあり得ない。規律に厳しいお父様がそんなことを自らなさるはずがないし、レオン殿下がそんなことを許すはずもない。

ということは私事ではなく、国に関わることでルカスと私に何か大切な話があるということ。

でも、レオン様の婚姻について以外で特に思いつくことはないのよね。その話だって既に今後の動きが決定されていて、私達がどうこうできることはないはず。

それに私もルカスも婚姻休暇明けの業務に追われていて、何かした覚えはない――……私は、覚えはない、けど……っ。

横に立つ、不穏な雰囲気を漂わせる旦那様にチラリと視線を向けて、なんとなく喉を動かしてしまったわ。……もしかしてもしかすると、またお小言かしら……っ。

でもここ最近〈英雄〉としても第二王子としても、ルカスさんが何かをしたという報告は受けていない。……ただこのヒトの場合、隠れて行動するのが得意っぽいし。王家の盾《ヘアブスト》関連についてはルカスが精査した情報しか私へ回ってこないようになっているから、わからないのよね。

残るは近衛騎士としての職務だけれど――……これっぽい気がする、と項垂《うなだ》れそうになったわ。

ルカスが近衛騎士になった理由は、私を守るためだった。

現状はそれを飛び越えて騎士の頂点である〈英雄〉になっているわけだけれど、元々はそこから始まっていた。

だからと言ってはおかしいけれど、婚姻後も第二王子妃《わたし》の護衛に近衛騎士団副団長《ルカス》が毎回就いてきて、一時期問題になったのだ。実際に近衛騎士団所属なだけに職権乱用とも言い難いけれど、ルカスには第二王子としての責務がある。そのため、国内の貴族や王城の様々な管轄の人々から、近衛騎士団副団長を解任するべきだと声が上がったのだ。

レオン殿下を中心とした体制が機能し始めている中、〈英雄〉が次代の王を放置して妻にべったりなのはよろしくない、という大多数の思惑に因《よ》るものだった。

正論だし、王都内で面白おかしく作られた噂《うわさ》――第二王子妃《わたし》が私欲から恋に目が眩《くら》んだ〈英雄《ルカス》〉を手足のように使っている――とは違って、ルカスさんがしていることだと正しく認識されていて大変ありがたいです。

知らない間に悪役令嬢改め悪女に進化していたわけですが、結婚式でのルカスの所業《キス》と新婚だからという、世間様が大好きな恋愛の笑い話として広まった部分があるので、正直どうにもできなくて涙を呑《の》んだのは記憶に新しいです……。

ちなみに、旦那《だんな》様の反応はというと――。

『ツェツィが俺を……。そうなってくると、私欲もいいけど正しく独占欲と言うべきだから、フィン達を使って噂を修正させよう』と真剣な顔で明後日《あさって》の方向のご提案をされまして、『そっ……それ以上言わないでっ……!!』とクッションを投げつけてしまいました。

独占したい気持ちがあるせいか、私の返答《ツッコミ》も完全に間違っていたな、と反省しております……。心を守るために『まだ王妃派閥の残党がいたのね』と責任をなすりつけさせていただきましたっ。

そんなわけで、私が独占したいからでは断じてない、と多くの人には理解されていてとてもありがたいのだけれど。

ルカスが記憶喪失のときは仲が良く見えないことでお説教をされ、今回は仲が良すぎるからと声を上げられ。……王族って大変なんだな……と遠い目をしてしまったわ。

かといって、国の命運がかかっているから現実逃避もしていられない。

万一にでも目先の利益にとらわれた他貴族家から第二王子夫妻へ次世代の王を求められ、王太子殿下と対立する派閥ができてしまっては、貴族のトップであるクライン侯爵の娘である私とベルンの王族であるルカスとの婚姻が意味をなさなくなる。

人を脅かし、簡単に命を奪っていく魔獣を相手に王国内の武力を分散させては、生きてなどいけない。他国であれば起こりうることでも、魔獣を生み出す境の森と隣接しているベルン王国では決してあってはいけないことなのだ。

第二王子はあくまでも王太子の部下《予備》であり、レオン様が戴冠すれば粛々と王城を出て、一代限りの大公家として王家を支え続ける。

だから私とルカスに求められているのは、血筋を途絶えさせず、貴族をまとめ上げること。

そして神器を守る王家を御旗《みはた》として、ヘアプスト公爵家と貴族、そして〈英雄〉が王国を支える仕組みを崩さず未来へ繋《つな》げていくこと。

そう考えるとこの仕組みが、フェリクス様が王族の血の正統性について声高に謳《うた》っていた一因ではあるかもしれない。

彼があんな風にひねくれてしまった理由もわかる――……いえ、やっぱりわからないわね。

フェリクス様が王族として守られてきたのは、今までの王族が国と民を守ろうと尽力し、王族としての責務を果たしてきたからだ。

なのに、誰しも身体《からだ》を張って戦っている武闘派王家の中で、唯一ぬくぬくと育っていらっしゃったもの。王族だからとふんぞり返ることしかせず、守ってもらっていながらルカスをあざ笑ったことを私は忘れていません……絶対に赦《ゆる》さないんだからっ。

何より、相手は魔獣だ。

一丸となって相対しないと戦っていけない存在が相手なのだから、欲望に身を委ねた結果死ぬより第二王子として真面目に生きる方が断然いい、という結論に落ち着きます。

とにかくそういった理由で、第二王子と〈英雄〉としての身分がある以上、表立って私の護衛をするのはやめてほしいと様々な管轄の人々から嘆願されて、ルカスは近衛騎士団を辞することになった。

……表向きは。

なんと彼は、魔獣討伐部隊である黒白騎士団に所属していることになっていた〝ルキ〟という名義を、近衛騎士団に移動させたのだ。確かに〝ルキ〟は貴族に顔を知られていないから表立っていない。

……表立ってはいないけれど、どう考えてもただの屁理屈じゃない……!?

結局出戻ってるし、去り際に副団長に任命したらしい元事務補佐官のオリバーさんに、〝ルキ〟を第二王子妃の護衛隊員として任命させてるし！

一応人員補充という名目で簡易的な入団テストが設けられ、勝ち抜き戦を突破したらしいので、実力至上主義の騎士団内から文句は出てないらしいけれど……。

どう考えても〝ルキ〟がルカスだと近衛騎士内で知られてると思うのよね。だって彼はフェリクス様が騒動を起こしかけた夜会のときに、近衛騎士の服を着た〝ルキ〟として私の横に立ったのだもの。

あの件が問題になっていないこと。

そしてルカスがいなくなったため、書類に忙殺されかかった元帥閣下が諸手《もろて》を挙げて〝ルキ〟を歓迎したということを鑑みるに、あのヒト、随分前からそうする予定だった気がする。

騎士団をまるごと抱き込んで、裏で職権を乱用するなんて腹黒すぎる……!!

そんな感じで相変わらずルカスは手に負えない状態だけれど、誰からも不平不満が出ないはずがないとも思っていた。

それにお父様は七年前に私が〝ルキ〟と引き合わされたことをご存じだから――……猛烈に不機嫌なのは、やっぱりルカスが近衛騎士を続けているのがバレたせいかも……っ。

王太子殿下の執務室で実父と旦那様が殺気のようなものを飛ばし合っている、ある意味シュールな図に冷や汗をかいていると、レオン様と視線が合った。

途端、虚空のような瞳で諦めた笑いを浮かべられ、なんとかしなくちゃと拳を握ってしまったわ。

部屋の主《あるじ》である王太子殿下が所在なさげに小さくなっているなんて、不憫すぎる……っ。

とりあえず今にも喧嘩《けんか》になりそうな空気を変えないとっ。

そう思って挨拶の礼をしようとすると、ルカスに止められた。

「ツェツィーリア、そんなことしなくていい。レオン、ぼーっと突っ立ってないで椅子を勧めろ。アナ、飲み物の用意を」

そう言いながらスタスタと椅子まで私をエスコートしてくれて、目を白黒させてしまったわ。

「ルキ様……っ？」

王太子殿下と宰相閣下の御前ですよ。

いくらなんでも挨拶をしないと、またお小言をいただいてしまうっ。

「貧血気味なんだろう？　座って。侯爵も、お怒りなのはわかりますがひとまず座ってください」

「今日こそその鼻っ柱をたたき折ってやるぞ、小僧。……失礼いたします」

ほらお小言を――……あれ？

お父様まで自然に座ったけれど、ここの部屋の主、ルカスさんでした……？

あんまりにも堂々と指示を出す姿に混乱して周囲を見渡すと、レオン様の右腕である補佐官がレオン様には椅子を勧めないのかと、ルカスとレオン様を交互に見て挙動不審になっていた。

どちらが部屋の主かわからなくなってしまったのね、私もです……。

眉間に皺《しわ》を寄せ腕を組んでこちらを待つ父の姿を、現実逃避気味に見つめている間に、椅子の前に立たされてしまう。

「ツェツィーリア様、こちらをお使いくださいませ」

ケイトが背もたれにふわふわのクッションを置き、膝掛けを持って私の横に立ち。

「甘めのホットミルクティーにいたしました」

アナが湯気の立ったお茶を音もなくテーブルに用意する。

「お気に入りの室内履きもご用意しましたっ」

そしてエルサが私室で使っているふわふわ素材の室内履きをどや顔で見せてきて、ようやくハッと気づけたわ。有能を通り越しすぎだし、完全に私室を作り上げちゃってる……!!

可愛らしい小花が付いた少し子供っぽい室内履きを父とレオン様にチラッと見られてなんだか恥ずかしい……じゃなくて！

流石にこれは止めないとっ、と口を開こうとした瞬間、ルカスが前髪にキスをしながら治癒魔法をかけてきた。

「――るっ……ルキ様……!?」

まさか、本気で自室だと勘違いしてらっしゃるとかですか……!?

「治癒魔法が貧血に効かないことは知ってるけど、疲労には効果があるから」

……あ、優しい……けど、貧血の情報がもうルカスさんに届いてるのが少し怖い……っ。

「あの、ありがたいですが、流石にお二人の――」

「無理して動き回ってたんだろう？　唇の色が悪くて心配なんだよ。それに今日はもうこの身内ばかりの話で終わりだ。隣に俺がいるから、少しくらい気を抜いて過ごしても平気だよ」

二人の目の前でキスなんてさらなるお小言が……っと焦って声を上げたのに、労《いたわ》られて何も言えなくなっちゃったわ。

弱っているときに頼れるところを見せてくるの、素敵すぎてズルイと思うの……っ。

でも、いくら身内ばかりでも大事な話のはず。

ここまで調えられておいてなんだけれど、やっぱり勝手に座るのは礼儀がなってないと思うので……挨拶がてら座ってもいいか訊《き》いてみよう。

そう思ってレオン様へ視線を向けた瞬間、横から短刀が飛んだかと錯覚するような恐ろしい声が聞こえて、身体が固まってしまったわ……っ。

「レオン、このまま座っても構わないだろ……？　なんならお前もエスコートしてやろうか？」

ヒッ……旦那様ったら心を読む機能が高性能すぎるし、疑問系を装って完全に脅しかけてる……!!

どう聞いてもその〝エスコート〟は物理的に膝を折ることのような気がするし、これは流石にレオン様だって不敬だとお怒りに――……。

「問題ないっ、自室だと思ってくつろいでください、夫人……！」

なんてことかしら、王太子殿下の返答が下っ端みたいになった……!!

しかも、『頼むからルカスの前で俺に膝を折らないでくれ……っ』という懇願の視線まで向けられてしまったので、私も座るしかないなぁ……っ。

「お気遣いありがとうございます、レオン殿下……」

いつもご迷惑をおかけして本当に申し訳ありません――そんな謝罪の気持ちを込めて腰を下ろした私に、ケイトが堂々と膝掛けを掛けてきた。

「どうぞ、ツェツィーリア様。室内履きはどうなさいますか？」

「……靴はこのままでいいわ」

……虎《ルカス》の威を借りまくって王太子殿下を一切顧みない強靭《きょうじん》な心、見習いたいです……。

「え～……」とエルサの残念そうな声が聞こえて、あまりの気まずさに同時に視線を逸《そ》らした私とレオン様を置き去りに、空気を読まないルカスさんが私を引き寄せながら指示を出した。

「フィン、防御と防音、防聴魔法はかけているが、一応レオンの後ろに立て。何かあったら最優先で守ること。その他の騎士は抜剣したまま窓際で各自待機。鍛錬がてら窓に防御魔法をかけ続けろ」

「かしこまりました」

「ケイトはツェツィの後ろに、エルサは扉前だ。バル、シャンデリアの上に乗るなら探索魔法放っとけ。アナ、確認は？」

「部屋に運んだお食事の類いは、わたくしが責任を持ってご用意いたしました。食材、調味料から全て毒味をしております」

「わかった、ご苦労。ツェツィ、飲んでも平気だよ。……レオン、喋《しゃべ》っていいぞ」

「……そいつはどうも……っ」

あぁ、レオン様が拳を握り締めて我慢されてる……！

ルカスさんが不遜すぎるのに、仕事はきっちりこなす有能なところが文句をつけにくくしてるんだろうなぁ……。

それにしても警護が厳重ね。

集まった面々を思えば当然ではあるのだけれど、防諜《ぼうちょう》系の魔法を何重にもかけているのは、これから話す内容がかなり重要ということ。私も気を引き締めなくちゃ。

いつでも戦えるよう抜剣し、隙のない姿勢を取る近衛騎士を視界に収めて背筋を伸ばすと、大きな手がトントンと身体をゆっくり叩《たた》いてきた。

その『気を抜いていい』と伝えてくれる仕草に、つい安堵《あんど》を覚えてしまう。すると身体が疲れを思い出したのか、重くなった。

椅子に沈み込みそうな感覚を覚え、普段よりも深く息を吐き出した瞬間、お父様が口を開いて冷や汗が噴き出たわ。

「妃殿下、それほどご不調なのですか」

「……っ、あ、いえ、不調ではありません、宰相閣下」

私ったら、いくらルカスが隣にいるからってお父様の前で気を抜いたら駄目じゃない……！

高潔な宰相としての顔を見せる父を前にし慌てて緩みかけた姿勢を正すと、お父様が「うむ……」と眉間に皺を寄せて考えるように腕を組んだ。

その様子に緊張してしまい、作った笑顔が強張《こわば》ってしまう。

「少し疲れておりますが、本当に問題ありません。ご心配をおかけして申し訳ありません」

必死で言い繕うとレオン様が優しく声をかけてくれた。

「いや、そんなにかしこまらなくても平気――」

「――ルカス殿下、娘の状態はどういうことですか？」

瞬間、お父様がルカスに鋭すぎる視線を向けて、口を開いたままレオン様も凍りついたわ。

「貧血と聞いています」

「貧血だと……？　おい小僧、どういうことだ……!!」

ひぇ……お父様まで王太子殿下の御前ということを忘れちゃってる可能性……!!

そしてやっぱり私とルカスさんが何かをしでかしてた可能性が濃厚になってきた。『約束が違う』と言わんばかりだけれど、私の状態ってどういうこと……っ？

不安を覚えてルカスへ視線を向けると、そんな私を見て彼は小さく溜息《ためいき》をつき、口を開いた。

「侯爵……いえ義父上《ちちうえ》、彼女と俺はついこの間夫婦となったばかりです。それにいくら王族であっても十八になったばかりだ。身体に負担が大きいはずです。侯爵の望みはわかりますが、俺は時期尚早だと判断します。ただでさえ細い身体で王妃、王太子妃不在の代わりをたった一人で務めているんです。ツェツィーリアが優秀だからと頼る人間も多い。だからこそあなたは多くを求めないでください」

淡々と言い返すルカスの私を気遣ってくれる言葉にくすぐったさを覚えながら、首を傾げてしまったわ。

十八って私の年齢よね？　今日の呼び出しは、体調不良と年齢に何か関係があること……？

というか、お父様が話を始めたせいで、王太子殿下が足元を見つめながら「俺の存在意義……」と呟《つぶや》き始めちゃって不憫《ふびん》すぎる……っ。

「……腹の立つ小僧め……っ!!　私の目の前で娘と婚姻の誓いを立てておきながら、まだ話をしていないだと!? 式を挙げてからの数カ月、一体何をしていたんだっ!」

「愛を深めてました」

……旦那様ったら、何をどや顔で言ってるの……!?

お父様はそういうことを尋ねたわけではないと思うし、私が否定しないのをいいことに「この通りです」って前髪にキスしないでー!

「それは当たり前だ! それ以外でだ……!!」

――……愛を深めるのは当たり前だった。

お母様をとても愛してらっしゃるお父様にとっては、当然のことなのね……やっぱりお父様とルカスはどこか似てるのかも。

でも似た者同士の言い合いを止めるにはどうしたらいいかしら。とうとうレオン様が虚空を見つめて微笑《ほほえ》み始めてしまったわ……っ。

どうやって止めようかと、冷や汗と羞恥の汗を交互にかきながら父と旦那様を交互に見ていると、ルカスがすっと目を細めてレオン様へ顔を向けた。

「それ以外ですと、義父上の横に座る王太子殿下の依頼を色々こなしておりました。新婚だというのに度々彼女の傍《そば》を離れなくてはいけない事案を回され、なかなかに忙しいので、ご要望に応えられないと判断したのはそのせいもあります。なぁ、義兄上《あにうえ》?」

「――ルカスッ、お前! ここで俺に話を振るのは汚いぞ……!!」

流石王太子殿下、話を振られると同時に、逃避先から戻ってきたわ。

猛烈に慌てながらも「お前がそのまま侯爵に話せよっ」って会話をちゃんと聞いていたところ、苦労と努力が窺《うかが》えて本当に尊敬いたします。

「ここから先は王太子の出番だろう。好きなだけ存在意義を示していいぞ」

そして私の旦那様がとてもふてぶてしい……。

とりあえずレオン様主体の会話に戻してくれたっぽいけれど……この言い方だと、どう考えても私の体調不良と王家の問題が関係してる。

王太子殿下に父である宰相閣下。そして私とルカス……第二王子夫妻。

この四人が関係し、かつ貴族院を関わらせずに婚姻後の体調不良について確認された、ということは――……に、妊娠についてだ――!!

「……っ」

気づいた瞬間レオン様とパチリと視線が合い、堪《たま》らず羞恥心に見舞われる。

その私を見て彼は申し訳なさそうにそっと視線を外し、躊躇《ためら》いがちに口を開いた。

「……すまないが確認したいことがあるんだ」

呼吸が小刻みになるのが自分でもわかり、膝の上の手が震えてしまう。

侍医から確認されたことがあるのだ。当然、王太子と父である宰相がこんな重大な問題を放っておくはずがなかった。

でもこの件に関しては、フェリクス様達と対峙《たいじ》した夜会後にルカスが『避妊してる』と言ってたから、そういった予定はまだないものだと思い込んでいた……っ。

落ち着いて、落ち着くのよツェツィーリア・クライン・ヘアプストッ。

王家にとって世継ぎは重大事項だから、夫婦の寝室は王城の女官が管理している。けれどまだ新婚だし、アナ達と違い女官の中には口が軽い者もいるとルカスが警戒したから、仲を疑われないよう、当たり障りなくしか使ったことがなかった。

まぁそれ以外では、当たり前のようにルカスさん専用の寝室に閉じ込められて好き放題抱かれてましたけども……。これもいつも通りチートによる幻影魔法と有能侍女ズによって隠蔽されているから、今のところそんな噂はない、はず……っ。

確かに子供の話はしたことがなかった、と己の愚かさに頭を抱えそうになりながら、口元に笑みを貼りつけたわ。

これはただの確認と、恐らくは今後の予定についての話。

女は度胸……と根性と、ついでに今すぐ鋼鉄の心と回転の速い頭脳が欲しいっ。

沸騰する頭でない物ねだりなことを考えながら背筋を正し、断頭台に上がる気分でレオン様へ微笑みかける。

さぁどうぞ尋ねてください……っ。

「……理解が早くて助かる。だから簡潔に訊こう――妊娠の可能性は？」

「ございません。本日その件に関連して侍医を呼んでおりますので、証言も得られます」

「そうか、このようなことを尋ねてすまなかった」

羞恥を押し殺して答えると、レオン様は背もたれに身体を預け、ハァ……と大きな息を吐き出した。

「――知っての通り、来年には私も婚姻を結び、戴冠する予定だ」

「はい。おめでとうございます、レオン様」

王太子であるレオン様には、幼い頃からの婚約者がいる。

ベルン王国と同じように魔獣の蔓延《はびこ》る境の森に接している砂漠の国――マジャール王国の第一王女シーリーン様。

彼《か》の方をベルン王国の王太子妃としてお迎えするのは、本来であればもう少し先のことだった。けれど、王妃殿下が呼び寄せた隣国の侯爵令嬢であるビビアナ様と元第二王子であるフェリクス様が、宝剣を身に宿した〈英雄〉であるルカスの姿を使い二度目の婚約破棄事件を画策したせいで、王妃殿下はフェリクス様とビビアナ様への幇助《ほうじょ》罪で永蟄居《えいちっきょ》となり、陛下も政務から身を引くことを決断された。

そのためレオン様の戴冠が急がれ、婚約関係にあるマジャールへ婚姻の前倒しの打診をすることになったのだ。

「レオン様がマジャール王国までお迎えに行かれるのです、シーリーン様もお喜びになりましょう。全団訓練の結果を反映した騎士団の編成も完了したとルカス様から伺いましたし、妃殿下を迎え入れる準備は滞りなく進んでおります」

『全団訓練』と口にした途端、隣の肩がピクッと強張ったのを感じて、重なる手にほんの少し指を絡めて揶揄《からか》ってしまったわ。

なにせ次代の王と王妃を守護する騎士を選抜するという、華々しくもっともらしい理由で開催された訓練が、実は宝剣エッケザックスを私事に使ったルカスへの罰だと一体誰が気づこうか……。

ルカスと婚約を結んだ当初、ヘアプスト公爵家に監禁――ではなく、匿《かくま》われていた私の元に、フェリクス様が来たことがある。

そのとき、助けてくれるだけでなく、私の中でくすぶっていた不安へ会心の一撃をお見舞いしてくれたイヤミなお義兄様《ディルク》のお蔭《かげ》でルカスのことが好きだと気づいた私は、動揺してみっともなく泣いてしまい、討伐から急いで戻ってきてくれたルカスさんがそれを見てディルク様にエッケザックスを向けたのである。

　王国内外に名を轟《とどろ》かせる王家の盾の次期総領が全力で作った三重防御魔法を、たった一振りで塵《ちり》と化す〈英雄〉の恐ろしさを目の当たりにして、今後はむやみやたらに泣けないな、と反省したのは懐かしい思い出です……。まぁ、むやみやたらと泣かせてくるのは、ほぼルカスさんなんですけどねっ。

　とにかくこの一件がヴェーバー元帥閣下の耳に入ってしまい、王国最強の騎士であるルカスはたった一人で全騎士と稽古を行った上に、エッケザックスを持った元帥閣下とバルナバーシュ様お二人を相手取った模擬試合を行い勝利を収めるという、ある意味偉業を成し遂げました。

『倒れ伏したベルン王国内でも精鋭と言える騎士達。そして意識不明の元帥閣下と泡を吹いて痙攣《けいれん》する黒竜《バルナバーシュ》様。たとえ師であっても勝ちを譲らない姿勢と、自身の強さは剣《エッケザックス》ではなく勝利への執念だと見せつけるようにその場にたった一人立つルカス様の威風に、誰も彼も無言でした……！』

　珍しく興奮と喜びを露《あら》わにして報告をしてくれたフィンさんに、『……そう……』しか返せなかったのは仕方ないと思うの。

　だって『訓練をしていたら天災級の魔獣が出現した』と言われた方がまだ理解できる——のに、その惨事を引き起こした天災級の魔獣が今隣に座る自分の夫とか、現実逃避しかできないもの……。

　まぁ、誰かさんはわんぱく故の罰をとーっても恥ずかしく思ったらしく、話題に出されたくないと思ってるみたいですけどっ。

　ただ、顕現させた宝剣と黒竜どちらもを凌《しの》ぐ力を見せつけた結果、婚姻の前倒しを受け入れてくれた感謝の意を表すために王太子殿下のみが向かうはずだったマジャールへ、〈英雄〉であるルカスも往訪することになってしまったのだけれど……。

ベルン王国史上最強の美形と謳われ始めちゃってる旦那様を外国へ訪問させるなんて、イヤな予感しかしない。

でもすぐに帰ってくる予定だから、懸念していることなんて起きないはず——その心を読まれたのか、レオン様が突然頭を下げた。

「——すまない……！」

「れ……レオン様⁉　どうなさいましたか……っ」

「苦労をかけ通しの中でこんな頼みをして本当に申し訳ないんだが、子供は待ってくれないだろうか。ルカスとあなたが決して王位を狙うことなどないとわかっているが、なにせ何百年ぶりかの〈英雄《テオドリクス》〉だ。神器が子供に影響を与えるわけがないんだが、どうも平民の間で『神を宿している血筋が王位を継ぐかもしれない』と話題になっているらしくてな。嫁いでくる姫のためにも、一応な……」

そのレオン様のお言葉に目の前のお父様が唇を噛《か》み締めたから、あぁそういうことか、と理解してしまった。

結婚後に子供が何年もできない場合、家の存続問題からどうしても離縁を検討されがちになる。

そしてレオン様が結婚して王太子夫妻に子供が生まれるのは、早くても二年後。私とルカスが子供について検討できるのはその後だ。

婚姻を結んだばかりの私とルカスにとっては、致命的な期間になり得る。

だからそうなる前にお父様としては子供を作ってほしかったのだろうし、私の『体調不良』が妊娠の兆候ではなくただの貧血だったから、つい感情的になってしまったのだろう。

……もし子供ができていて世論が騒ぎ出したら、最悪生まれてすぐに王籍から抜いてクライン侯爵家に養子に出す、という提案も考えていそう。

そうなると私は我が子を抱き締めることもできないから、それは流石にイヤだなぁ……。

それに王籍から抜き、かつ他家の嫡子となった場合、二度と王家に戻すことができなくなるので、レオン様の御子に何かあった場合、騒動がより過熱する可能性もある。

ベルン王国の事情を考えると、時間がほしいと言うレオン様のお願いはもっともなこと——……だけれど、結婚してもなかなか落ち着かせてもらえないなぁ……と項垂れそうになったわ。

子供に関しては私も今すぐは考えていなかった。

実際問題ルカスが言うように、今は王妃も王太子妃もいないから、第二王子妃である私が〝妃《きさき》〟が担う業務の全てを管理している。

そんな中で妊娠してしまったら王城の業務が回らなくなってしまうし、なんならレオン様の婚約者を迎え入れる準備すらできなくなり、国家間の深刻な問題となりうる。

ルカスが有能だからフェリクス様との婚約時に叩き込まれた第二王子の業務はないけれど、もしフェリクス様と結婚してたら私は過労死していた気がするわね……。

だからレオン様の判断は私を苦しめるものではない。

……私を苦しめるのは。

「……マジャールから、此度《こたび》の往訪でルカス様の滞在を提案されたのですね？」

——愛するヒトを、私の手の届かないところへ奪われること。

「そうだ。近衛騎士が同伴するからルカスは挨拶だけで済ませる予定だったんだが、やはり十日ほど滞在してほしいと言ってこられた。……本当にすまない」

いつも凛《りん》としているレオン様の下げられた頭に断れなかったことが窺えて、あぁやっぱり——と微《かす》かに視線が下がってしまう。

まるで、どれほど努力しようともルカスの隣に立つことは許さない、と〝運命〟のような抗《あらが》えない力に言われているように感じて、胸が苦しくなった。

フェリクス様との婚約は、幼かった私には断れるものではなかった。

元々フェリクス様の方が先に出会ったのだからルカスを裏切っていたわけではないし、六年間抱いていた感情を考えれば、どちらかと言うとフェリクス様を裏切っていたと言える。

……そうであってもビビアナ様が言っていた通り、私が他の男性の隣に立ち続けていた事実は消えない。

だからこれは、六年の間ルカスから目を逸らしていた私が受け入れるべき罰なのかもしれない。

過去は変えられないとわかっているけれど、こう何度も私以外の女性をルカスに宛てがおうとされると、ちょっと泣きたくなるわね……。

私、前世で何か悪いことをしでかしたのかしら。それとも本当に悪女にでも進化したとか？

今度神殿にお祈りに行こうかな……。

「わかりました。ではルカス様不在における業務についての確認も必要ですね」

ぎゅっと痛む胸を自覚しながら無理矢理口角を上げ、第二王子妃の仮面を被《かぶ》った瞬間——膝の上の手を握られ、強い声が降り注いだ。

「生涯……未来永劫《えいごう》手放す予定はないよ、ツェツィーリア。すぐ戻るし、すり寄ってくる連中もきっちり黙らせるから安心して」

――強いどころじゃなかったっ。

その言い方だと既に何か企んでそうで、そっちの方が心配なんですけど……!? わんぱくは許しませんよ、ルカスさん!

そんなことを思いながら、胸をつく感情のままに絡んだ手を握り返して微笑む。

「奇遇ですね。私もそんな予定はありませんから協力できることがあれば仰《おっしゃ》ってください、ルキ様」

奪われないためには、周囲につけいる隙など欠片《かけら》もないことを理解させるのが一番手っ取り早い。

それに私の力が及ばないところで決まったことを嘆くより、このヒトに規模の大きい好き勝手をされるのを防ぐ方がよっぽど大事なので……。

何より、ルカス自身から溢《あふ》れるほどの想《おも》いを惜しみなく捧《ささ》げてもらえているのだ。

周りの思惑になんて揺らがない。私にとってはあなたの愛と信頼に応える方が大事だから。

私を驚いたように見つめる綺麗な金の瞳へにっこりと笑いかけると、ルカスが顔を覆って項垂れた。

「……ツェツィのそういう前向きなところ、マジで堪んないんだけど……すげぇ好き……」

「……あ、その、ありがとうございます……」

……私もあなたの突然照れるところ、可愛くて凄《すご》く好きです。

でもお父様が額に雨のような青筋を浮かべているので、垂れ下がった髪の毛で隠した口元に私の手を引き寄せてチュッチュするのを即刻やめてください……!!

顔の色を赤と青行ったり来たりさせながら掴《つか》まれている手を引き抜こうと頑張っていると、前方からハハッと楽しそうな笑い声が聞こえた。

「随分あててくれるな。お前らを見ていると、こっちまで早く結婚したくなるよ」

優しい声と眼差《まなざ》しに、ぶわっと羞恥の汗が噴き出た——途端、室内の空気が険悪なものになった。

「——ほう、さっさと結婚してくださって構いませんよ、レオン殿下。既にマジャールから婚姻の許可は取れているのですから、王女殿下がベルンに慣れるという無駄すぎる期間をなしにしたら如何《いかが》でしょう。そうなれば娘の苦労も少しは減るでしょうし、不肖ながら宰相としてお手伝いさせていただきます」

結婚式の日程をずらすなど朝飯前ですよ、と冷たい瞳をお父様に向けられて、レオン様が冷や汗をかく。

それを横目に見——もせずに、ルカスがパッと立ち上がり私の手を引っ張った。

「話は以上だな。じゃあ新婚の俺達は失礼させてもらおう」

レオン様の後悔にうまうまと乗っかった上に、『あとは自分でなんとかしろ』という副音声が聞こえた気がするっ。

そのままスタスタとドアまで連れて行かれてしまい、慌てて振り返ってなんとか挨拶を返したわ。

「あ、あの、それでは失礼いたします」

するとレオン様が焦ったようにルカスに声をかけた。

「る、ルカスッ、俺の結婚は一緒に行くお前にかかっていると言っても過言じゃないからなっ。頼りにしているぞ、義弟殿……!!」

「頼るな」

ルカスさんたらバッサリ返しすぎだし、まるで虫を払うみたいにシッシッてするの失礼すぎるっ。

いくら義兄だからって、王太子殿下相手にこんな不遜な態度が許されてるの、ルカスだけ――……

いえ、違うわね。ヘアプスト家の関係者は皆さんこんな感じだった……。

なにせ勅旨の撤回を考えること自体が普通じゃない。

なんなら王家の赦しなんて欲してなさそうだし、家訓の一つに『唯我独尊』とかありそう。

富に権力、そして武力まで兼ね備えてるわんぱく家系とか、手綱を握るのが大変すぎる……っ。

「おいっ、俺だってお前が古代竜討伐前に婚姻の許可をくれって言ってきたときに手伝ってやっただろう!?　次は俺の番だぞルカス……！　こき使ってやるから覚悟しろっ」

「既にこき使ってるだろ。お前の番は別に構わないが、渡した情報は読んだのか？」

「あぁ、読んだよ！　俺の義弟は本当に有能すぎて涙が出そうだ、こんなの持ち込みやがって……っ」

「俺の結婚後の安寧を返せ……っ」と言う涙目の王太子殿下と飄々《ひょうひょう》としたルカスさんの会話に首を傾げつつ、厳《いか》めしいお父様の「娘の安寧も返してもらえると嬉しいのですが」という凍てついた切り返《ツッコ》し《ミ》を聞いて、レオン様の無事を閉まるドアから祈りました……。

王族用の書庫室で、ルカス達が向かうマジャール王国についての資料を読んでいると、声を掛けられた。

「ツェツィーリア様、迎えの近衛騎士が来ました」

アナの抑え気味の声に違和感を感じつつ、もうルカス達がマジャールへ発《た》つ時間かと文字から壁時計へ顔を向ける。

けれど予定している見送りの時刻よりも一時間以上早くて、首を傾げてしまったわ。

「随分早いのね。入ってもらって」

許可を出しながら元の場所へ本を戻す。

そして騎士へ顔を向けて――目が据わってしまったわ。

「ご機嫌麗しゅう、第二王子妃殿下。お呼びと伺いましたので参上いたしました」

見慣れた臙脂《えんじ》色の近衛の騎士服の、見慣れない、けれど見知った顔がにっこりと私へ微笑みながら綺麗に礼をするのを見て、頭を押さえたくなる。

ねぇ……政務棟のレオン殿下の執務室にいるはずなのに、何をしてらっしゃるの……っ？

あなたが毎回毎回忽然《こつぜん》と消えるせいで事務官や補佐官、はてはレオン殿下付きの補佐官までが心労を覚えているのよ！

最近ではみんな私のところに尋ねてくるようになっちゃって……毎回来てると答えなくちゃいけなくて！　『やっぱりね』と言わんばかりの生温かい目を向けられ、埋まりたくなる私の気持ちを慮《おもんぱか》って、即刻元いた場所へ戻ってくださいっ。

「お忙しいことは存じておりますから、お呼びたてしておりません。何かの間違いでは？」

ツンとした顔で伝えると、茶色い髪の近衛騎士は吐息のような笑いを零《こぼ》し、金の瞳を煌《きら》めかせた。

「……呼んでいない？」

聞き返す声と共に毛先がするりと伸びて、艶やかな宵闇色に。

見知った顔がゆらりと歪《ゆが》み、白磁の美貌へと変化する。

見慣れてなお、鳥肌が立つほど美しい相貌に見据えられ、口角が持ち上がる様に猛烈に嫌な予感を覚えて、応える声が詰まってしまったわ。

「え、えぇ、呼んでおりません……っ」

どうして獲物を得たような反応をするのよぉ……っ。

「……そう、そっか」

ルカスは私の返答に何故か楽しげに呟くと、おもむろに足を踏み出した。

大きな身体が窓から差し込む日差しを遮っているカーテンの影に入り、鮮やかな瑠璃紺色の髪が途端に暗さを纏《まと》う。

前髪の隙間から獰猛《どうもう》さを宿す金の瞳に射貫かれて、大柄な獣に狙い定められた心持ちになってしまい、下がっては駄目だとわかっているのに後退《あとずさ》ってしまった。

カツ……とヒールが床を擦《こす》る音が響き、一瞬意識が逸れた。

その隙に一気に距離を詰められ、あっという間に私の前に立った姿が信じられなくて、呆《ほう》けそうになっちゃったわ。私の旦那様、騎士ではなく暗殺者かもしれない……。

しかも逃げられないように腰を抱いてきたっ。

「る、ルキ様っ」

「俺の愛《いと》しいヒトは、今日もとても美しいね。深緑色のドレスに艶やかな赤い唇がまるで朝露に濡《ぬ》れる薔薇《ばら》の花のようで、つい引き寄せられてしまった」

……随分紳士的な暗殺者さんですこと……。

褒めてくれるのは嬉しいけれど、ドレスも口紅もあなたがプレゼントしてくれたから使ったのに、私が誘惑して呼び寄せたように言ってくるのは狡《ずる》くないですかっ？

しかも自然に顎を取ってきて、明らかにキスを目論《もくろ》んでる！　引き寄せられたってまた使おうとしてるんでしょうけれど、羞恥で埋まりたくないのでその手は使わせませんよっ。

「まぁルカス様ったら……薔薇の花が散りやすいことはご存じでしょう？　むやみに触れるのは無作法ですわ」

ここは護衛騎士の目もある書庫室です。即刻手を離して、一歩後ろへ下がってくださーい！

伝わるように見つめながら微笑むと、革手袋をつけた指先で下唇の際を撫《な》でてきたルカスが、ピタッと動きを止めた。

「なるほど……そういえばそうでしたね」

パッと両手を挙げて降参を示され、ぎくりと肩が強張ってしまったわ。

納得が早くて怪しい……っ。

これ以上紳士的に喋らせたら駄目な気がする――そう思って口を開きかけた瞬間、恥ずかしい言葉で機先を制された。

「目の前の美しい薔薇は、丹精を込めて咲かせた相手にだけ芳醇《ほうじゅん》な香りを滴らせ、麗しく魅惑的な花弁をひくっ――ぶっ」

――いやぁぁ薔薇に例えた夜の話をしないでぇ……!!

「ぁああのっルカス様が大切なお話があるとのことだからみんな今すぐ出てくれるっ？」

動揺ではしたなく荒らげてしまった声以上の羞恥を覚えながら、なんとか指示を出す。

その私の言葉に、押さえつけた掌《てのひら》の下の唇が緩やかに弧を描くのを感じて、悔しくて金の瞳をキッと睨《にら》みつけた。

するとルカスがより楽しそうに目を細めたから、慌ててさらに言い募ったわ……っ。

「わ……私もちょうどお会いしたいと思っておりました、ルキ様……！」

だから人目があるここでこれ以上喋らないでー!!

その私の気持ちを察してくれたのか、アナが言葉を引き継いでくれた。

「何かございましたら扉前におりますので、お呼びつけください」

ササッと補佐官や騎士を先に退出させ、小さく親指を立てながら淑《しと》やかに部屋から出ていく有能侍女達に、涙を禁じ得なかったわ……。

これ以上は絶対に口にさせたら駄目だったから、この対応は仕方ないってわかってる。

でも、許可なく誰も扉に近づけないよう扉前で見張ってくれるのは助かるけど、アレは絶対に聞き耳を立てる気だし、こちらからも簡単に扉を開けられないようになった気がする。

しかも、書庫室という人の出入りがある空間だからルカスさんがわんぱくをしすぎないはず、という一定の安心感があったのに。

……人目、なくしちゃった……っ。

襲ってくださいと言わんばかりの密室を自ら作ったことに嘆いていると、視界が陰った。

「ツェツィーリア」

呼びかける低い声の甘さに。

私の髪を掬《すく》い上げるフリをして肌を撫でていく指先に、皮膚の内側がゾクンと震えた気がした。

「愛しいヒト」

チュッ……と宝物のように髪にキスを落とされ、心臓がトクトクと忙《せわ》しくなる。

彼の言動一つ一つに騒いでしまう心に悔しさを覚えながら、心の中で拳を握って見つめ返したわ。

ここは書庫室……書庫室だから、絶対に流されちゃ駄目よわたしー！

「な、何かご用ですか……？」

すると薄闇でも煌めく瞳を細め、ルカスがゆっくりと言葉を紡いだ。

「さっき言っただろう？　呼ばれたから来たんだよ」

「え……でも、挨拶の時間は決まっています。本当に私は呼んでいません」

躊躇いながら首を振ると、窺うように小さく首を傾げられた。

隠し事を暴こうとするような瞳から身を守ろうと、無意識に両手を胸元に引き寄せると、楽しそうな……私にとっては身が竦《すく》む声音が頭上から降り注いだ。

「呼んでいない、ね。時折、愛すべきあなたの理性という棘《とげ》を一つ残らず抜いてやりたくなるよ、ツェツィーリア。無防備になった薔薇を摘み取るのは望外の喜びだろうな」

……すっごい含んでるっ。勝てる気がしないけど頑張って、わたしぃ……！

ルカスは、怯《おび》えを示してしまった私の震える唇をあやすように黒革の指でくすぐると、私の顔の横の棚に並ぶ本の背表紙にそのまま指先を滑らせ、横へ順繰りに辿《たど》り始めた。

ゆっくりした動きを怖々と見つめ——ふと、先ほど戻した本のすぐ横の古書で指先が止まる。

そして今度は、歳月で所々かすれている文字を見せびらかすように撫で始めた。

その確信を持った問いかける仕草に、ぎくりと肩が強張ってしまったわ……っ。

黒い革の指先がなぞるのは、古びた書物。

竜討伐成功の祝賀会での〈英雄〉の地位の高さに恐怖を覚え、婚姻と同時に王族しか入れない書庫室の書物を読み漁《あさ》った。

そしてわかったことは、宝剣エッケザックスが王よりも上に位置するという恐ろしい事実だった。

つまり、今私の目の前に立つエッケザックスを身に宿した旦那様は、真実ベルンにおける最高権力者ということだ。

第二王子妃になるべく日々研鑽《けんさん》を積んできた身ですが、現人神《あらひとがみ》と言って差し支えないレベルの権力者の隣に並ぶ予定はなかったな……と乾いた笑いが出てしまったわ……。

しかも〈英雄〉を〈英雄〉たらしめるのは、恐らく大切な記憶を神器であるエッケザックスに捧げること。

大切な記憶がどういう種類のモノかはわからない。

けれど、私がいないと生きられないと重く吐き出したルカスから、その私だけの記憶がなくなった。

推測するに、比翼の鳥のように〈英雄〉にとっての片翼……なくてはならないモノなのだろう。

それを自ら捧げ、〈英雄〉として戦うことを覚悟した者だけが与えられる、引き換えた犠牲に見合うだろうと言わんばかりの傲慢で暴虐的な人知を超越する力。

……そんな力を、リスクもなく使い続けられるはずがない。

〝人〟を守りたいと願ったからこそ慈愛に満ちた女神は神器を与えてくれた。ならば愛故に、必ず〈英雄〉を押さえ込む〝楔《くさび》〟を与えているはず——至った推測は、あまりにも恐ろしいモノで。

ただ彼を守りたい一心で見つけたのが、王族に関する資料が置かれる棚に不似合いな、ルカスが今これ見よがしに触っている童話のような装丁の本だった。

『剣の唯一、騎士の最愛』

物語のモチーフとされているのはベルン王国の至宝、宝剣エッケザックス。

この本によると、魔獣という脅威から身を守るために女神様から賜ったとされる宝剣は、実は鞘《さや》が存在するらしい。

けれど現在のベルン王国において、エッケザックスは抜き身の状態で顕現しているのだ。

何故、存在するはずの鞘が失われているのか——その原因と鞘の存在意義を無駄にドラマチックに記していたのが、この古書だった。

曰《いわ》く。

魔獣を倒すために神が作りたもうた剣は、当然、神の如き力を持つ。

その力を秋霜烈日の厳しさで魔獣へ振るっていた剣に、女神が警告した。

『お前はまるで世界を破壊する怪物のよう。常に血の乾くことなき刀身のままいれば、いつか宝剣でいられなくなるだろう。

そうなれば私は、お前を癒やすために、一度消滅させるしかなくなる。

魔獣とてこの世界を構成する一つの命であり、秩序のための歯車なのです。剣よ、今一度己が振る舞いを省み、正しなさい。お前は〝守護〟の剣でなければならない——』

そうして女神は剣から力の一部を奪い取り、ベルンのどこかに隠した。……鞘に変えた力を見つけ出せ、と忠告して。

初めは鞘など要らないとばかりに好き勝手していた剣も、魔獣の血を浴びる度に刀身から輝きが奪われ始め、己を癒やせる唯一の存在《鞘》を探し始める。

けれどどれほど探せども見つからない。――何より、魔獣を屠《ほふ》るために生み出された剣には、〝守護〟という意味がわからない。

剣は命を刈り取るもの。そして同時に命を守るもの。

矛盾を抱えた真理が示す剣としての在り方。そこから導き出される戦い方、戦う理由。

苦悩を抱えながらも己が使命を果たすために戦い続けた剣はやがて、女神の言った通り腐り動けなくなる。

切っ先の突き立った地面が、まるで自身の残虐さを表すように黒ずんでいく。

使命に突き動かされるがまま殺すことの、何が悪いのか。わからないまま消滅していく理不尽さに憎悪で満たされかけた剣に、あるとき若い騎士が涙を流しながら跪《ひざまず》いた。

『あなたのお蔭で大切な人を亡くさずに済んだ。感謝してもしきれない。どうかそのように汚れたままでいないで、これからも我らをお守りください』

汚れた柄《つか》を、血に濡れて錆《さ》びついた刃《やいば》を優しく拭い癒やそうとしてくれる、見るからに弱々しい、生を喜ぶ存在。

魔獣の爪であっという間に儚《はかな》く散ってしまいそうな騎士の、鮮やかな笑顔に己の存在意義を見出《みいだ》した剣は、宝剣に相応《ふさわ》しい輝きを取り戻したという――。

……そんなハッピーエンドの前に、見て見ぬフリができないほどの疑問を覚えちゃったわ。

これ、もしかしてもしかしなくても、ボーイな剣とボーイな騎士――恐らくはエッケザックスの鞘的な存在――による、ＢでＬな恋物語じゃない……？

　どう読んでもエッケザックスの説明が男性としての表現な上に、そのエッケザックスを癒やした笑顔が素敵な騎士も明らかに男性。

　ベルン王国が諸外国から騎士国と称《たた》えられている理由もわかって、それなりに面白くはあるんだけれど……今現在その〝男性〟が、旦那様の身体の中に入ってるわけでして。

「剣の鞘が見つかってホント良かったー！」では、終われない部分が私にはございますね。正直なところ、ルカスさんの中から出ていってほしいと、ほんの少し思ってしまったのは仕方ないと思います。

　英雄の妻としてなっていないわよね！　その点は深く自省いたします！

　でも『私の大切な騎士よ、どうか私を受け入れておくれ……！』と恋人面する剣が身体の中に入ってると思うと、やっぱりなんか嫌……。

「……女神様は、力を振るい続けるエッケザックスを消滅させることができる。鞘としての騎士の役割は、むやみやたらと力を振るい続けないようエッケザックスを制御し癒やすためにいる……ということ？　だったら……」

　身体の中に取り込んでいる〈英雄〉の場合は、どうなるの……っ？

　大体、どうしてこんな本が書庫室にあるの？　もしかして、ルキ……？

　――そうして覚えた疑問から彼の名を呟いてしまったわけだけれど、その少しあとにご本人様が登場。

　……ま、まさか……まさかね……っ？

　脳裏に過《よぎ》った予想に怯え、左手の薬指の指輪を隠すように右手で覆った。

するとそれを見たルカスがフッと吐息で笑ったから、予想が現実味を帯びてしまったわ……！

何笑ってるのよぉ……っ。

とりあえずどう考えても私に不利な流れだから、一旦腕の中から抜け出ようっ。摘み取りたいってド鋭角な欲望も呟いていたし、自衛は大事よ！

けれど、逃走経路を確認しようと扉へ視線を動かした瞬間、顎を持ち上げられて書棚を見ろと動かされてしまい、涙目になりそうになったわ……っ。

「面白かった？　それとも、つまらなかったかな」

古書の角を指で引っかけて、見せびらかすように棚から斜めに出しながら言うなんて、なんて素敵な根性悪さんなのかしら……っ。

「な、なんのことだかわかりかねますっ」

読んだけど素直に言ってたまるかっと目だけ逸らして答えると、鬼畜が声を出して笑って、容赦なく追い詰めてきた。

「あはは、そっか、わからないね。じゃあちょっと教えてあげると、コレ、別れ別れになった剣と鞘がもう一度出会って恋人同士になる話なんだけど、モデルはエッケザックスと英雄なんだよ」

知ってます、と頷《うなず》きそうになるのを必死で堪《こら》えたわ。

危ない危ない……でもその手には乗りませんし、笑い方が可愛くて素敵とか思ってませーんっ。

ツンと目を細めて唇を引き絞った私を見て、ルカスも同じように金の瞳を細めた。

そして手に持つ本にキスをするように口元に持っていき、私の口を強制的に開かせる発言をした。

「……結構際どい表現だよな。いくら宝剣でも、身体の中に受け入れてほしい、って」

……え、まさか……そういう意味なの……？

「る……ルキもエッケザックスにその本と同じように言われたの……ッ？」

まさか宝剣が横やり相手だなんて、と食いついてしまった私は、目の前の金色が愉悦で蕩《とろ》けたのを見て、すっかり彼への愛に浸りきった自身に泣きそうになりました……。

「まさか。いくら宝剣でも俺からツェツィを引き離そうとすることを俺が受け入れるわけないよ。……ねぇツェツィーリア、あなたはこれを読んで、気になって俺を呼んだだろ？」

私の左手を恭しく持ち上げ指輪にキスを落としながら嬉しげに囁《ささや》かれて、衝動的に声を荒らげてしまったわ……っやっぱり間違いない……!!

「――ッ名を呼ぶと、あなたの耳環と私の指輪が繋がる仕組みですか……っ！」

「うん、そう。常時接続にしたかったけど、それは流石にツェツィが嫌がるかなと思って我慢したんだ。あなたが俺の名前を心から呼ぶと繋がる仕組みになってる。もちろん俺にしか聞こえないし、ツェツィが俺を呼ぶってことは俺がすぐ傍にいないときだろう？　状況的に応えられない場面があると思って、残念ながら俺からの声は届けられない仕組みだけど。その代わり繋がった証拠に指輪が少しだけ指を締めつけるようにしといたよ」

常時接続を我慢したことについて、褒めてほしそうにしてるのが凄く怖いっ。

でも〝応えられない状況〟は私が決して知ってはいけないモノもあると思うので、一方通行な仕組みは助かります……が。

「――こ……心から呼ぶと、繋がるって……」

今、目の前に立っているということは……かなりの精度で繋がるのでは……っ？

ぽつりと零すと、白磁の美貌がこれでもかと艶《あで》やかに微笑んだ。

「ふふっ、だから安心して今まで通り沢山呼んでね。今回も知りたくて俺を呼んだだろう？　まぁ、そうでなくてもあんな感情の籠もった声で呼ばれたら、何を差し置いても会いに来るしかないよ、愛しいツェツィーリア」

あっさり認め、愛を浮かべた顔と甘い声で明らかなストーカー行為を堂々とのたまう旦那様のせいで、恋心への悔しさをかるーく上回る羞恥が湧き起こって身体が震えてしまったわ……っ。

『今まで』呼ぶ度に繋がってたなんて……だって、じゃあ――ッ。

起きたらいなくてつい寂しくて呼んじゃったあのときとか。

騎士団での訓練姿を窓から見かけて、あんまりに素敵すぎて小さくはしゃいじゃったあのときとかも……？

いやぁっ！　恥ずかしさで押し潰されそうだから、誤魔化すしかないわコンチクショー！

「そっ……それでは私の疑問に答えてくださる？　その古書を私が気になって手に取るよう分類の違う書棚に差しておいたのはルキでしょう？　どういう意図なのか教えてくださいませ！」

追及を避けようと喧嘩を売るようにふんっと胸を反らせる。

そして、高いところでニコニコと笑う顔を必死で睨みつけると、案の定ルカスさんはうっとりとしたわ。

予想通り食いついてくれたけれど、睨まれることを喜ぶなんて、私の旦那様ホント変……。

「あぁ、俺の奥さんは今日も本当に綺麗で可愛いね。今回は罵ってはくれないの？」

……ほんっとーに変態ですね……！

「そんなこといたしません！　私だって指輪の魔術《これ》はあなたがくれた気遣いだとわかってますし。呼びかけなければ繋がらないわけでしょうっ？　それでしたら特に問題ありませんから！」

フンッと顔を背けてしまったけれど、別に繋がることが嫌なわけじゃない。

英雄として討伐に出なくてはいけない彼を見送るのは、いつだって恐怖しかないから。

今まで私のお守りは、声だけでもひととき交わせる遠隔通信と指輪――とシャツと痕……結構必要としちゃってる点は、見ないフリをさせていただきます……っ。

そんな中、こちらからルカスの生存を確認できるという安心感はかなり大きい。

そして自分でも自覚しているくらいにはルカスに溺れている私にとって、彼の存在を感じられることは第二王子妃として、〈英雄〉の妻として立ち続けるために、とても重要だから。

嘘《うそ》でも要らないと言えないのがほんの少し悔しいけれど、と少し頬を染めながら考えていると、

「そっか」と吐息のような返答が空気を揺らした。

真《ま》っ直《す》ぐすぎる愛の中に隠し持つ歪《いびつ》さを金の瞳に浮かべたルカスに、背筋がぞわっと粟立《あわだ》つ。

「じゃあツェツィは、このままがいいってことだよね？」

このまま『が』いい……!?

これは、私にとって恥ずかしいことを堂々とごり押ししてくる兆候……！

確かにそうなんですけど、それだとまるで私が、あなたといつでも繋がりたいとおねだりした機能みたいじゃない。

その表現は納得いきませーん！

「そっ……そういう言い方はしてないじゃないっ」

声を上げて食ってかかると、嬉しそうに上がっていた口角が突然下がり、色気ゼロの子供に戻られて目を見開いてしまったわ。

えっ猛烈に悪いことをしてしまった気持ちになったし、振り幅が大きすぎません……っ？

「やっぱりこのままはイヤ？　……繋がらないように戻そうか？」

悲しげに眉尻を下げられ、寂しいと言わんばかりに呟かれ。

……トドメに、動かないはずの指輪を摘まれたかと思うとくるりと回されて、上げようとした反論は焦りの感情であっさりと霧散してしまった。

「――ッ駄目、戻さないで……!!　イヤじゃない、イヤなんて思ってないから……っ」

慌てて否定する私を見て、ルカスは「うん」と頬を緩めた。……緩めてくれたのに、可愛らしく首を傾げながらさらなる追い込みをしてきたのである。

「それで？」

持ち上げた薬指に口づけたまま窺うように見つめられ、顔に熱が上って唇が震えてしまう。

「……っぃ、や、じゃ……ないの……っ」

だからこれ以上は許して、と小さく小さく首を振って懇願した私を見て――

「うん、イヤじゃないならツェツィはこの魔法をどう思ってる？」

やっぱりルカスさんは追い込んできたわ。たまには譲ってよぉ……！

「――……っそ、傍にいないときも、ルキに守られているみたいで、嬉しい、です……っ」

「良かった。俺がいないときの代わりにしてね」

うぅ……ストーカー行為を、どんとこいと歓迎したみたいになったぁ……!!

しかも『代わり』って『本体はあくまでも自分』てことじゃない……私があなたに傍にいてもらえて嬉しいって言ったみたいになったわっ。

「ほ、本当にあなたって意地が悪いわ……っ。ルキの馬鹿！」

堪らず詰《なじ》ると、性根がどこかおかしい旦那様は、それはそれは幸せそうに笑った。

「ははっ、ツェツィの『馬鹿』は『好き』って言われたみたいに心地良くて、堪んないな。もっと言ってくれていいよ？」

……罵倒が愛の言葉に変換されている。どういう能力？

言いたいけれど、これ以上言ったらこのヒトに何度も好きだと伝えることになっちゃうので、完全に負け戦だわ。

仕方ない。言葉が通じないなら、行動で示すのみ。

「……もうその手には乗らないもの」

詰るだけしかしないと思ったら大間違いよ、根性悪の変態ルキ！　と伝わるようにできるだけ冷たい表情で顔を背けたのに。

「あぁ、そんな顔も凄く綺麗だ……俺もあなたをとても愛してるよ、俺のツェツィーリア」

それはそれは甘く愛おしげに頬を撫でられて、何も言えなくなりました……。

『俺も』って、まさか〝腹を立てる〟イコール〝愛してる〟という表現だと受け止めたってこと？

ポジティブ判断すぎるし、応えてほしくて腹立ちを表現したわけじゃないんですけど。

完全に『馬鹿』という言葉の定義が、このヒトと私で異なってる。

なんなら詰られる行為自体を喜んでるっぽいし……詰られることに快感を覚えるタイプには、本気で詰る行為も禁物ということ？

　でも、それだと私はどうやって腹立ちを伝えたらいいのかしら。語彙力で解決できない気がする。

　うーん……とうっかり考え込んでいると、根性悪な旦那様が突然艶っぽく微笑んで、私を凍りつかせた。

「喜んでくれて俺も嬉しいよ。呼んだらどこで何をしているかも指輪に記録されるようになってるから沢山呼んでね、ツェツィーリア」

　録画機能付きだとぉ……!?　情報の後出しがすぎるっ。

「――ッ変態……っ！　根性悪スケベのアホ馬鹿ルカスー!!」

　詰ってしまった！　でもこんなの我慢できませんよコンチクショー……っ。

　どう考えてもあなたのためにある機能じゃないッ。

「何をしていたかなんてそこまで知る必要な――」

「ある」

　録画機能はなしでっと伝えようとした瞬間、至極真面目な顔できっぱりはっきり切り返されて、うっかり納得したような声が出てしまったわ。

「あ……ある、の……っ？」

　なんとか言葉尻に疑問を示すと、突然抱き寄せられた。

「きゃっ……ルキ？」

「あるよ、凄い必要」

　そう言いながらいつも守ってくれる力強い腕がまるで私に縋《すが》りつくように身体に回ってきたから、

同じように背中へ手を伸ばして抱き締め返すと、ルカスが盛大に溜息をついた。

「ハァ――……わざわざ俺のいない期間を狙って使節団を寄越すとか、ホント行きたくねぇ……」

離れたくないと伝えてくる腕と共に呟かれた言葉で、何故指輪にそんな機能をつけたのかストンと腑《ふ》に落ちてしまう。

同時に湧き上がった感情で彼の騎士服をぎゅっと握り締めた。

レオン様とルカスがマジャール王国に滞在している期間、向こうから使節団が来ることになった。

名目は、婚姻の早まった王女殿下がベルン王国に嫁いで穏やかに過ごせるかどうか事前に確認をさせてほしいという国王の親心だったが、実際は違う。

使節団に王の寵愛《ちょうあい》深い、美貌で有名な第三王子が名を連ねているのだ。

その彼から『貴国の〈英雄〉を射止めた第二王子妃に是非会いたい』と名指しをされた。

つまり使節団は私を口説きにベルン王国に来るわけで、なんと私は顔の良い男ならすぐ乗り換える尻軽な女だと思われているわけですっ。

フェリクス様との婚約破棄事件がこんな曲解をされるなんて……と泣きたくなったわ。

「悪女らしく追い払ってみせるわ。だから安心して、ね?」

そう冗談交じりに言った〝悪女〟という言葉で、ルカスの背中が怒りで膨れ上がった。

「俺のいないときに会いに来る男は総じてクズだから、相手にしなくていい。それにツェツィはフェリクスのモノじゃなかったし、向こうは婚約の白紙撤回の事情を知ってる。なのに俺に乗り換えた悪女だと口にしている、と偵察隊を出したディルクから連絡があった。どう考えても今回の使節団には悪意しかない」

本当に悪女って呼ばれてたっ。

そして偵察に行かせてたんですね、流石王家の盾の次期総領ディルク・ヘアプスト様。

絶対に面白がってそう……。

実際私はフェリクス様と婚約関係だったし、婚約を解消することになった詳しい事情など、この際私達の関係にヒビを入れるためなら知らぬフリをするに違いない。

「そうかもしれないけれど、名目上対応しないわけにはいかないわ。それに使節団が来ている間は王城内も護衛を多くするし、お父様達だっていらっしゃる。友好国の第二王子妃に勝手はできないはずよ。だからこそあなたの滞在を求めてきたわけだし……」

そこまで口にして、喉が震えてしまった。

――イヤだ、行かないで……っ。

暴れ回る胸の内を抑え込もうと、大きな胸元に顔を埋める。

ぴったりと身体を寄せ合うと、白いラッフルスカートを覆う青や黄色で刺繍《ししゅう》が刺された淡い緑色のレースのドレープがルカスの足元を隠した。

「……増えた魔獣の討伐まで頼まれたんでしょう？　平気なの……？」

正直ふざけた要求だった。

自国内の脅威は自国で解決することが境の森周辺国家間で定めたルールであり、他国の〈英雄〉を使おうなどと、通常であれば諸外国からも非難を浴びる行為だ。

いくら有数の領土から様々なパイプを他国へ繋いでいるマジャールであっても反発は免《まぬか》れないし、マジャールに比べれば領土は小さくとも、境の森と隣接している土地が多い分、武力が抜きん出ているベルン王国を軽々しく扱うことなどできはしない。

マジャールはこの婚姻におけるベルンとの関係性……自国の方が立場が強いことを誇示したいのだろう。

そして大陸最強の〈英雄〉と、縁戚関係が欲しいのだ。

――お願い、私以外を見ないで……お願いだから、どうか無事に戻ってきて――!!

祈る気持ちで耳の奥に響く心臓の音を聞いていると、ルカスがポンポンと背中を優しく叩いてきた。

「それは全く問題ないから安心して。あの程度の魔獣、本気になればマジャールごと消し去ってやれるし。俺も他の人間同様に討伐後ならツェツィ以外でも手を出すと思ってるんだろうけど、その辺の対策は考えてあるから」

私のこめかみにキスを落としながら恐ろしい言葉を吐く彼に、喜ぶよりも先に頬が引き攣《つ》ってしまったわ……っ。

マジャールごと消し去れるって安心要素が皆無……!

「ルキッ、勝手をしては駄目よっ?」

「わかってる。とにかく何かおかしいと思ったら、夜会だろうがお茶会の場だろうが必ず俺のことを呼んで。そのための魔法で、だからこその竜《足》だ」

……大陸に一頭しかいない、とっても貴重な黒竜のこと、足って言った。

まさか移動に便利そうだから隷属させたとか――ルカスさんならありそうっ。

強化魔法をかけている馬で二週間はかかる境の森の深淵《しんえん》からひとっ飛びだったらしいし、確かに便利そうではあるけれど。

……バルナバーシュ様のプライドが無事か本当に心配……。

そんなことを片隅で思いつつ、後悔を滲《にじ》ませる不機嫌な表情と、どこまでも守ろうとしてくれる気持ちに胸がきゅうっと引き絞られた。

フェンリル襲撃のようなことは二度と起こさない、と強い決意を放つ瞳に指先を伸ばす。

呼んだら、このヒトならきっと来てくれるんだろう。

どこにいても、何をしてても……『何を差し置いても』来てくれる――それが、どれほどマズイことかは、私もルカスもわかってる。

私達は愛し合っているという理由で婚姻を許されたわけではない。

責務を負えると信じてもらえたから、第二王子夫妻として立つことを認められたのだ。

だからたとえ竜がいても、逢《あ》いに戻ってきてほしいなどと軽々しく口になんて出せない。私情で〈英雄〉を呼ぶことなど決して許されないのだ。

……でも、離れたくない。傍にいたい。

置いていかないで……連れて行って――溺れるほどの愛は、ときに耐え難い苦しみを生む。

だからルカスはこの魔法をくれたのだ。

自分にだけは苦しみを吐き出してほしいと思ってくれた。そして離れても、自分の戻る先は私の元だという誓いを形にしてくれた。

……それなら私は。

「呼ばない」と意地を張るのではなく。

「来ないで」と突き放すのではなく。

誰よりも強く優しいあなたにかける言葉は、一つしかない。

「――愛してるわルキ、私の騎士様」

帰ると約束してくれるあなたのために、私だってあなたの妻としてしっかりと立っていてみせる、と微笑むと、ルカスは目元を染めて憮然《ぶぜん》とした。

「……そうやって一言で俺の身動きを取れなくするの、狡いぞツェツィーリア」

おいでませ可愛いヒトー！　と喜ぶよりも先に背中を冷や汗が流れたわ。

まさか、少しでも呼んだら本当に戻ってくる気だったんじゃないでしょうね……!?

これは釘《くぎ》を刺しておかないとっ。

「本当に勝手をしては駄目ですからねっ？」

あなたはベルン王国の重要人物ですよっと指先で騎士服の胸元をつついて言うと、ルカスが手を重ねてきた。

「……十日も会えないんだよ、ツェツィ」

そう言いながら何故か私の指先を自身のネクタイに引っかけてきて、衝撃で目を見開いてしまう。

な……何して……っ。

あなたはこれからマジャールに訪問する予定の〈英雄〉です！　乱れた状態で行くことは許しませんっ……と言いたいところだけど、コレ、絶対に私が乱れた状態にされる方……！

そんな状態で衆目の中で別れの挨拶をしたくないので、ここは強気で言い聞かせるっ。

「そうですけど、マジャールの王女殿下をお迎えすることはベルン王国にとって重要なことですし、今後の私達の将来に関わってくることです。〈英雄《あなた》〉を歓迎する準備もきっとあちらは終えてますから」

なにせ一人しか存在しない、神器を宿した〈英雄〉だ。連日連夜宴を開いて、あわよくば……を企んでいるはず。

しかも向こうは後宮という文化がある国。

権威のある男性は多くの女性を娶《めと》り守るべきという倫理観がある以上、レオン様に嫁ぐ予定の王女殿下以外もベルンに寄越そうとするだろう。

流石にマジャールとベルン王国を繋ぐ王女殿下とレオン様の婚姻に泥を塗ろうとはしないはず——なので、そうなると間違いなくルカスさんが狙われるのよね……ホントやだ……っ。

でも、私が一言でもそんな気持ちを零そうものなら、このヒトが何をするかわからない。

極端すぎる旦那様のことだもの……行かないと駄々をこねるだけならまだいい方。

……行かない解決策として、バルナバーシュ様を飛ばされたら……っ。

虐殺は駄目、絶対。

それに、マジャールに対するベルンの姿勢を変えられない以上、歓迎の宴《うたげ》に欠席するなど以《もっ》ての外だ。

今回の婚姻の前倒しのせいで、貿易やら関税やらでかなり譲歩をしているのだ。これ以上足元を見られるわけにはいかない。

だから私の役目は、感情を見せずにこのヒトをきちんと送り出すこと。ここが正念場よ……!!

決意と共に緩んだネクタイをシュッと戻そうとした瞬間、大きな身体が見てわかるほどしょんぼりと項垂れて、手が動かなくなったわ。

私のボディさんたら、ルカスに弱すぎる……っ。

「……離れることを寂しいと思ってるのは、俺だけ……？」

こ……このタイミングであざとく甘えてきただと……!?

しかもその言い方をされたら、私が返せる言葉は一択なんですけど……！

「わ……私だって、寂しいと思ってますっ」

うぅ、せっかく決意した傍からあっさり覆された……。しかもこう返したら絶対にさぁ……っ。

「うん、じゃあ少しだけツェツィを堪能していい？」

ほぉらぁぁ……っ!!

駄目ですっと首を振ろうとすると、黒革で覆われた指先が壊れ物を扱うように耳元の前髪に触れてきた。

「本当に離れたくない。……離したくない」

――連れて行きたい――。

聞こえないはずの言葉が聞こえた気がして、目の奥が熱を持った。

くすぐるようで、どこか夜の時間を思い出させる優しいけれど熱っぽい触れ方に、彼に従順な身体が即座に反応してしまう。

「……っあ、ルキ……」

切ない痺《しび》れが耳からうなじ、脇を通り胸元へと広がり、つい大好きな手にもっともっとと強請《ねだ》るように頬を押しつけてしまった。

無意識に出てしまったルカスを求める行為にハッとなり、堪らず目を伏せて小さく文句を零してしまったわ。

「――ッい……今のは、あなたのせいよ……っ」

悔しいかな、私の煩悩のせいでもあるけれど……と心の中で嘆きつつ、こんなに好きにさせてっと染まり続ける頬を手の甲で隠す素振りをすると、ルカスが溜息をついた。

「……ホント、誘い方が堪んないんだけど」

「さ……！　誘って、なんてっ……」

ないっ、と断言できないくらいにはちゃんと自覚がございます……っ。

だって今朝は慌ただしかったから、ゆっくりと会話をする時間もなければ、朝の挨拶すらできなかった。

王太子であるレオン様から呼び出しがあれば、いくらルカスが無視しろと言ってきても、臣下である第二王子妃の私としては、彼を送り出す以外ないもの。

……だからってたったそれだけの時間を取り戻そうとする己の欲深さに、遠い目をしそうになってしまうわね……。

もう結婚もしたのだし、そろそろ恋心が落ち着いてくれたりしないかしら。

出せなかった否定を飲み込んで、現実逃避気味にキラキラしい近衛服の飾りを見つめていると、揶揄う声が降ってきた。

「ふふっ、あなたの無自覚は今に始まったことじゃないってわかってるよ、俺の可愛いヒト」

――失礼なっ、今回に限っては自覚がございますけど？

「わかってないわっ！」

噛みつくように視線を上げると、高いところにある金色が満月から新月に変わったかと錯覚するほど、濃い暗闇を湛《たた》えた。

「へえ……？」

「……っ」

結婚式のときから伸ばしっぱなしの宵闇色の髪がさらりと私の視界を覆ってきて、世界がルカス一色になる。

「俺は、あなたの何をわかってない……？」

——教えて？

静かに零された声が身体にまとわりつき、肌から侵食して私を容赦なく搦《から》め捕る。

私だって——そう強く返そうと思った言葉は、心にとどめていたモノ全てを消し去る執着を浮かべた金の瞳に囚《とら》われて、予想以上にか細いものになってしまった。

「わ……私に、だって……自覚くらいあるのよ……」

乞われた言葉通りだと示そうとするように、近づいてくる唇に自らの顎が上向くのを止められない。

「誘った自覚がちゃんとあるんだ……？」

確認してくる低い囁きから零れた彼の吐息が唇にかかり、それが欲しいと求めるように自身の唇が無意識に開いた。

「……っ。なるほど、確かに自覚がありそうだ」

その私を見てルカスが軽く目を見開き喉を小さく動かしたから、ハッと羞恥を覚えて否定の言葉が口をついてしまう。

「……っあ、あなたの、せいで……っ」

あまりの恥ずかしさに慌てて強請るように開けてしまったはしたない口元を手で覆うと、とてつもなく幸せそうな笑い声が降り注いできたから、奥歯を噛み締めちゃったわ。

「――ふ、あははッ。それは凄く光栄だな」

うぅ、可愛く笑ってきて旦那様ったら素敵……でイヤな感じー!!

「だって！　ルキが寂しいって言わせるから……っ！」

あなたしか見えなくなって、うっかりキスが欲しくなりました！　と茹《ゆ》だる顔で睨みつけると、突然腰を引き寄せられ、いたずらっ子のような顔で顎を撫でられた。

「うん……それで？」

「……」

出たわね、訊きたがり。

この流れとこの体勢なら、普通はここで空気を読んで優しいキスをしてくれるのが普通の旦那様ですよ、ルカスさん。

あなたに『普通』を求める私が悪いのかもしれないし、人外美形のいたずらっ子笑顔にときめいちゃいましたけどっ。

でもたまには訊かずにこちらの乙女心を満たしてほしいし、そんな可愛い顔を他の女性に見せたりしないように、ここは妻として教育的指導をして差し上げましょう……！

「もう、旦那様ったらそんな風に訊くなんて……」

なんでもかんでも訊きたがるのはお子様のすることです。キリッとした大人に戻ってて。

言葉を止めて貴婦人らしく微笑み返すと、ルカスが目を丸くした。

「……なるほど」

そして小さく呟くと、再度顔を近づけてきて。

照れ臭そうに、それはそれは可愛らしく微笑んだ――……。

「あなたが覚えた自覚が何か、知りたいな」

……あざとさの技術力を上げてきただと……!?

そっちを教育したんじゃないんですけどー!!

なんだか最近は子供っぽいと言われることに慣れたのか、やり口が狡猾《こうかつ》になってきている気がする。

その割に可愛いいままでいてくれないし、どうしていつもいつも言わせたがるのかしら……っ。

そんな風に返されたら、素直に言うしかないでしょっコンチクショー……!!

「～っす、好きだから、ルキの……っ、キス、が、ほしくなりました……っ」

もうやだっ……こんなこと言わせるなんて本当意地悪だわっ……！

この際あなたも私にキスがしたいって言いなさいよぉ！　と羞恥で明後日の方向に振り切れた感情のままに睨むと――。

「きゃっ……!?」

グイッと抱き寄せられ、強く口を塞がれた。

「んぅッ……！　ふ、……ンん……っ」

息すら奪い尽くそうとする口づけで歪む視界の中、とろりとした金色が苦しげに細まる。

「んーっ……る、き、つよ、いぃ……っ」

「ハッ……離れないといけないってのに、優しいキスなんてできるわけないだろう……！」

空気読んでたっ……!!

やだ、ルカスさんたら大人に戻ってる——のに、わざとこんなキスをしてきてるということは。

これ、大人な行為をしようと、なし崩しを狙ってるんじゃ……!?

「——っ、ルキ待っ……んぁ……っ」

制止しようと口を開けた瞬間、狙い澄ましたように舌の裏側に舌先を差し込まれ、筋を優しく舐《な》められて、押し返そうとした彼の服をぎゅっと握り締めてしまう。

「ふ、んぅ……！」

「ッ……可愛すぎるよツェツィ……っ」

その仕草を喜ばれ、興奮を表すようにかき抱かれて、身体にぞくぞくと痺れが走った。

「……っ……あ、んン……——っ！」

閉じていないはずの瞼《まぶた》の裏に、チカチカとした光が点滅する。

ピタリと合わさるように抱きすくめられながら、ふぅふぅと彼の口内に息を吐き出し身体を震わせていると、抱え上げられて近くにあった机の上に横たえられた。

「あ……る……き……？」

美しさの中に淫靡《いんび》さを湛えた相貌と天井を見比べて呆然《ぼうぜん》としていると腰を抱えられて、めくれ上がったドレスから覗《のぞ》く足の間に、ルカスの身体が割り込んできて。

「ごめん、抑えが利かなかった。でも今度はちゃんと優しくする」

甘い声で目元に優しくキスをしながら固くなったモノをピタッと押しつけられて、真っ赤な顔に涙が盛り上がってしまったわ。

言葉と行動の落差が激しいし、何をどう優しくする気なの……!?

ここぞというタイミングで、溜《た》め込んでいる願望を叶《かな》えようとする執着心と手腕が凄く怖いですっ。

すぐ近くに長椅子があるのに、それを無視して机に連れてくるなんてどう考えてもわざとだし、どうしてもするならせめて居室の机がいい——じゃないっ！

思考が毒されてるわ、何を考えてるの私っ……書庫室でなんて絶対にしないんだから……!!

そう思って彼を押しやろうとした瞬間、ちゅっ……と本当に優しいキスをされ。

「愛してる。あなただけを愛してるんだ、俺のツェツィーリア……」

口の中に蜜のような愛を零されて、抵抗が霧散した。

「んっ……る、ルキ……」

熱っぽく絡んでくる舌に思考が溶かされかけ、気持ちを返そうと名前を呼んでしまう。

すると堪らずという風に強く唇を押しつけられ——いつの間に下着を奪われたのか、剥《む》き出しになっていた割れ目に熱の杭《くい》を押し当てられて背筋が粟立ったわ……っ。

手品の手腕も怖い——!!

「ひッ……る、ルキ、待って駄目っ……」

「駄目？　あなたが俺のキスが欲しいって言ったんだよ。俺のことが好きだからって……そうだろ？」

「そ、そう……だけど……っ」

確かに言葉は合ってるんですけど、前後が逆になったせいかなんだかニュアンスが変わっちゃった気がするなぁ……っ。

『好きって言ってくれたから、このまま続けていいよね？』ということを尋ねられてる気がする。

ということは、これ……好きを否定するような言葉を返したら鬼畜スイッチをオンしてしまうかもしれない上に、断らないと事に及ばれてしまうのでは……!?

やだ、私の旦那様ったらなんて腹黒いのかしら。ここまで来るといっそ素敵――って感心してる場合じゃない！

毎回毎回あなたに弱い私のままじゃないんだから……!!

「これ以上は、もうっ十分だから……っ」

なのでお願い……っ両手を拘束するように机に押さえつけないでー！

「それに、時間が……っ」

いくらなんでも抱かれている最中に迎えのノックをされるのはイヤすぎるっ。

あと三十分もないですよっと時計へ顔をやって時間をアピールすると、彼はそれはそれは楽しげに小首を傾げて、赤く色づいた自分の唇をわざとらしく舌で舐めた。

「ふふっ、十分だなんていじらしいな、ツェツィーリア。紅が取れるとわかっていながら俺を求めてくれただろう。夫して応えさせて？」

わかってませんでした！　煩悩に弱くてすみませんね……っ。

しかも『誘った』ことを持ち出されて、結局逃げ場なし状態に戻されたわ。

どうしたらいいのー!!

「で、でも、本当に時間がないから……っ」

「時間がないからこそだよ」

それはへりくつでーす！

「離れたくないんだ。ぎりぎりまで傍にいたい……ツェツィを感じていたい」

……へりくつを恐ろしく甘い懇願に変えてきたっ……。

「っ、そんな、ズルイ……っ」

私だけしか要らないと伝えてくれる狂気じみた愛を浮かべた瞳に、きゅうっと胸が引き絞られる。

強く拒否できない自分が恥ずかしくて彼から顔を背けると、強い力でドレスの胸元が引き下ろされた。

「きゃっ……！」

「ツェツィ、あなたを愛している俺から目を背けないで。じゃないと……」

めちゃくちゃにする――剥き出しの欲望を煌々《こうこう》と輝く瞳で伝えられ、真っ赤な顔を即座に元に戻したわ……。

恥ずかしい目に遭わせておいて目を背けるなって鬼……っなのに、ときめかせるのやめてほしいっ。

怖いと愛しいが混在しちゃって、どっちでドキドキしてるのかもうわからないわ。

しかも『めちゃくちゃにしたくなる』じゃなくて『めちゃくちゃにする』ことが彼の中で確定してるということは。

――これはマズイ、と喉を震わせてしまったわ。

だってこのヒト、なし崩してからしっかり同意をもぎ取って最後までする気……！

「ほ……ホントに待って……！　ねぇルキっ、ここでこれ以上なんてできないッ……！」

焦って突き放すようになった私の言葉に激情を覚えたのか、ルカスは形の乱れた谷間に顔を寄せると、強い力で噛むように吸いついた。

「ひゃっ……ぃた……っ」

「今ここでしか愛し合えるタイミングはない」

ジンッと痛みの走った場所を、治癒魔法をかけながら今度は労るように舐められ。

「んンッ……」

緩急のついた愛撫《あいぶ》にぞくっと背筋に力が入り、無意識に彼の唇を強請ろうと動く。

するとどうすれば感じるか知っている舌が、震える頂と繋がる銀糸を脅すように舐め取った。

「……それとも、この状態で抱き上げて宮に戻ろうか？　移動時間で減った分俺は焦《じ》らされるから本気で手加減ができなくなって、愛し合うとは言えないくらいあなたを貪ると思うよ。ツェツィには今以上の覚悟が必要になるけど……いい？」

仕草だけでなく、文字通り脅し文句を吐かれて、正直者の身体から力が抜けたわ……。

「そ……それは、困ります……」

困るんですけど、だからってここは……っと動揺する私にルカスは小さく笑い「困る、ね。ホント愛しすぎて俺も困ってるよ」と呟くと、あやすように優しく唇を啄《ついば》んで私の抵抗を封じた。

コルセットで持ち上げられた胸がより盛り上がり、彼の指先が埋まって卑猥《ひわい》な形に歪む。

柔らかさを堪能するようにゆっくりゆっくり乳房を愛撫されたかと思うと、敏感になり始めた胸の芯を突然押し潰され、じんわりと広がっていた快感を急速に高められビクッと腰が仰《の》け反《ぞ》った。

「あッいきなりそんな強いのっ……ん〜〜……ッ」

拒否しているとは思えない色づいた声を零しながら、もっととルカスへ胸を突き出してしまう身体が恥ずかしくて見ないでと首を振ると、首筋に獰猛な息を吐き出された。

「ハッ……その仕草もホント堪んね……っ。好きすぎて離れるのが怖いよ、ツェツィーリア……」

欲しがる心を隠そうとする私に、惜しげもなく自分の気持ちを見せてくれる彼に心が震えた。

ぢゅ……という濁った音と引き攣れる肌の痛みが愛の強さを教えてくれるから、離れたくない気持ちがより大きくなる。

けれど置いていかないでなんて決して口にできないこともわかっていたから、必死にやめてと首を振り続けた。

「ツ、ルキ……駄目、だめなの……っ」

泣きそうな声を出してしまった私にルカスは顔を歪めて。

そしてハァ……と息を吐き――強い瞳で諦めろと伝えてきたから、予想外すぎて呆然としてしまったわ。

「駄目にしようとしてるんだよ。十日も会えなくなるんだ、今だけはどれほど甘く強請られようと、待てても駄目もいやも聞きたくない」

「……え」

駄目にしようとしてた。

そういえばなし崩しを狙ってましたものね、あなた……。

「頼むツェツィーリア、離れる前に俺を求める声だけが聞きたいんだ。……聞かせて？」

しかも手を止めずに、私がとてつもなく弱いおねだり顔をしてきた……っ

「……っ」

不安を見せてくれた彼に気持ちがぐらぐら揺らいでしまい躊躇っていると、心を曝《さら》け出せと言うように大きな身体が容赦なく伸しかかってきて。

待ってと出そうとした声は、ただ恋しい彼を呼ぶモノに変わってしまった。

「あ、ル……キ……っ」

「もっと呼んでツェツィ。もっと……」

首筋に吸いつく唇の強さと熱を伴う哀願に、全身にあった快感が下半身に移動する感覚がして呼吸が酷《ひど》く浅くなる。腰が震えて、力の入らなくなった足がまるで受け入れたいとばかりにはしたなく開いた。

下腹部の肌を焼く、熱を持つ長大な陰茎を求めようと恥部に血液が集中するのがわかって、心を映す身体の素直さに怖くなり、誘惑してくるルカスに助けを求めてしまう。

「る……ルキ、もう……っ」

「……俺があなたのモノだと思えるように呼んで、ツェツィ」

それなのに金の瞳に恐ろしい光を浮かべながらそうじゃないと返されて、痺れた舌が彼の執着を喜び甘ったるい声を出す。

「……っ、るきぃ……っ」

「ツ、そう、もっと……もっと呼んで、俺のツェツィーリア」

私の声に金色がどろりとより色濃くなり、それはそれは嬉しそうに吐息を吐かれ。

「んっ……ふ、ルキ、……き……っ」

褒めるようにキスをされ、膨れ上がる感情でとうとう喉から気持ちが溢れた。

「――好き……好きなの……だからッ……お願い、これ以上シないで……!!」

「――ックッソ……！」

重なる手を握り返しながら叫びに近い声で乞うと、唸《うな》るような悪態をつきながら堪らずという風にルカスが腰を押し込んできて、ぶわっと汗が噴き出た。

「あっ駄目ッ、イキたくな――……？」

けれど、いつまで経《た》っても私を駄目にする泣きたくなるほどの幸福が訪れなくて。

あれ、おかしい……っと私の肩で色っぽく息を吐く顔へ恐る恐る視線をやって――大好きな金の瞳の目元を染め上げながら少し苦しげにどや顔をされ、埋まりたくなるほどの羞恥心に見舞われたわ……っ。

「……イカせてないよ、俺の可愛いヒト」

――騙《だま》されたっ……!!　挿入《はい》られてないぃ……っ。

「……こ……の……っこんじょ……わるっ……!!」

なんてことをして、なんてことを言わせるのよぉ……っ。

「ばかっ……馬鹿ばかバカッ!!　ド鬼畜!!　変態スケベのお子様王子……!!」

「そ……そこまで言うことないだろっ。ちゃんとツェツィのお願い通り我慢したし、俺は駄目にしたいって言ってたんだし」

言ってましたね！

でも私だって駄目って伝えましたし、我慢を褒めてほしそうにしてるのはおかしいです……！

「だからってこんなところでっ、こんな風に、するなんてっ！」

そんな可愛い拗《す》ね顔をしても絶対に赦さないんだからー！　っと握り拳で肩を叩くと、ルカスさんがぱぁっと明るく表情を変えたから、慌てて握り拳を解除したわ……っ。

反応がおかしいし、絶対にろくなことを言わない……！

「あぁツェツィーリア、あなたとこんなところでこんな風になれるようになったのが凄く嬉しい。ホントすぐにイクよう――ふふふんふんふんふんふん《イクようになったもんな》」

せっかく手で口を押さえつけたのに、どうして最後まで言うのよぉ……！

「ぜ、全部っ、あなたのせいじゃない……っ、馬鹿ルキ!!」

責任――はもう取ってもらってますけど、もっとちゃんと謝りなさいよね！　と真っ赤になってそっぽを向くと、幸せそうに肩を揺らしながら抱き起こされ、乱れた髪を指でゆっくりと梳《す》かれた。

「ごめん。全部欲しがる俺をいつも受け止めてくれてありがとう。愛してるよ、俺の大切な奥さん」

低い声が耳孔を刺激する。

恭しく持ち上げられた左手の甲にキスをするフリをされたから、「……もう、しょうのない旦那様」と溜息をつきつつ、ポケットから出したハンカチで彼の唇に移ってしまった口紅を拭ってあげた。

そうして緩んでしまったドレスを丁寧な手つきで直され、さっきまでの激しさとは打って変わった優しい触れ合いになんだか堪らなくなってしまって。

私から身体を離した彼へ衝動的に手が伸びてしまったわ。

「……全部、ルキにあげたいと思ってるから……もう少し手加減して」

じゃないと与えられるばかりで、いつまで経ってもあなたに追いつけない。

大きな身体に甘えるように身をもたせかけると、何故かルカスさんが身体を岩のように硬くして、顔を覆いながら天井を仰いだ。

「あぁ——ホント……。ツェツィ、今俺を誘った自覚ある？」

「えっ……？　あの、ないです……」

いたって普通のお願いを口にしたつもりなのだけれど。もしかして、直したばかりのドレスでくっつくのは駄目だった？

「……だよね、わかってた。クッソ……幸せすぎる。キッツ……」

ハァ——って、なんですかその大きな溜息……解せぬっ。

でも我慢してくれたのは嬉しかったです。何せ私があなたにどんどん弱くなっていってるので……。

その分ルカスさんが成長してくれて事なきを得てる——の、なんか釈然としない……！

湧き上がった腹立ちで彼の頬を摘まんで睨むと、ルカスも私と同じように眉間に皺を寄せた。

「まひゃほーふーはわひーひふはひへ……はひゃはなひほほんひへはふひょ？《またこういう可愛い仕草して離さないと本気で抱くよ》」

やだ、ほっぺた伸ばしたまま拗ねてる顔、可愛い——じゃないっ。声が本気だ！

「だっ……駄目、シないでっ」

「……なんで」

苛立《いらだ》ちを孕《はら》んだ低い声と共に離そうとした手に手を重ねられて、青ざめちゃったわ。

えっ、手が抜けなっ……上から押さえつけてきた……!?

「る、ルキ、あの、手を……っ」

これだと私の意思と関係なくあなたの頬から手を離せなくなりましたが、この場合の判断は——イヤな予感しかしない！

「……どうして、そんなに嫌がるんだ……？」

　ひぇっ……瞳孔が開いたぁ……！

　マズイわ……これは絶対に『手が離れてないから抱きます』って理不尽すぎる要求をしてくる前兆。

　脅し文句を潰すには、先手で言うしかない……っ。

「だっ……だって！　好き、なんだもの……っ」

「……うん」

　何度も言ってたねって途端に頬を染めて嬉しそうに呟くの、恥ずかしくて続けにくいので今はやめてもらっていいですかっ？

「だから……その、あ……愛されたあと、すぐに、離れていかれるのは、寂しいので……」

　羞恥を堪えてモニョモニョと小声で伝えると、ルカスが固まった気配がしたからチラッと視線を向ける。

　パチッと目が合うと、超絶美形のご尊顔がこれでもかと火照ったから心の中で拳を握ってしまったわっ。

「ご……ごめん、今度からもっと早く会いに来られるよう気をつけます……」

　……あれ？　そういうことではないような……？

　そう思いつつも、「そっか、そうだよな……」と何やら学習をしてくれている姿にうっかりときめいてしまって、何も言えなかったわ……。

　このヒトのこういう、私に対して真面目なところが好きなのよね。これで方向性を正せたらいいのに。そして言葉にすると本当に寂しい……。

沈んだ気持ちで視線を下げると、ルカスが私の肩に額を当ててきた。

「ハァ――……駄目にしたかった……」

「……」

ときめいた乙女心が目を剥いた気がしたわ。

何を学習したのかしら。まさか事後のイチャイチャを増やせばいいとか考えてませんよね？　と目が据わりかけた瞬間。

「……ツェツィしか、欲しくないんだ」

どこか壊れていることを自覚しながら、耐え続けるしかできなかった長い時間を思い起こさせる深い深い絶望が漂った声に心を鷲掴《わしづか》みにされ、重ねた指先に力を込めた。

「ルキ」

「ん？」

何よりも、誰よりも愛しいヒト。

「……帰ってきたら、だ、駄目に、して……」

私もあなたが誇れる私として頑張るから、どうか私の元に戻ってきて。そして私にあなたを癒やす権利を頂戴。

身を乗り出してその口元へキスをする。

耳と言わず顔の全てを真っ赤にして私を凝視する金の瞳へ、愛を込めて微笑みかけた。

「う……うん、駄目に、させていただきます……」

おいでませ可愛いヒトー！

「ふふ、私以外にオイタしちゃイヤよ？」

大人しく、粛々とお仕事を完遂してきてくださいねっと、少し悪女っぽく唇をちょんと指先でつつくと、麗しい顔がそれはそれは悔しげな表情を浮かべたわ。

「……クッソ、マジねぇわ……今すぐマジャール滅ばねぇかな……」

……ときめきが台無しですよ、ルカスさんっ。

【2】

——誰の記憶だろう。

見覚えのある、水面とは思えない、かといってガラスとも思えない透明な画面を食い入るように見つめる。

虹が架かる美しく幻想的な渓谷。

その川辺で、愛を交わし合った恋人達に別れが訪れていた。

乳白色の竜が天高く響き渡るほどの咆哮《ほうこう》を上げたかと思うと人型をとり、腕の中の存在に縋《すが》りつく。

『……駄目だ、逝かないで……お願いだからもう少しだけ傍《そば》に……っ。ツガイになると、ずっと一緒だと言ったのに……！』

嘆きの叫びに応えたのは、か細すぎる声だった。

『かなら……ず、見つけ……』

竜だったヒトが支える頭は、大好きな夜明け色。

気づいた瞬間、腕に重みを感じて息を呑《の》んだ。

こちらを——私を見つめる瞳は、何よりも愛《いと》しい金色で。覚えのありすぎる色に心臓が早鐘を打ち始めると、勝手に口が動いた。

『約束する……!!　必ず見つけるっ、何度生まれ変わろうと絶対に探し出してみせるから……！』

今にも消え入りそうな声に応えた内容に、震えが走った。

――これ、は、誰の記憶なの……っ？

私の言葉に反応して小さく微笑《ほほえ》んだ恋人の口元に、私の涙が流れ込む。

『あ……して、る――……』

小さな呼吸音が飲み込んだ雫《しずく》で消え去り……運命を断ち切った代償だと言うように、腕の中の命がサラサラと砂のように零《こぼ》れ落ちた。

『神が決めたツガイを無理矢理変えるなんてことをしたら罰が下る』と及び腰だった私に、『それで永遠が手に入るなら別にいい』と子供のように笑った顔が胸を埋め尽くす。

大好きな笑顔の跡に残ったのは、膨大な力を込めたせいで人の身には仇《あだ》となった鎖だけ。

愚かにも神の摂理に背き、こんなもので繋《つな》ぎ合い来世の約束をしたせいで愛するヒトは塵《ちり》となった――。

徐々に消え去っていく手の中の金色の塊を、ただ呆然《ぼうぜん》と眺めるしかできない。

摂理に背いた存在には、一欠片《ひとかけら》の慈悲すら与えはしない。奈落の中で彷徨《さまよ》い、永遠に愛する存在を探し続けろ――そう伝えるように、最後の一粒が静かに消えた。

数秒前まで確かに腕の中にいたのに。もう、あのヒトが生きていた証《あかし》すらこの世に残っていないのだ。永劫《えいごう》の絆《きずな》を手に入れるまでの一時が、地獄のような苦しみを伴うなどと考えもつかなかった傲慢で愚かな自分に、笑うしかない。

『……ふ、はは……これが、真実の愛を選ばなかった罰……』

長寿故に竜種は孤独になりやすく、狂ってしまうことも多い。だからこそ運命のツガイという存在を神は作ってくれたのだろう。

確かに決められた愛が存在するのは幸せなことなのかもしれない。

けれど、自ら選び取った愛は『真実』ではないなんて。

『——ふざけるな』

愛に真実も何もあるものか……っ。

爪が食い込むほど拳を握り締め、愛しい存在を奪い去った天を燃やすように睨《にら》みつけた。

神は摂理も道理も違《たが》えない。

違えられないから、対価に見合う犠牲を払えば運命すら変えることができる。

だからこそ愛するヒトは、私が運命を断ち切れると信じて一人先に逝った。

それならば、喜んでこの罰を耐えてみせる……乗り越えた先に、永遠の約束があるのだから。

『……約束通り年下になって、すぐに会いに行く……っ。そして今度こそ、誰の隣にも立つことのないまっさらな私を捧《ささ》げてみせる——』


孤児院に差し入れた品物を確認し終わったらしい院長先生と挨拶を交わし、馬車に乗ってから無意識に指輪に触れた。

夢見が悪かったせいで慰問中も胸がざわついてどうしようもなかった。

ルカス達がマジャールへ向かってから、既に一週間が経過している。

今日も砂漠を抜けてマジャール側の境の森へ逃げ込んだ魔獣がいないか見に行くと言っていたし、

ルカスは何事もなく討伐を終えているかしら。

まぁ、昨夜の遠隔通信では相変わらず卑猥《ひわい》なことばっかり頼んできて元気そうだったけれど……。

ゴトゴトと揺れる馬車の中、陰った金色を撫《な》でて無意識に喉を動かしてしまう。

ルカスは、名前を呼んだら繋がりを証明するために指輪が締まると言っていた。

……正直、夜の遠隔通信を待たずに今、指輪が締まるところを見たい。彼は無事だと安心したい。

でも、ともう一度こくりと喉を動かす。

同時に何をしているかもわかるようになっている……つまり今は特に何も起こっていないから、寂しくて呼んでしまったことも即座にバレる。

寂しいことがバレたら……きっと、ひとっ飛びで会いに来て苦しいくらい抱き締めてくれる——そこまで考えて、指輪を自分の視界から慌てて覆い隠したわ。

何を考えて何を甘えようとしているのかしらね、ツェツィーリア・クライン・ヘアプスト！

勝手に戻ってきちゃ駄目と私から言っておきながらあっさり呼ぼうとするなんて、無責任で身勝手甚だしいわ。

しっかりしなさい。あのヒトの代わりを務めることが、今私がすべきことなのだから。

ルカスが第二王子になってから、色々なことが良くなり始めた。

王太子ほどではないにしても、第二王子が持つ権限も大きい。王太子が王城で采配を振るなら、第二王子は外に出て王太子の目となり足とならなくてはいけないからだ。

貴族院と連携して国内の貧富の是正を図るべく、王国内の隅々まで動くことができなくてはならない。

それをルカスは難なくやってみせた。……黒竜という最速の移動手段を抑止力にして。
いつでも視察に出られる王子など、不正を行おうと考える人間にとって脅威以外の何物でもない。お蔭《かげ》で治安のあまり良くない土地にしか建てられない孤児院にまで目が行き届くようになり、子供達の環境が良くなったのよね。

この状態を維持するために、きちんと役人と監視カメラとしての記録水晶、そして緊急通報装置としての遠隔通信魔導具も配置しました。予算があるって素晴らしい。

だから私は彼がいないときもそれ以外の王家の目はある、という姿勢を見せる役割をこなしているわけなのだけれど——正直あのヒトがなんでもできすぎて、ちょっと腹が立ってます。

フェリクス様のときは提言も提案も聞き入れることすらしてもらえなくて悔しい思いをしていたのだけれど、何故《なぜ》かルカスさんたら、捨てたはずの企画案と資料を持っていたのよね。

『そういえばツェツィ、これについて訊《き》きたいんだけど』から始まり、その日のうちに計画案としての体裁を調えたかと思うと、翌日には質疑応答のために議会に呼ばれて冷や汗をかいたのはいい思い出です……。

なんとか答えきり、予算を取るべく問題点について議論をしてもらえるというところまで行き、

「やり終えたっ！」と喜ぼうとしたら。

『案が通って良かったね。それで次なんだけど』

『……え』

闇落ちしそうな暗い瞳でフェリクス様に破かれたはずの別の提案書を見せられて、仕事のできるストーカーは怖すぎるなって思いました……っ。

しかも思い出し怒りするくせに、意外に甘くない。

『これ以上孤児院への予算を増やすのは無理だよ、ツェツィーリア。孤児院を増やせば確かに一時的に守れる子供は増えるけど、お金がかかるばかりで結局職に就ける人間はそこまで増えない。その分治安は悪くなる。ついでに言えば、子供を守るには絶対的にきちんとした大人が必要だ。孤児院は増やすのではなく減らしていくべきなんだよ』

『そうだけどっ、その大人がいないから助けの足りない地域で魔獣による被害が……っ』

『だから孤児院を増やす代わりにその大人を増やさないと。一部の地域で試験的に黒白騎士団に代わる自治団の養成機関を作ってみよう。そこの領地ではなく国でやれば、うまくいけば今後王都からわざわざ騎士を派遣する必要もなくなる。大分長期的な目線になるけど、同じお金をかけるなら将来的にはそっちの方がいいはずだ。何より俺がいて、魔獣討伐が安定している今しかできない。……犠牲になる子を数で見ろとは言わないけど、もがいている大人に余裕をやらないと次の世代のことなんて考えられないものなんだよ』

　無理なものは無理、とすっぱり切られてぐぅの音も出ませんでした……。

　ヴェーバー元帥閣下ったら、どれだけこのヒトを危険な地域に放り込んだのかしら。きちんとした大人がいなくて苦労したって言ってる……っ。

　しかも少し前まで思い出し怒りしてたくせに、話し出した途端きっちりこなすところが悔しいやら素敵すぎるやらで。

　そうやって解決する強さがあるのに！　『離れるのが怖い』だなんて言葉にしてくれるから……っ。

　ルカスのための時間が欲しくなるのは仕方ないことだと思うのよっ、と誰に対する言い訳なのかわからない結論に心の中で拳を握って顔を上げた。

「アナ」

「はい、神殿にお寄りなさいますか？」

「ええ、神殿へ――……えっ？」

言おうとしていた言葉を先取りされて、目の前に座る彼女に目を見開いてしまう。

するとアナが頬に手を添えて、ほぅ……と何かを含んだような溜息《ためいき》をついたわ。解せぬ。

「先ほどから指輪を弄りながら憂いを秘めたお顔をされたかと思うと、頬を薔薇《ばら》色に染めるということを繰り返しておられました。何やらご不安があるご様子でしたので、討伐をされているルカス様のことを思っていらっしゃるのかと推察いたしました」

そう言いながらキラキラした目でにっこりと微笑まれて、パッと指輪を隠してしまったわ。

「そんなことしていたかしら……っ」

「はい、何度も何度もっ。ルカス様が羨ましいくらいでしたわ！」

そんな力強く言わなくても良くないっ？

「無自覚だなんてお可愛《かわい》らしい……！　では神殿へ向かいますねっ」

馬車の屋根の上のケイトまで追い込んできた……！

「そっ……そうね、言われてみれば確かに心配かしら……。その、お願い……っ」

苦しすぎる誤魔化しをモニョモニョと口にすると、有能侍女は楚々《そそ》と頭を下げたわ。

「かしこまりました。ルカス様へ思いを馳《は》せながらゆっくりとお一人でお祈りできるよう、神殿には事前にエルサを遣わしましょう」

そう言いながら後ろの小窓をコンコンと叩《たた》いたかと思うと「行ってきまーす！」という元気な声が聞こえて、止める暇すらなくて真っ赤な顔を覆ってしまったわ。

「……っ、よ……よろしくね……」

あぁ、何もかもを見抜かれていて、いたたまれない。アナの穏やかで優しい笑顔が気まずすぎるから早く神殿に着いて……！

そんな羞恥心のコントロールの修行のような時間を過ごし、陽光に照らされた白い壁を見上げる。

静謐《せいひつ》な空気を久しぶりに肌に感じながら神殿の正面階段を上ると、白い神官服を着た案内人が無言で横道を示した。

頷《うなず》いてその女性について歩く。

警護の関係なのだろう、大扉ではなく小さな聖堂へと繋がる扉からそっと中へ入った。

「三十分後に迎えに参ります。心が安らかになるまでゆっくりとお過ごしくださいませ」

「ありがとうございます」

そっと閉まった扉を見て息を吐き、くるりと振り返って祈りの台座に鎮座する女神像の前に膝をつく。

……あれはただの夢。

バルナバーシュ様は白竜ではないし、倒れていたのは女性だった。

だから繋がった鎖が赤だったのも、夜明け色の髪と金の瞳も、偶然色合いが似ていただけのただの夢だ。きっと彼は今、何事もなく討伐しているはず。

命を懸けて責務を果たし、沢山の人を助けているはずだもの。

――だから女神様、と組んだ手に力を込めて頭を下げる。

どうか、これからも騎士として討伐をするルカスをお守りください。

どうか愛しい彼が、この討伐で苦しい思いをしませんように。

どうか……どうか無事に私の元に戻ってきますように――そんなことを祈って顔を上げて、つかの間女神像をぼうっと見つめ。

なんとなく……本当になんとなく、胸にわだかまっていたのが表面に出た。

「……どうして悪役令嬢だったのかしら」

ぽつりと零した言葉が祈りの台座に当たって霧散する。

物語《ゲーム》がどうこう言ったところで、私が侯爵令嬢であることに変わりはない。

クライン家はベルン王国でも名の知れた家門だ。つまり年の近い王子の婚約者に選定されてもおかしくない、ということ。

だから私がフェリクス様のお相手となったことは、ルカスと愛し合うよりもよっぽど起こりうることで。むしろ、フェリクス様こそが運命に決められた相手だった、と誰かに言われたとしても納得すらできる。

その運命が何故かねじ曲がり、奇跡的に手に入った唯一無二の愛。

『今度こそ誰の隣にも立つことのない、まっさらな私を捧げてみせる――』

唐突に夢の中の竜の言葉が耳の奥で木霊《こだま》して、湧き上がった悔しさに唇を噛《か》み締めてしまった。

悪役令嬢として……ツェツィーリア・クラインとして転生していなければ決して出会えなかった。

転生したことも、攻略対象であるはずのルカスと恋に落ちたことも本当に僥倖《ぎょうこう》だった。

綱渡りのような六年を経て今の状況となったのは、儚《はかな》すぎる縁を引き寄せてくれたルカスのお蔭で。だからこそ、私へ手を伸ばしていたルカスに気づかずに、他の男性の隣にのうのうといた自分にやるせなさが募ってしまう。

まるで夢の中の竜に叱られている気分だわ。

「……仕方なかった。選べなかったのよ」

彼に気づくために何が必要だったか考えたところで今更の話だし、気づいたところで既にフェリクス様との婚約は結ばれていたのだ。

ルカスだって『第二王子の予備として会った』と言っていたくらいだ。……どう考えても、見つめ合うことなど互いに許されない立場だった。

ただ、交わした約束だけを胸に孤軍奮闘するしかなかった――楽になりたい気持ちから出てしまった言い訳に苦い笑みが浮かんでしまい、暗い気持ちを振り切ろうと首を振る。

落ち込んでいる場合じゃないわ。

マジャールは、私を悪女と貶《おとし》めてルカスを得ようとしている。

……それだけならまだしも、私を使って大陸一の騎士となったルカスを亡き者にしようとしている可能性すら考えられる。

「……絶対にそんなことさせないわ」

ルカスを愛した私はもう、フェリクス様のときの私じゃない。

ツェツィーリア・クライン・ヘアプストとして、私の全てを懸けてあのヒトを守ってみせる――

……なんせ向こうの目論見《もくろみ》がうまくいってしまった場合、婚約破棄どころではなく破婚……っ。

侯爵令嬢であり第二王子の相手というそれなりに高貴な身分でありながら、婚約破棄に娼館《しょうかん》落ち。締めに後ろ指を指されて破婚を経験とか、なかなかないんじゃないかしらね……。

波乱万丈すぎる。

ついでに言えば、もし……もしマジャールがルカスの紳士的な見た目に騙《だま》されて色々な要求をし続けた結果、ルカスさんの実はものすっごく短い堪忍袋の緒が切れちゃったりしたら。

『王国ごと消し去れる』というお言葉通り有言実行されて、マジャールという文字がさら～っと地図から消え去る可能性がなきにしも非《あら》ず。

……王太子妃殿下の故郷が更地とか、本当に冗談じゃないわ……!!

絶対に回避してみせるんだからっ、と女神像へ強い視線を向けてから、出口へと足を踏み出した。

——翌日、マジャールの特使との謁見まで謁見室の傍の部屋で時間を潰していると、迎えが来たと言われて眉間に皺《しわ》を寄せてしまったわ。

「ご機嫌麗しゅう、第二王子妃殿下。是非本日のエスコートをお手伝いしたく参上いたしました」

華やかでありながらどこか上品に纏《まと》められた服装で慇懃《いんぎん》無礼に頭を下げられ、ほんの少し目が据わってしまったのは仕方ないと思うの。

何かしらこのデジャヴ感……呼んでいないのに来るところが、とっても兄弟って感じがする。

「ご機嫌よう、ディルク・ヘアプスト宰相補佐官殿。お話を伺いたいとお手紙を差し上げたのに忙しいとすげなくされて悲しんでいたところですの。ルカス様のいない王城にいらっしゃるなど、どのような心境の変化です?」

ここ最近、ギルドの傭兵《ようへい》で行方不明者が増えている。

私が行方不明事件について知っていることがあったら教えてほしいと尋ねたときは知らぬ存ぜぬの三行の手紙しか寄越さなかった上に、ルカスのいない王城になんて登城する価値すらないと面倒くさがっていたらしいじゃないですか。事務官達……果てはお父様にまで迷惑かけて！

今更なんの用ですかっと伝えると、ディルク様はそれはそれは楽しげに笑ったわ。

「ふふ、我が義妹《いもうと》が可哀想《かわいそう》なことに弟に置いていかれてしまったから調子はどうかなと思ったんだけど、元気そうだね？」

……なんてイヤミな義兄かしらね……!!

「ご心配には及びません。毎晩ルカス様から連絡を頂けておりますし、人手が足りず猫の手も借りたいくらい忙しいため、寂しがる暇もありませんからっ」

なのであなたもきちんと役割を果たしてくれませんかっと語気を強めて返すと、ディルク様が頭を押さえたわ。反省してくださいねっ。

「……ルカスから毎晩連絡を貰《もら》ってる……っ？　私なんていつやっても通信が繋がりすらしないのに、ズルくないかいっ？」

全然反省してない上に、斜め上の回答だった。「羨ましいっ」てどれだけルカスと喋《しゃべ》りたいの……。

明らかに弟さんから拒否されてるのに、諦めない強靭《きょうじん》な心だけは尊敬できるようなできないような――……やっぱりできないかな。

『置いていかれた』と私へ言ってきたとき、凄《すご》い愉悦を含んでましたものねっ。でもご自分だって置いていかれてるし、なんなら連絡を貰えてないくせにっ――……あれ、待って。

全く連絡がつかないということは、もしかして。

「あの……昨晩の通信で、目処《めど》が立ったから早ければ明日には帰国すると仰《おっしゃ》っておりましたが、政務側へも連絡がございましたよね……？」

なんせ王子の帰還だもの、ないなんてあり得ないはず。

……はずなんだけど、相手は非常識を体現しているルカスさんなだけに不安……っと恐る恐る尋ねてみると、ディルク様が今度こそ目を見開いた。

その反応、まさかのわんぱく暴走ですか……!?

「なんだいその情報は。私……というか、恐らく宰相であるクライン侯爵すら知らない話だよ」

う……嘘《うそ》でしょ、旦那《だんな》様ったら何を勝手に帰ってこようとしてるの……!!

止めなくちゃ、と顔を青ざめさせ慌ててエルサへ視線を向ける。

そして通信を頼もうとした瞬間、空気を切り裂くような声で問いかけられて体が強張《こわば》った。

「——妃殿下、目処が立ったという言葉に間違いありませんか？」

いつもの飄々《ひょうひょう》とした態度がなりを潜め、冷たい視線と固い声で責任を問われ、血の気を引かせながら頷き返した。

「ま、間違いございません。ですからルカス様も『戻る』と……」

特使と会うどころではなくなったと思いつつ、そういえば『討伐の』目処とは言っていなかった、と疑問が湧き上がった瞬間。

「随分曖昧な表現だね。ルカスはどこへ『戻る』と言ったんだい？」

雰囲気を一転させながら楽しげに問われ、引いていた熱が止める間もなく上がったわ。

「えっ……その……っ」

「ふふっ、いいかい可愛い義妹よ。マジャールへ出向いているレオンからも今のところ何の連絡もないんだ。つまり君が言われた『戻る』はルカスの独断ではなく、レオンも承知の上ということになる。それを踏まえてもう一度思い返してみて？　ルカスは『誰の元へ戻る』と言ったかな？」

目を細めながら詳細に説明し返され、拳を握って羞恥を堪《こら》えながら口を開いて。

「わ……私の元です――……っ」

ハッと気づいた。

「……まさか、今回の行方不明者の件に特使である第三王子殿下が絡んでいるのですか？　だからルキ様は……」

その証拠を見つけたから、討伐に出たと見せかけてこっそりベルンへ戻ってくる気なの？

わぁやりそう……っと口元を押さえてディルク様を見つめると、肩を竦《すく》められた。

「さぁね。ただあなたもよく知ってるように、エグリッヒ帝国はフェンリルを使役ないし捕獲しようとしていた。強い魔獣で何かをしようとしていたんだ。その後、突然マジャールの第三王子の領地であるカナンと交易をし始め、同時期にマジャール周辺に見たことのない魔獣が出現し始めた。……恐らくは、行方不明になった人々もそれに関連している」

「つまりマジャールの第三王子の背後にはエグリッヒ帝国がいて、協力を得て魔獣をどうやってか増やした……」

第三王子は、自国に対して背信行為をしても――魔獣という人類の敵を増やしてでも、欲しいものがある。それはきっと王位で、王太子が邪魔なのだ。

なのに、わざわざ増やした魔獣でルカスを呼んでおきながらマジャールを離れ、ルカスに取り入る機会ではなく、私に会うことを選んでいる。

大陸最強であり真実〈英雄〉であるルカスがいるのだから、マジャールに出ている魔獣の討伐が失敗に終わることなどほぼないはず。

……例えば討伐は時間稼ぎで、企み通り、ルカスの妻である私を手に入れようとしているなら理解はできる。

私を人質としてルカスを脅し、異母兄であるイスラーン王太子殿下を追い落として王位に就くことも可能性としてはあり得る——けれど、ここはマジャールではなくベルン王国だ。

当然私には護衛がいて、さらに誓紋が刻まれている。

攻撃するにしろ口説くにしろ、触れることが難しいのだから、成功する可能性は万に一つもないと向こうだってわかっていると思うのよね。

「ですがそれだと、何故第三王子がベルンに来ることにしたのか、理由がわかりません」

……ここまでは理解できたんですけど、わざわざ一から十まで口にして恥ずかしがらせる必要はなくないですか？　本当に性格悪すぎませんっ？

眉間に皺を寄せてディルク様を見つめ返すと、にっこり笑われて鳥肌が立ったわ。

これ、絶対にイヤなことを言う……っ。

「そうっ、そこまでわかっているのに、何が狙いなのか全くわからない。だから新婚の二人が長期間離ればなれになるなんて可哀想だなぁ～恋は盲目っていうからな～と、そこかしこで喋ってたら案の定指名してきたわけだ。我らが妃殿下はまったく人気者だね」

……狙われるように誘導した犯人このヒトだぁ……!!

いくら理由を知りたいからって、口元に指を当ててかわいこぶる内容じゃありませんけど!? また人のことを囮《おとり》にして……っいいわ、そっちがその気なら私だって切り札を出しますっ。

「……お仕事のできるお義兄《にい》様」

今の今まで決して呼ばなかった名で呼びながら微笑むと、ディルク様が初めて血の気を引かせたわ。

「な……なんだい義妹よ」

「実はフェンリルの件以降、ルカス様から申しつけられていることがあるんです」

これだけ言えば理解されると思いますけど、と立ち上がる。

「そ……それはあれかな、もしかして私のところにも来たやつかな……っ。今回の特使来訪も正直来る前に殺す勢いだったんだよね。でも可愛い義妹がなんとかしてくれるかな〜って……」

やっぱりディルク様もフェンリルに襲われた件で、ルカスから言い聞かせられてたんじゃない。

そのときのことを思い出したのか一瞬顔に恐怖が浮かんでましたけれど、どれだけ脅されたのかしら……。それなのに第三王子が私に手を出すように仕向けて、怒り狂って開いちゃった地獄門は人頼みですか。そうですか……!

では遠慮は要らないわね、と冷や汗を流すディルク様の横を通り過ぎて扉前で振り返り、艶然と微笑んであげたわ。

「『俺のいないときに会いに来る男は総じてクズだから、相手にしなくていい』」

「――えっ?」

「とルカス様から言われておりますので、今後は義妹としてお手を煩わせることが減るよう頑張りますね」

「えっ!!」

「ではごきげんよう」

特使もあなたも特に何かしてあげる必要のない相手ですから、ルカスにバレてももう助けてあげませんからねっ、と伝えて扉を閉めてやったわ。

「え～ルキが帰ってきたら遺書の出番……!!」という、どう考えてもルカスに会えることを喜ぶ声音のディルク様の叫びにイラッとしながら有能侍女達へ顔を向ける。

「アナ、少し頼める？」

「できるだけ早くフィンと連絡を取ります」

フィンさんは絶対にルカスについてくるはずだから、アナに頼めば明日の予定が確認できるはず。

お願いね、とアナへ頷いて、扉に防御魔法を施すケイトへ視線を移す。

「ケイト、ディルク様が謁見の時間に遅れない程度にしてね」

「バルナバーシュ様を相手取って鍛えたこの捕縛力を使うとき……！　かしこまりました」

どうせエスコートに来た理由もマジャール側の人間が私のことを〝悪女〟と言っていたから、ルカスに似ているご自分を連れ立った私へどういう反応をするか見たかったのでしょうし。

でも私はルカス以外の隣に立つ気はサラサラないので、そっくりなお顔で是非目立つようにあとからお一人で現れてくださいねっ。危険の分散、大事。

それにしても、防御魔法は囲うことで拘束もできる点がとても便利よね。私も使えるようになってみたい、と思いながら窓枠に足をかけるエルサに声をかける。

「待ってエルサ、ディルク様は何人連れてきたの？」

あのディルク様だもの。間違いなく謁見室周辺へへアプストの生きた剣《レーベンクリンゲ》を配置して、ついでに私《こちら》にも護衛として回しているはず。

「さっすがよくおわかりですねっ。護衛分で精鋭を十二人と聞いています！」

「アナ、三人は借りられる人数かしら？」

助言をください有能侍女さん、と顔を向けるとケイトとエルサにどや顔をしているのを見てしまって気まずい気持ちになったわ……。

「ふふ、やはり私が一番……ごほん。基本は三人一組の九人で回していますので、予備組がおりますね。追跡が得意な足の速い三人をエルサにつけましょう。向こうが謁見で身動きが取れない本日中に戻せば問題ないかと」

「そう、ではケイト、三人お借りしますとディルク様に伝えてくれる？」

人数が足りずに何かあったら問題だもの。そこら辺はきちんと王家の盾の次期総領殿にお伺いを立てなくちゃね。

私からはもう口はききませんけどっ。

「くっ……私だって頼られてるし！　かしこまりました。――とのことです、ディルク様」

……とのことですって。まさかケイトったら、今の会話を部屋の中に閉じ込めてるディルク様にまるっと聞かせていたの？

そんな報告の仕方がありだなんて、流石《さすが》効率重視のへアプスト家。

妙な感心をしていると「了解だよ〜。ところでこの防御魔法かけてるの誰っ？　なっかなか解除できないんだけど……！」と扉から焦った声が聞こえて笑ってしまったわ。

「ふふ、では行きましょうか。エルサ、目的はギルドの傭兵方からベルン側の境の森で見つけた正体不明の魔獣の死骸の場所を教えてもらうことよ。いくらバルナバーシュ様の印があるから襲われにくいとしても、危険だと思ったらすぐ引き返してね」

彼女の左手の甲にある誓紋に似ている印をチラッと見ながら告げる。

あの紋は誓紋とは違い、番《エルサ》に触れた相手にバルナバーシュ様の匂いがつく仕組みらしい。

『ふふ、アタシのエルサちゃんに触った魔獣は地獄の果てまで追いかけて手足もぎ取ってやる……』

害を与えた犯人を辿《たど》れるということらしいけれど、どす黒く笑うバルナバーシュ様が怖かったので、竜の番《ツガイ》はなかなかに大変そうだなと思いました。

でも最強の魔獣である竜の匂いつきなら確かに安全度は格段に上がりそう、とアナ達と喋っていたら、それを見たルカスさんが『……それいいな、どうやるんだ？』って尋ねて室内が静まり返ったのよね……。

そんな誰もが口を噤《つぐ》んだ中、バルナバーシュ様は勇者でした。

『アンタ、既に番ちゃんに誓紋だかなんだか刻んでなかった？　まさか魔獣との恋愛対策までする気？　魔獣は基本的に人間に対して敵意や害意しかないから、爺《じじい》とジークリンデちゃんだって最初は殺し合いしてたわよ。獣人が相手じゃあるまいし、独占欲もそこまでいくとキッショイダダダダッやめろ離せ角折れる首も折れる……っ!!』

ベルンの至宝である〈英雄〉に気持《キショ》ち悪いというド直球の表現を使った……！

『なるほど、誓紋に近いのかと思ったら魔力で描いた紋を肌の上に乗せてるだけか。もっと精巧に纏わせないと、お前程度の紋ならすぐに消せるぞ』

『あぁあ角にヒビ入ったぁ……!!　クッソ！　バケモノみたいな力出しやがって――ヒッ！　愛故ですよねわかってるわよッ、だからエルサちゃんにつけた渾身《こんしん》の印をあっさり消さないでぇ……ッ』

そんな猛烈に怖くて恥ずかしい会話をされ、フィンさんや侍女達の生温《なまぬる》い視線から逃げるように寝室入って、当然その日はベッドの真ん中に枕を置かせていただきましたっ。

――そういえば。『獣人が相手じゃあるまいし』ということは、今はもう絶滅してしまったらしい獣人は、〝人〟の理《ことわり》で作られている誓紋には弾《はじ》かれないってことなのかしら。

私はルカスから与えられた二つの魔法――欲には誓紋、攻撃には防御魔法――で守られている。

でももし……もしも攻撃の意思のない獣人に襲われた場合、そのどちらの魔法も発動しない可能性がある……？

ふと過《よぎ》った疑問で胸がざわついた瞬間。

「マジこれ消えてほしい……クソナバーシュの奴、キショすぎる」

エルサが苦い顔で手の甲の竜の紋様を伸ばした爪でつんつく削り取ろうとしていて、慌てて止めた。

「エルサッ、お願いだからこんな風に自分のことを傷つけないで。それにこれはあなたを境の森で守ってくれる紋様なのだから我慢してほしいの」

「……はーい……」

凄い不承不承感……まぁ自分の気持ちが伴っていない束縛は確かにイヤかもしれない。

でも、と彼女の手を包み込んで治癒魔法を施しながら訴えた。

「それから、決してマジャールとの境界線を越えないで。たとえ境界線の向こう側に何かあったとしてもよ。約束して」

「約束……!?　ツェツィーリア様との約束っ……必ず守ります！」

窓枠に乗ったまま興奮した様子で敬礼をするエルサにホッと安堵《あんど》して、「じゃあ気をつけていってらっしゃい」と声をかけようとした瞬間、アナがエルサをトンと押した――……押した!?

「え、エルサ……!?」

ひっ……頭から落ちていった……!!

「さっさと逝きなさい、駄猫。返事の仕方を思い出したら帰ってきていいわ」

「私はできる猫ッ……いってきまーす……」

……言い返しながら空中で体勢を整えたわ。猫、凄い。

そしてアナの『行きなさい』のニュアンスがなんだかおかしかったのはきっと気のせいじゃない。

「アナ、あの」

「では参りましょう、ツェツィーリア様」

……駄目だわ、にこやかな顔に〝私が一番です〟って書いてあって怖すぎて窘《たしな》められないっ。

ケイトは――あの顔は〝私が二番手です〟って言ってる……！　長いものには巻かれろスタンスでありながらエルサがいないタイミングで主張するところ、立ち回りがとてもうまい……。

「そ、そうね……行きましょう」

でも三人共大切だからできるだけ均等に頼るようにしよう、と心の中で決意してから、気持ちを切り替えて足を踏み出した。

シャンデリアの飾りが陽光を弾き、穏やかな明るさをもたらしている謁見室。

陛下からの手招きを受けて、お父様の横から二歩前に出て特使達へ微笑みを浮かべる。

「彼女がクライン宰相の息女であり、ルカスの妃《きさき》でもある第二王子妃のツェツィーリアだ。歓迎の宴《うたげ》はツェツィーリアが取り仕切って素晴らしいものにしてくれたから、是非明日は楽しんでほしい」

朗々と響いた陛下の紹介に首を傾《かし》げそうになったわ。

『クライン宰相の息女』が先に来てて『第二王子妃』がついでみたいになってる。

先ほどから陛下が父をチラチラ見すぎてるし、まさかお父様ったらルカスがいないのをいいことに何か言ったんじゃ……っ。

しかも歓迎はするけど、自分はこの件には関係してないから何も求めるなって仰ったわ。

隠居生活を楽しんでいるところをレオン様の代わりと無理矢理連れ出されたから、ご機嫌斜めなんですね、陛下……。

でも今回の件は現王太子に権力を集結させるための婚姻であり、これ以上マジャールの要求を通せると思うなという牽制《けんせい》として、必要不可欠な一言ではあったかも。

流石何十年と王権を担ってきた方。〝はい仕事終わりっ〟みたいに時計をチラ見するのはやめてほしいけれど。

そんなことを思いながら全身に突き刺さる値踏みの視線に小さく息を吸い、胸に手を当て膝を折る。

緊張を集中力に変えて歓迎の挨拶を述べた。

「マジャールを照らす若き導き手の方々、遠いところをようこそお越しくださいました。心より歓迎いたします」

伏せていた睫毛《まつげ》を上げようとすると、聞き覚えのある声が応えた。

「お久しぶりです、ツェツィーリア嬢」

「……お久しぶりでございます、アキム殿下」

王子妃らしく背筋を伸ばし、微笑みを貼りつけて顔を向ける。

目に飛び込んできたのは鮮やかな赤銅色の髪と日に焼けた小麦色の肌。その肌を際立たせる金属の飾りと刺繍が彩る白地の丈の長いコート。

マジャールの国王陛下が寵愛《ちょうあい》してやまないカナン族の姫である母親に似た艶《あで》やかな美貌で親しげに笑いかけてきたのは、アキム・アサド＝ジャービル。

フェリクス様の婚約者時代にも会ったことのあるマジャールの第三王子だ。

「相変わらず橄欖《オリーブ》色の瞳が食べてしまいたいほど魅力的ですね。未《いま》だ〝妖精姫〟は健在のようだ」

……そして今回〝悪女なツェツィーリア〟こと私を誘惑しに来た、チャラ軍団のトップですっ。

『食べてしまいたい』だなんて普通だったら失礼すぎて友好国の第二王子妃に使わない。

けれどアキム殿下の母君が治めるカナンの地はオリーブの名産地として有名だから、こちらとしても文句をつけにくい。

私が許すしかない表現を使ってくるなんて、頭の回るチャラ男ですことっ。

でも、とにっこり笑い返して口を開いた。

「まぁ、ありがとうございます。けれど私ももう婚姻を結び王子妃となりましたので、そういったお優しい気遣いは遠慮させていただきますわ、アル・マブース」

私を下に見てるんでしょうけれど、ご令嬢呼びはアウトです。

特使《アル・マブース》として扱われたいならやり直してください、とバッサリ切ると、アキム殿下が軽く目を見開いた。

フェリクス様のときは大人しく横に立っているだけだったから、そのときのイメージが強いのかもしれないけれど、これでも悪役令嬢をやってたんです。

むしろルカスさんと婚約してからが悪役令嬢としての本番だった――けど、鬼畜騎士様が色んな意味で強すぎて陰の薄い悪役令嬢だった気はしてる……。

でもお蔭であのヒトに鍛えられた今の私を、フェリクス様に喋らせてもらえず、いるのかいないのか存在があやふやという意図で呼んでいた〝妖精姫〟のままだと思わないことねっ。

……ついでに呼ばれた当初揶揄《からか》う意図に気づけず、恥ずかしいあだ名だけどちょっとだけ素敵だなって思ってしまった幼かった私の喜びを返してほしい……！

何より、誘惑目的で来てることからご自分の顔に大層自信がおありのようですけれど、残念なことに美しさなら大陸中でもトップスリーに入りそうなくらい美形なんです、私の旦那様……。

確かに太陽の民であるカナン人らしく生命力に満ちあふれた輝かしい美貌だとは思うけれど、こちらの何かをゴリゴリ削ってくる中毒性の高いご尊顔を毎日毎日見せつけられている私には、正直なところ『わぁ～かっこいいですね』の一言で終わってしまうのよね。

しかも先ほどまでそっくりなお顔とやり合っていたので、むしろ美形は『怖いモノ』という認識さえしてるわけで。

あなたの誇る武器は正直ベルン王家内ではそこまででもないです、と今度こそ驚きを隠せない様子で私の後ろを見つめるアキム殿下を観察する。

「……まさか、ルカス・ヘアプストか？　何故ここに……」

訝《いぶか》しげな表情のアキム殿下から零れた疑問に、お父様と何事か話していたディルク様が向き直った。

「ご尊顔を拝し恐悦至極に存じます。ディルク・ヘアプストと申します。我が弟ルカスがわざわざそちらに赴いている中、わざわざベルンまでようこそ、アキム第三王子殿下」

……流石ディルク様、開口一番イヤミを炸裂《さくれつ》させたわ。わざわざって二回も言った。

しかもいつ謁見室に入ってきたのかしら、タイミングが良すぎる。

それに来て早々宰相であるお父様のところへ向かうなんて……。

ディルク様と何かを話してからお父様の表情が固くなった。

……まさか、ルカスに何かあったの……っ？

指輪に触れてざわつく胸を落ち着けようとすると、ディルク様が何故か私を隠すように前に立った。

そしてアキム殿下に手を差し出し握手をするのかと思うと――殿下の手の甲へ顔を寄せた……!?

「伺っていた通りとてもお美しいですね、殿下」

「――悪いが私にそういう趣味はないっ！」

……う、嘘でしょ、口説いた……!!

ということは、この立ち位置は私が邪魔ということとっ？

言ってくだされればご要望通り退《ど》くのに……と、パシンッとディルク様の手を払ったアキム殿下とディルク様から五歩ほど下がると、お父様がそっと寄ってきた。

厳《いか》めしい表情のままトントンと背中を叩かれ、ふわっと心が軽くなる。

心配の仕方がルカスと同じだなんて、やっぱりお父様とルカスは似てるかも、と笑いを堪えていると、完全にディルク様にどん引いているアキム殿下が蔑みの声を上げた。

「ディルク卿《きょう》、いくら私が貴公の義妹御を揶揄ったからといえど、流石にそれを私に向けるのは冗談が過ぎる」

わぁ、お怒りだわ。殿下の気持ちはとてもよくわかります……その人の冗談、冗談らしさがなくて笑えない気持ち悪さがありますよね。

でも、人を貶めに来ているアキム殿下も大概冗談が過ぎますけれど。棚上げしないでくださいって私も蔑みの声を上げたい気持ちになっちゃった。

いけないわ、第二王子妃らしく……ルカスの妃らしくいないと。

「おやっ、アキム殿下は冗談だったのでしょうが、私は冗談でこんなことは言いませんよ。気を持たせるなど到底できない性分でして。それにここはマジャールとは異なる文化を持つベルンです。せっかくいらしたのですから、楽しんでくださいませんと」

……うわぁディルク様容赦ない……っ。

冗談で女性を口説くなとぶった切って、ベルン王国でマジャール王国のルールが通用すると思うなと釘《くぎ》を刺すだけでは飽き足らず、そんなアキム殿下には男を用意しますねって刺した釘の上からさらに刺し貫いたわ……！

今日ばかりはディルク様が輝いて見えるかも。

イヤミ力を最大限発揮するとこんなに人の心を弱らせることができるのね、アキム殿下の表情から余裕がなくなったっ。

……まぁ、あのイヤミ力はどう頑張っても見習えないし、見習いたくないなって思うけれど。あれ

をさっきの自分に向けられていたら、今頃瀕死でここには立てていなかったかもしれないなぁ……。

それにしても、ディルク様がこんなに攻撃的になるなんて……やっぱりルカスに何かあったの？

眼光鋭くなったアキム殿下と飄々とした立ち姿のディルク様を見守っていると、お父様が前を見たままそっと囁いた。

「……ツェツィーリア、冷静でいなさい。決して動揺を顔に出してはならん」

これから良くない情報がもたらされる、と告げられ、ドレスの中の肌がぞわりと粟立った。

「――ッ、はい」

すぼまる喉でなんとか返事をして、ドクドクと速まる鼓動と背中を流れる冷や汗を表に出さないよう意識を指輪に向けた。

「ははっ、なるほど気を持たせることなどできないか……やはりその精神が騎士国と称《たた》えられる所以《ゆえん》かな？　それとも兄弟だからか。たった一人に誠実であろうとする姿にはとても感銘を受ける」

『たった一人』との言葉で私をチラリと見つめ、ルカスの話題だと匂わされて、眉間に皺が寄りそうになるのを必死で堪えて微笑み続ける。

「ほう？　おかしな言い方をされますね。こちらには、ルカスが討伐以外のことをしているという報告はありませんが」

ディルク様の問いかけに、アキム殿下の口角が上がった。

舌なめずりをするような口元に苛立《いらだ》ちを覚え、負けるもんかと返す微笑みに力を入れると、彼はパッと華やかな笑顔を浮かべたわ。

「私も数えるほどしか会ったことはないが、ルカス・テオドリクス・ヘアプストほどの男はそうそういないな。血筋と肩書き。それに伴う……いや、それ以上の実力とあの容姿。本当に、喉から手が出るほど欲しいモノを全てお持ちだ。そんな人物に一心に愛されて、夫人は大陸一の幸せ者だな」

ニコニコとした笑顔でどこかを見つめ羨ましがるアキム殿下に、ぞわっと鳥肌が立った。

「……えぇ、とても幸せです」

欲しがる気持ちはわかる。

アキム殿下は国王の寵愛をほしいままにしているのに、実力で第一王子――現王太子殿下に劣っている。何をやらせても優秀な結果を出す年の近い第一王子はマジャール王国内の部族の過半数から支持をされ、国王の声でもどうにもならずアキム殿下は王太子の座を逃したのだ。

そんな彼が大陸最強の騎士であるルカスを欲しがることに、どこもおかしい点はない。

元々今回も王太子がレオン様とルカスを歓待するからこそ、見返すために特使として赴いた面も多分にあるはず。

それにルカスの記憶喪失についても恐らく調べている。そこから〈英雄〉になる条件を推測した結果、私を得ればルカスも得られる、と思ったのだろう。

ベルンにおいて王をも凌《しの》ぐ権力者である〈英雄〉の後ろ盾を得られれば、再度王太子位について検討されるかもしれない。

……でも、アキム殿下もそこまで馬鹿じゃない。いくらなんでも〝口説く〟というわかりやすい正攻法で私を手に入れようだなんて思っていないはず。

そうなるとこの話の流れは――必死で頭を回転させる私に、アキム殿下がわざとらしく赤銅色の髪を炎のように揺らめかせて溜息をついた。

「ははは、そうだろう。聞いたところ、ルカス殿下にとってあなたは唯一無二らしいからな……そんなご夫人に伝えるのは大変心苦しい話題なんだが、討伐の疲れを癒やす必要があるのでは、と兄が気を利かせたようでな」

ざらりと耳奥を不快に撫でた言葉に、まさかとの思いが胸を締めつける。

「――『癒やす』？」

「なるほど、新婚の弟に随分な気遣いですね」

私とアキム殿下に会話をさせたくなかったのだろう。

ディルク様が、止められずぽつりと零してしまった私の疑問をかき消そうとするように言葉を続けたけれど、案の定アキム殿下は餌にかかった魚を釣り上げようと私へ足を向けた。

「これはこれは、やはりルカス殿下を大切に思われているご夫人には、少しばかりショッキングな出来事だったようだ」

両手を広げ申し訳なさそうな表情を浮かべつつも、どうせ〈英雄〉であり王子でもあるルカスを大切に思っている〝だけ〟で愛してはいないんだろう告げられて、怒りを堪えるために奥歯を噛み締める。そして目を見開いて言葉の通りにショックを受けたフリをしてみせると、別の場所から声が上がった。

「御夫君はとても素晴らしい騎士ですから、仕方のないことですよ」

アキム殿下のイヤミに合わせたのだろうチャラ軍団からも聞こえた声に、溜息を吐き返してみせたわ。

「ええ、私の夫はご存じの通り素晴らしいヒトです」

本当に色々……騎士の範疇《はんちゅう》を軽々と超えて本当に色々凄くて、毎回心底困ってます……。

そういう意味では、恐らくマジャールを出る前に彼について情報を得ている特使方はよくご存じでしょうねっ。彼について調べた人間なら、どうにかできるなんてなかなか思えないもの。

——だからあなたはルカスではなく、圧倒的に弱くて扱いやすそうな私に狙いを定めたのでしょう？　と今度は私からイヤミを込めた視線を向けたほんの一瞬、アキム殿下から表情が抜け落ちた。

すぐに取り繕った笑顔を向けてきたけれど、そのあまりの凍てついた瞳に、彼は私を——ルカスを手に入れようとしていない、と直感的に悟った。

そして恐怖を覚えた。

大抵の人は手に入らなかった場合、嘆きながらも諦める。けれどごく稀《まれ》に、手に入らないなら誰の手にも渡らないように壊してしまおう、という選択をする人もいる……っ。

それにマジャールで王太子殿下とルカスが親交を深めた場合——ルカスさんの性格からしてイヤイヤ行った国で誰かと仲良くなるという姿が想像できないけど——アキム殿下が王太子となる機会は永遠に奪われる。

ならば。

「——黒竜をたった半日で討伐した素晴らしい騎士が、神獣でもない魔獣相手に疲労を覚えるだなんてあり得ません。……それこそ四六時中寝る暇もなく討伐させなければ、そのようになるはずがありませんもの」

そうなる前にルカスに何かをして、私を強制的に交渉の席に着けようとしているのでは——ッ？

至った結論に心臓が冷えて痛んだ。

古書に書かれていた、力を持て余したエッケザックスの苦しみが脳裏に過ってしまい、息苦しさを覚えてこめかみが脈打つ。

大丈夫……きっと大丈夫。だって彼は最強の騎士〈英雄〉だもの……っ。

そんな到底無事の理由にはならない、むしろ自身の言葉と矛盾だらけの言い訳に悔しくなり、アキム殿下へ向ける視線に怒りが籠もってしまう。

すると隣に立つ父に再度腰をそっと叩かれ、ハッとなった。

動揺しては駄目。向こうは私の落ち度を誘っているのだから落ち着かなくては、と冷たい指輪にそっと触れて、なんとか冷静さを保とうとする私にアキム殿下が嘲笑を響かせた。

「ははっ、そう……その通りだ」

愉悦とも言えない、黒い欲望に浸りきった微笑みにぞっと鳥肌が立つ。

奥歯を噛み締め表情を取り繕う私を、王子の形をした悪魔が刃《やいば》のような情報で切りつけた。

「ある伝手《つて》から、神器を取り込んだ代償についての情報を得たんですよ。それに因《よ》ると世界を破壊することも可能な力には〝制約〟が伴うらしく、〈英雄〉には常に癒やしが必要とのことでした。まぁ、厄災となり得る竜すら使役できるんだ。人間とは言い難い存在に楔《くさび》が必要なのは当然のことでしょう。そのせいかはわからないが、ルカス殿下が討伐から帰還後倒れたらしい。ディルク卿、貴公が遅れた理由は我が国から連絡があったからだろう？」

「――な、んて……」

倒れた……？　誰が……ルカス、が……っ？

信じられない情報に視界が揺れた気がした。

嘘だと言ってほしくて顔を向けた先のディルク様が、私をチラリと見てから「ハァ……」と溜息をついた。

「この場でわざわざ言うとはお人が悪いですね、アキム殿下」

「なに、ご夫人が何も知らないまま我々を歓迎してくれるのは、流石に気の毒だと思ってな」

「――ッ」

望んだ言葉ではない明らかな肯定が心臓に突き刺さり、悲鳴のような疑問をすんでの所で呑み込むも、血の気が引いて唇が戦慄《わなな》くのを止められない。

書庫室にあったあの本と似たような情報を、何故神器を持たないマジャールの王子が知っているのか。

アキム殿下に近寄ったエグリッヒ帝国には神器が確かにあるけれど、今現在扱える人間は存在しないと聞いている。帝国側に同じような本があったとしても、それを知る人間はいないはずなのに――

そこまで考えてドレスのドレープの陰で拳を握り締めた。

今は、そんなことはどうでもいいことだ。

今問題なのは、まるで怪物だと言わんばかりの蔑んだ口調で〈英雄〉であるルカスについて話すこの腹立たしい男が、力を宿している彼に何かが起こっていることを知っているということ――!!

「……癒やさなければどうなるか、ご存じのようですね」

掠《かす》れた声で問いかけると、赤い髪が踊るように揺れた。

「――くっ……ハハッ！　これは驚いた！　妃殿下はどうやら本当に彼《か》の〈英雄〉を愛しておられるようだ。私がもたらした情報に怯《おび》えられるようなら、助けて差し上げることも辞さない覚悟で参ったのですが……求婚は必要なかったようだ」

確認できて幸いでした、と嘯《うそぶ》く男を衝動のままに問い詰めたくなるのを必死で堪えて思考を巡らす。

正攻法は見せかけだった。ディルク様の予想通り、目的は私。……正確には私に何かをして、恐らくはルカスを亡き者にしようとしている——っ。

目的がわかっているのだから、挑発に乗るべきではない。この男の望むまま、交渉とも言えない席に着くべきではない。

けれど拒否をした結果、ベルンの至宝を失ったら？

ルカスに何か起こったせいで身に取り込んでいる宝剣にも影響があり、万一にでも討伐ができなくなったらベルン王国が崩壊して民が死ぬ……っ。

それがわかっているから、ディルク様もお父様も答えあぐねているのだ。

……ならば、あのヒトのために命を懸けられる私に決定権がある……!!

「——その情報は、エグリッヒ帝国の方からでしょうか。アキム殿下はどうやら神器持ちの方とお知り合いでいらっしゃるようですが、神器の知識を知ることで神器に認められていない御身に何事か起こらないかお考えにはならなかったようですね。もしや……マジャールで魔獣が増えたのはそのせいでは？」

「……魔獣が増えたのが、私が神器についての知識を得たせいだとっ？　そんなことあるはずがない」

エグリッヒ帝国と神器持ち。情報を得る代償と増えた魔獣。

ちりばめた単語に対する反応で、推測が確信に変わった。

この男はエグリッヒ帝国と繋がっているけれど、〈英雄〉については、今述べた以上の情報を教えられていない。でも、間違いなく行方不明者に何かをしている。

だから『知識を得た』部分で不安そうな様子を見せた割に、『そんなことあるはずがない』と確信を持った口調で言いきったのだ……！

ならば〝〈英雄〉の妻〟という強みを使って、答えを引き出すことも可能なはず。

何より、愛するヒトの命を卑怯《ひきょう》者に握られているなんて我慢ならないわ……!!

「『そんなことあるはずがない』……私の夫が素晴らしいこと以外、ご存じではないのですね」

ルカスは神器を取り込んだせいで記憶を失った。だから他の人間にだって影響がないと、何故言いきれるの？　と脅すと、アキム殿下がほんの少し逡巡《しゅんじゅん》した。

「……っ、存じ上げておりますよ。妃殿下が知る以上のことも」

席に着く以外お前に選択肢はない、と冷たい瞳に突きつけられて、小さく深呼吸する。

このヒトは、ルカスの情報で動揺した私と話がしたかった。けれど今は神器の影響についても知りたくなっているはず。

ひとまず一番知りたいことを確認しておこう、とディルク様へ顔を向ける。

「ルキ様……夫から直接連絡があったのですか？」

左手の薬指を撫でながら尋ねると、ほんの一瞬淡い月色の瞳が感心したように細まった。

「いいや、ルカス達ベルン王国側からの連絡ではないよ。レオンから頼まれたマジャール側の騎士が連絡を取ってきたそうだ。……大丈夫かい？」

この情報だけで、という含んだ視線に微笑み返し、もう一度すり……と指輪を触る。

そして私を窺《うかが》うアキム殿下に、今できうる精一杯の笑みを見せて淑《しと》やかに膝を折ってみせた。

「――明日の宴は、私の歓迎の真心を込めました。この時期は庭の花がとても美しく咲くため、テラスも開放いたしましょう。アル・マブース、私の愛する夫について是非お話をお聞かせくださいませ」

席には着いてあげるわ。ただし、好きにはさせない。

――必ず何をしたのか、情報を引き出してみせる。

◇◇◇

真鍮《しんちゅう》で縁取りされたところに色とりどりのガラスがはめ込まれたランプが、幻想的な光景を装飾用の水瓶《みずがめ》に映し出す。

レオンと訪れたマジャール王国の歓迎の晩餐会《ばんさんかい》。

ベルンとは全く異なる趣のある会場を見回してツェツィが喜びそうだなと思っていると、レオンに声をかけられた。

「ルカス！　謁見でも会ったが改めて紹介しよう。俺の婚約者であるシーリーン王女だ。シーリーン、彼が我が国が誇る当代の〈英雄〉であり、俺とあなたの義弟《おとうと》になるルカスだ。仲良くしてほしい」

黒に近い焦げ茶色の波打った髪を綺麗《きれい》に結い上げた、バルナバーシュの背中から見上げた青空のような瞳が印象的な女性が、幸せそうにレオンへ頷いてから俺へ顔を向ける。

レオンが贈ったのだろう。ベルンのドレスを美しく着こなした立ち姿には一切隙がなく、王妃教育をしっかりと受けてきたことを窺わせた。

けれど見上げてくる青い瞳には、先ほどまで話していた貴族共とは違い、こちらを観察するようなイヤな感情は見えない。むしろ義弟と紹介されたからか、親愛のようなものさえ見える。

王子妃として手紙で交流をしていたらしいツェツィが言っていた通り、レオンに惚《ほ》れ込んでいるというのも嘘じゃないんだろう。王位争いの渦中にあるマジャール王族の中では見ない真《ま》っ直《す》ぐさだ。

彼女がベルン王国へ嫁いでくるのを楽しみにしているツェツィのために、しっかりと挨拶をしておこう、と一歩前へ出て胸に手を当てきっちりと頭を下げた。

「ルカス・テオドリクス・ヘアプストです。これからどうぞよろしく、義姉上《あねうえ》」

騎士の礼をすると、「まぁ……」と感嘆の声を上げられた。

「あ、失礼しました。ツェツィーリア様からルカス様のことは伺っておりましたが、想像以上だったもので……本日お召しのマジャールの衣装も髪の色が濃いせいかとても似合っていて、本当におとぎ話の盗賊王のように素敵だわ。レオン様が周囲の悋気《りんき》を買うことを心配されるのもわかります」

……盗賊王って、悪人しか相手にしない悪人って意味で〝良き悪人〟だかなんだか意味不明な称え方をされている奴じゃないか？

王妃教育を受けているなら、ヘアプスト出身の俺が何をしていたか知らないはずがない。殺しをする奴に良いも悪いもない――あぁ、ここでの俺の役割を既に伝えてあるってことか。

実はマジャールからの討伐要求を呑んだ理由は婚姻を推し進める以外にもある。

マジャール王国は神聖エグリッヒ帝国と国境を挟んでいる。

エグリッヒ帝国はベルンと同じく女神を主神と崇《あが》める国だが、多種多様な神を信仰する部族への差別が激しいことで有名だ。

そしてマジャールは広大な砂漠に点在する多くの部族をまとめ上げている国で、エグリッヒ帝国から目の敵にされている。

マジャールにとって今回のベルンとの婚姻は、エグリッヒ帝国のマジャールへの姿勢を緩和する意味も含まれているのだろう。……まぁベルンは女神を主神としているが、神器を持つことと境の森の深淵《しんえん》に近い特殊性から、どちらかと言えば神器を扱う〈英雄〉への信仰心が強いんだが。

だから魔獣討伐に力を割いている我が国《ベルン》は、境の森に隣接しながら神器を持たない他国と和平協定を結んでいる。深淵から生まれる通常では討伐できない魔獣をベルンが討伐する代わりにこちらに侵攻するなという約束を結んでおり、今回のレオンとシーリーン王女の婚姻も政略の一環だった。

とにかくマジャールは周囲を囲む砂漠のお蔭でエグリッヒ帝国に侵攻されずに済んでいるが、度々国境近くで諍《いさか》いが起こっていることが悩みの種だった。

その悩みの種があるときマジャールの領地カナンに何度も出入りして、カナンの部族長とマジャール王の子である第三王子アキムに商売を持ちかけたのだ。

内容自体は大したことではなかった。

たかだか数種類の絹や織物、貴金属や魔導具という当たり障りのないものを、目の敵にしている通り大分高い金額で卸す。ただそれだけ。

相変わらずいびってるな、で終わるはずだった――そこに契約内容以上の大きさの荷が運び込まれなければ。

金額と品物に合わない護衛付きの荷馬車が、第一王子《イスラーン》と王位争いをしている第三王子《アキム》の領土へと運び込まれたのだ。

マジャールの王位争いは王太子妃として嫁いでくるシーリーン王女と第一王子が兄妹《きょうだい》ということもあり、ベルンも注視しているところだった。

そのため何を積んでいるのか気になったヘアプスト家の密偵がディルクへ連絡し、折しもギルドからマジャールとエグリッヒ両国へ向かった者が戻らないという報告が上がってきていたこともあり、俺が傭兵として〝ルキ〟に変装しカナンを訪れ、調査をすることになった。

ベルンのように国を挙げて積極的に魔獣討伐を行う必要のない国々へは、魔獣討伐を専門にしている傭兵が出稼ぎに行くことが多い。

勿論《もちろん》傭兵という職業上、魔獣に食われて行方知れずになることもある。境の森であれば発見されれば良い方で、一切発見できないままの者もいる。

だが今回に限っては両国に入国記録のある人間が、大したことのない討伐に出て集団で行方知れずになっていた。

『――人数が多すぎる。どう考えてもベルンのお蔭で魔獣の数が少なく済んでるマジャールのカナンで、こんなに死者が出るはずがないっ』

報告書を机に叩きつけたレオンへディルクが同意する。

『そうだね、流石にこれはあり得ない。そこへ来てエグリッヒ帝国から何かが運び込まれた……間違いなく第三王子は何か良からぬことを企んでいるだろう。なにせ妃殿下がフェンリルに襲われた際、フェンリル自身がエグリッヒ帝国に捕縛されそうになったと言ったらしいし』

イヤな話題を出したディルクがわざとらしく溜息をついて俺へ視線を向けたから、面倒くさい奴だなと思いながら一応尋ねる。

『魔獣を持ち込んでいる可能性があるわけか。……カナンは確か獣人が存在した地だ。調べるか？』

『そういえば大分薄れているけど、第三王子は獣人の家系で有名だっけか。……イヤなことをしてそうだから、新婚に頼むのはちょっと私からはな〜。レオン王太子殿下の判断に任せたいね』

『……ディルク、お前……っ。クソッ、ルカス、悪いが頼めるか？』

『条件がある』

『あぁあお前らマジで兄弟だな……っ。毎回ろくでもないことばかりで聞きたくないんだが……っ』

　――そうして執務の合間を縫って黒竜《バルナバーシュ》を足として使い、カナンとベルンを行き来し調査した結果、運び込まれたのは凍結された魔獣ヴァナルガンドの死骸で、その血を使って人を獣人にする実験が行われていることがわかったのだ。

　ヴァナルガンドの血を持つ元傭兵の魔獣もどき。

　そんなモノを放っておいたらベルン国民にまで被害が及ぶことはわかりきっている。

　予想通り専門的な知識も武力も持たないアキム達は、出来が悪く手に余ったモノから砂漠に放し始めた。そして傭兵だった記憶が身体《からだ》に染みついているのか、幾人かが境の森へ到達してしまった。

　見たことがない魔獣の死骸があるという報告に事の危険性を感じたレオンはマジャールからの要求を受け入れ、この際だからと王位に就きたい第一王子と手を組むことにした。

　非人道的すぎる行いが表沙汰になればマジャールは諸外国から非難を浴びることになり、エグリッヒ帝国はこれ幸いとマジャールを攻撃する材料にするだろう。

　そうなればマジャール出身の王太子妃を抱えるベルンも非難の対象となり、最悪エグリッヒと戦う羽目になる。

戦争が起こらないよう、獣人という証拠を押さえながら被害を出さずに処理をすること。

これがマジャールにおける俺の役割――王女殿下が示した〝良き悪人〟というわけだ。

こういったことは当然この国の権力者の中に協力する人間がいると、行動も隠蔽も楽になる。

つまりシーリーン王女殿下が協力者か。

チラリとレオンを見ると、軽く頷かれた。そのレオンを見てシーリーン王女がふわりと微笑む。

彼女としては当然ベルンに嫁ぐ自分の立場を守るためにも、兄が王位に就くことを支援する――が、これはどう見ても兄ではなく〝レオン〟を全面的に支援する、と言いたいんだろうな。

ツェツィが言うには、王女は後宮という文化をあまりよく思っていないとのことだった。だから一夫一婦制のベルンに嫁ぐことを楽しみにしていると。

兄のイスラーンは後宮に女を山ほど抱えているらしいし、兄妹仲は良くないのかもしれない。

それにしても、〝盗賊王〟という単語を使って協力者だと教えてくるとは随分頭が回るな、と感心しているとレオンが困ったような顔をした。

「シーリーン、確かに他の王族の女性がルカスに声をかけないよう頼みはしたが、ルカスの奥方を思ってのことだ。周囲が勘違いするような言い回しは止《よ》してくれ」

「ふふ、申し訳ありません。仲が良いようでしたので少し妬《や》いてしまいました。それに王女に関してはわたくしの力でどうとでもできますが、兄には及びませんから」

そう言いながら近くで他貴族と話をする同じ色合いをした男性――イスラーン第一王子へチラリと視線を向けられ、あっちが俺に女を寄越してくるわけか……とげんなりしてしまった。

「……味方ではあるぞ。己の進退に関わっているからな」

あわよくばを目論んでいる第一王子と手を組んだことに罪悪感を覚えたのか、気まずそうに呟《つぶや》くレオンにどうだかと肩を竦めて返す。

「あちらについては義兄上《あにうえ》に任せます」

そういう言い方をされる人間は信用ならないし、会話も面倒なことが多い。

俺の味方という認識はしないと伝えると、レオンが盛大に溜息をついた。

「ハァ――……こういうときだけ義弟ぶりやがって。まぁアイツは少し面倒くさいところがあるから、お前とは合わない気はしてる。できるだけ間に入るようにはするから、お前も我慢強く対応をしてくれ」

……それなりに我慢強く対応しているが。

「……不服そうに俺を見るのはやめろ。今回に関しては感謝してるって何度も言ってるだろうっ」

俺の視線に噛みついてきたレオンの腕を王女がポンポンと叩いた。

「この婚姻のためにルカス様とツェツィーリア様が色々とご助力くださっているのでしょう？　不安だったのですが問題なく嫁げそうで安心したのです。本当にありがとうございます。これからはわたくしも力を尽くしてベルン王家を支えていこうと思っております。どうぞよろしくお願いしますね」

クスクス笑いを零しながら素直にツェツィーリアの力になると伝えられ、再度胸に手を当てて頭を下げた。

「妻も王女殿下にお会いするのを楽しみにしております。必ずベルンにお連れいたしますから、ご安心ください」

良い関係を築けそうだ。これだけでマジャールに来た甲斐《かい》があったな。

……もう帰りたいが。

ベルンへ向かう想《おも》いを隠しながら微笑むと、頬に手を当てて悩ましげな表情を浮かべられた。

「……本当に素敵だわ。確かにこれは大変そう」

困ったわね、と首を傾げるシーリーン王女の様子が目に入ったのだろう。会話が途切れたらしい第一王子がこちらへ声をかけてきた。

「シーリーン、浮気は良くないぞ」

そう言いながら女性を引き連れてくる姿に王女が冷たい瞳で息を吐く。

「お兄様に言われたくありません」

「私はきちんと娶《めと》っているから浮気ではないし、後宮に入る栄誉を与えている。ベルンには側妃という文化はないのだろう？　お前はそういう強い言い方が良くないから心配になるな」

捨てられないようにしろよ、と軽快に返された王女のこめかみがピクッとしたせいか、レオンが慌てた様子で口を挟んだ。

「イスラーン、俺がシーリーンを必要としているからここまで来たんだ。むしろ彼女に見放されないよう俺が一層努力する側だ。ところで改めて義弟を紹介しよう。ルカスだ」

……レオンの奴、兄妹喧嘩《げんか》を避けたかったんだろうが俺に水を向けるなよ。さっき言ってた努力はいつ見せてくれるんだ。

顔を向けられて仕方なく胸に手を当てると、遠慮なく手が伸びてきた。

「従兄弟《いとこ》だったか？　似ていないな……男にしておくには勿体《もったい》ないほど綺麗な顔立ちをしている。これで〈英雄〉とは、にわかには信じ難い」

人の顎に手をかけたかと思うと不躾《ぶしつけ》な言葉まで加わり、マジャールの人間の間で密《ひそ》やかな笑いが起こった。

ベルンを馬鹿にする雰囲気が漂い、周囲の護衛騎士がピリッとした空気を出し始める。

第一王子はレオンの言葉にうまいこと乗ったな。

王女をくれと頭を下げに来た手前こちらも下手に出てはいるが、ここまで見下される謂《いわ》れはない。

かといって、どういう意味だと詰め寄ったところで褒めたと言われればそれまでの発言。

なるほど、悪気のなさそうな顔をしているところが面倒くさいタイプだな。

まぁ俺はどう思われてもいいんだが……潜ませてるフィンが手を出しそうだし、流石に顎を掴《つか》む手くらいは拒絶しとくべきかと考えていると、予想外の奴に助け船を出された。

「ねぇ〜えクソご主人様〜！　アタシお腹空《なかす》いちゃったんだけど、ちょっと砂漠まで狩りに行ってきていい——って何してんの？」

会場の窓から突然飛び込んできたバルナバーシュが、状況を全く鑑みずに俺の顎を掴んでいたイスラーンの腕をデコピンをするように指で弾いた。

「顔が力不足すぎっ。アタシが先に用件喋るからアンタは待っててっ」

指とは言っても元が竜だ。

ズバンッという可愛げのない音と共にイスラーンが軽く吹き飛び尻餅をついた。体面と腕を完全に潰され、顔を歪《ゆが》めて声を荒らげる。

「——ッ!!　な……何者だッ、貴様……っ！」

骨が折れただろうに、悲鳴を上げないところはそれなりに気骨があるな。まぁ竜が相手では、気骨なんてあってもクソの役にも立たないが。

「デカそうな気配がするのよ～！　サンドウォームは見た目が悪いんだけど身はプリッとしてて焼くとすっごくジューシーなのっ」

「……そうか」

イスラーンの問いかけを一切無視し、飯についてはしゃぐバルナバーシュに溜息を堪えて手を伸ばす。

自国の王子が傷つけられたのだ。当然マジャールの兵士が殺気立つのはわかるんだが……バルナバーシュに剣を向けたせいで、必然的に俺やレオンにも剣を向けることになっていて、こちら側の護衛騎士まで剣の柄《つか》に手をかけ始めてしまった。

両国の婚姻のための歓迎の宴の場で一触即発状態はマズイ。ツェツィにバレたら恥ずかしすぎる、と伸ばした手でバルナバーシュの顔を掴み、言い聞かせた。

「お前に常識を身につけろと頼むのは不可能だとわかってる。だからとりあえず挨拶だけしろ」

「表面だけをカリッと焼くと――イダダダッ何なになにぃっ!?　ちょっ……常識外れはアンタでしょッ！　顔面が粉砕するわッこの馬鹿力主人がよぉ……!!」

態度と声がデカいな。

「顔じゃなくて核を粉砕してやろうか?」

「挨拶ですね!!　初めましてこんにちは黒竜のバルナバーシュよっ！」

よし、と顔から手を離してイスラーンへ治癒を施す。

「申し訳ありません。コレは俺が使役している竜なのですが、手加減を知らないもので。何卒《なにとぞ》ご容赦ください」

「アンタ相手じゃないんだからちゃんとアリンコを捕まえるくらいの手加減をしたわよ～！　失礼しちゃっイダダダッ指が食い込んでる！　胸元の核の上を掴むのやめてぇッ……!!」

「口を閉じろ」

　話がややこしくなるだろうが。

「イッテェッ……相変わらず番ちゃんがいないと会話すらしようとしないんだからさぁっ。大体アタシは竜なのよ！　それを挨拶しろっつったり口を閉じろっつったり……アンタの方がよっぽど非常識だと思うんだけどっ」

　ぶつくさ言って俺の足元に蹲《うずくま》ったバルナバーシュを見て、イスラーンが呆然とした。

「……っ竜、だと……？」

　手を差し伸べると青ざめた顔で俺の手を見つめられ、まぁ竜を素手で黙らせることができるんだからイヤだろうな、と差し出していた手を下ろす。

　そしてレオンと場所を変わった。

「イスラーン、とりあえず立て」

「……っおい！　こんな……まるきり人間にしか見えないぞ!?　意思疎通が可能ではないかっ」

　引き起こすレオンに食ってかかる様が妙に焦ってるな。

　魔獣の血を取り込み、人工的に作られた獣人がどの程度使い物になるか気にかかるんだろうが……自分が今あっさりと竜に傷つけられたことをもう忘れたのか？

「ハァ……イスラーン、確かに魔獣と違い神獣は意思疎通が可能であり人型を取れるが、恐らくただの性質だ。人を獲物として認識する魔獣としての本能が強いタイプは、人型を取らないだけなのだと思う」

「だが……！」

「それからバルナバーシュ殿は黒竜だ。神獣という枠の中でも、フェンリルとは格が違う。同じように考えるな」

「お兄様は謁見後すぐに後宮に戻られたからご存じないですが、わたくしはルカス様からご紹介いただいて竜のお姿の黒竜様とご挨拶をさせていただきました。ベルンに参る際は乗せていただけるともお約束してくださいました。そちらの方は間違いなく最強種の黒竜であり、その黒竜を使役する方とお会いできているのですよ。マジャールの王子として敬意を払いなさいませ」

溜息をつくレオンとシーリーン王女の言葉を受け入れられないのか、イスラーンがバルナバーシュを見つめる。

まぁ最近は王城以外では角もしまわせているから、ぱっと見は人間にしか見えないかとバルナバーシュへ視線を移すと、睨みつけられた。

「なぁによっ？　金髪の言う通り、フェンリルなんぞと一緒にしないでくれるっ？　アイツラは食うことじゃなくて獲物を嬲《なぶ》ることに満足感と快感を得るド変態よ。しかもすぐ飽きるから食い散らかして行儀が悪いったらないわ。アタシは食うと決めたら一途《いちず》に骨までしゃぶるわよっ」

そんなことを真剣に言われても、何のフォローにもなってないんだが……。

げんなりしてもう行っていいと手を振ろうとすると、魔獣の食事の仕方について当の魔獣から教えられたイスラーンが息を呑んだ。

「……ツルカス卿《きょう》、ヴァナルガンドは人型を取らないのか」

「師から聞いたことがありませんし、俺は師に比べれば経験は浅いですが、ここ数年討伐をした中でフェンリルやヴァナルガンドが人型を取ったところを見たことがありません。殿下もご存じのように、フェンリルも会話をしながら獲物を嬲りました。変異体であり残虐性が上がっているヴァナルガンドであれば、ただの餌である人間と同じ形態を取ることなどしないでしょうね」

人型が取れようが意思疎通が可能だろうが、殺し方と食べ方が違うだけで結局人間を餌として見ていることに変わりない。

ヒトと魔獣は相容《あいい》れない存在だ。だから縛りつけて言うことをきかせる使役魔法なんてモノが作られたし、神器が与えられた。

コイツもアキム同様、実験的に作った獣人があわよくば戦力にならないかと思っていたんだろう。

伝手を使って使役魔法を使える人間を探してるのもそのためだろうし、そうでなければここまで異母弟を放っておかないはずだ。

……ツェツィーリアがフェンリルに襲われたことを知っていながら、俺にそんなことを尋ねる人間など信用ならない。

面倒だが、後々ツェツィに危険が及ばないよう今のうちに計略を潰しておこう、と決意する。

「マジャールは最近魔獣が増加しているらしいですね。殿下の憂慮も理解できます。ご安心ください、義姉上が安心してベルンに嫁げるよう尽力いたします」

お前のためじゃない。だから邪魔だけはするなよ、とイスラーンへ笑いかけた。

――今日で境の森を探索して何日目だ？　きりがないな。

魔力を放出して周辺を探索しながら、切っ先を目の前の獣人もどきに向ける。

「モ……どり……タ……イ……」

今にもこちらに飛びかかろうとしながらも人としての自我を見せられて、つい小さく溜息をついてしまう。

「戻りたい、か……」

俺も彼女のところに戻りたいよ。

心の中で愚痴のような相づちを零しながら、引き攣《つ》れた口からよだれを垂らし地を蹴ってこちらへ向かってくる獣人もどきの爪を最小の動きで躱《かわ》す。

避《よ》け様、倒した他の獣人と同じように頸動脈《けいどうみゃく》へ短剣を突き刺した。

人間であれば短剣といえど即死だ。けれど注入されたヴァナルガンドの血の影響で肉体が強靭に変化したせいか、普通の短剣ではなかなか致命傷に至らない。

予想以上に面倒な状況に心の中で舌打ちをしながら、脳への血流が断たれよろめいたところを短剣の柄頭めがけて体重を乗せた蹴りを放つ。

鍔《つば》ギリギリまで突き刺さった勢いで首の骨が折れた感触を足に感じながら、吹き飛んだ獣人から視線を周囲に走らせた。

残りの獣人は六人。そして腰に差した短剣は四本。

一人に一本を使って倒しても、二人残る。かといって三人分の血を被《かぶ》って帰るのは気が引ける——そこまで考えた瞬間、張っていた結界を許可していない人間がすり抜けたチリッという感覚がして、苛立ちが口から出てしまった。

「……チッ、また勝手に部屋に」

どうしてこんなにも彼女との間を邪魔されるのか、と腹の奥でどす黒い感情が煮え滾《たぎ》る。

一年ほど前、フェリクスの廃位が裏で決まってすぐに、ツェツィとの婚姻の許可を貰うためにクライン侯爵のところへ足を運んだ。

たとえ婚約が王命であっても、俺自身が持つ彼女への想いを見せるのは必要だ。

それに権力を振りかざし傷つけ続けたフェリクスのせいで、クライン侯爵は娘《ツェツィーリア》を王家へ嫁がせることを嫌がっていた。

ツェツィーリアへの求婚の意思を見せた俺を、侯爵は冷たく見据えた。

『——なるほど、副団長のお気持ちはわかりました。しかし私は娘を間違いなく守りきれる人間に嫁がせたいと思っております』

騎士としての実力は買っているが、第二王子位ではそれ以上の権力から守りきれない。

ツェツィーリアが欲しければ守りきれるという証明をしろ——どう考えてもツェツィを嫁がせる気のない要求をするクライン侯爵の首を縦に振らせるためには、王と並ぶ権力を持つ次期〈英雄〉という身分を見せるのが一番手っ取り早かった。

そのために〈英雄〉でなければ単独討伐は不可能と言われているフェンリルの変異体、ヴァナルガンドを討伐して核を持ち帰り、クライン侯爵を黙らせて。

ようやく望み続けたツェツィーリアを手に入れた――……のに、まさか置いていったヴァナルガンドの死体をエグリッヒ帝国が使うとは思わなかった、と頭を押さえそうになった。

急いでいたとはいえ、置いておけば他の魔獣が食って誤魔化しが利くだろうと思い、適当に切り刻んで放置して帰った過去の俺をぶち殺してやりたい。

他国の近くだからと気を遣うんじゃなかった……人為的な要因で死んだとバレようが、どうせ誰がやったかなどわかるわけがないんだ。まるごと燃やして消し炭にしておくべきだった。

そうしたらヴァナルガンドの血を使った獣人もどきを作られることも。

恐怖と羨望が入り交じった不快な視線を浴びることも、陰で怪物と呼んでおきながら既成事実を作るために部屋に忍び込まれることもなかった。

……何より、十日近くツェツィーリアと引き離されることなど起こらなかったはずなのに……!!

苛立ちと言うには強すぎる感情で蹴りに力が籠もりすぎたのか。左右から襲いかかられて避けた一体の頭頂部に落とした踵《かかと》がめり込んだ。

振り抜いた衝撃で地面が割れ、潰れた果実のように頭部の残骸が飛び散る。

ズボンについた血飛沫《ちしぶき》にもう一度舌打ちしながら、上から襲いかかってきた奴の顎下へ掌底打ちをして口を塞ぎ、素早く短剣を手に取って木の幹に叩きつける勢いで首筋を刺し貫いた。

「ガッ……!」

柄から手を離し、木の根元に倒れ込む獣人に背を向けようとして――。

「……あ、り……と……」

絶命間際、何故か魔獣から人へと戻られて足を止めた。

フェンリルもヴァナルガンドも、そして竜も。神器でなければ討伐が不可能だからこそ魔獣ではなく神獣と呼ばれているのだ。

そんなものをただの人間の身体に入れて無事に済むわけがないし、元に戻せるはずもない。原因がわかったところで、こちらにできることは何もないのだ。

だから決してベルンにだけは行かせない。

喋る姿を見ながら戻せないと知れば、民のために在れと教育されたツェツィは間違いなく苦しむ。

……きっと俺を呼ばずに一人で隠れて泣き、心を砕くだろう。

そんなのは許せない、と腰から引き抜いた短剣を強く握り締めた。

俺以外のことで泣かれるのは我慢ならないし、零れ落ちる涙を拭いたくても拭えなかった六年間を思い出して腸《はらわた》が煮えくり返る。

ようやく誰にはばかることなく触れられる場所に立てたのだ。泣くなら当然俺の腕の中で俺に縋りついて泣いてほしいし、俺達の間に割り込もうとするならたとえ何であろうと消す。

「……だから、ここで死んでくれ」

苛立ちが殺意に変わったことを感じ取ったのか。

視線を上げた先の、じりじりと距離を測っていた獣人もどきの一人が恐慌状態になり、魔獣としての本能に従って強者から逃げようと背を向けた。

その首裏、盆の窪《くぼ》があった場所へ短剣を投げつけて地を蹴る。

刺さった短剣の柄頭を殴りつけて深く刺し貫き絶命させると、倒れた小柄な獣人を見て後ろにいた奴が咆哮を上げた。

「ア……っあぁ……ああア――ッ!!」

悲鳴のような唸《うな》り声が木立に響き渡り、慌てて飛び立つ鳥の羽ばたき音が頭上から聞こえた。

無茶苦茶に振り回される爪を避け一旦距離を取ると、ちょうど首裏に短刀を刺した獣人のところに突っ込んだ傭兵の格好をした獣人が何を思ったのか、倒れている獣人を抱きかかえた。

「あ、あぁ……っあい、し……っ」

まるで懺悔《ざんげ》をするように頭を亡骸《なきがら》にこすりつける姿を眺めていると突然口を大きく開けたから、ナイフを投げて噛みつくのを防ぐ。

「ギャンッ!!」

短刀が顎下へ刺さり、痛みで顔を振る姿へ心中で溜息をつきながらもう一本の短刀を突き刺した。

ヴァナルガンドは本来群れない。なのに集団で境の森にいるということは、元々は傭兵のチームだったのかもしれないな。悲しむ素振りを見せながら食おうとするとは……人としての感情が魔獣としての衝動に変換されているのか？

ということは、こんな目に遭わせた赤髪野郎を獣人達の目の前に連れてきたら――。

「……可能性はそこそこありそうだな。一体くらい残しておくべきか？」

やり返し方を考えながら柄頭に振り下ろした拳に、小さく血飛沫が飛んだ。

その手を払いながら残った獣人へ目を向ける――と、上から黒くてでかい手が降ってきた。

人の腕ほどもありそうな爪が獣人の背中に突き刺さり、そのまま叩き潰す。

地響きと共にブチャッ……という塊が潰れる濁った音がして、上衣とズボン、靴に血と肉片が飛び散っていった。

女避けに汚れようとは思ってたが、繊維系は洗濯が面倒らしくてフィンが怒るんだよな。だからうまい具合に血を被れるよう加減してやってるっていうのに。

「ハア……なんでこっちに来た、バル」

この汚れは俺のせいじゃないと言ったところで、俺の最近の苛立ちを見てるフィンは絶対に信じないだろうな……と腹についた血塗《ちまみ》れの毛皮を叩き落としながらバルナバーシュに問いかけると、艶光りした黒い鱗《うろこ》が縮んで人の形を取った。

「おいコラクソご主人様っ、なんなんだその溜息!? アンタが番ちゃんに会いたい抱きたい帰りてぇってうるっせーから、わざわざアタシが番ちゃんの夜着を盗りに行ってあげたんでしょ!?」

「……頼んだのは俺じゃなくてフィンだろ」

「はぁ～!? アンタが部屋に来る女を殺しそうな勢いだから従者くんがアタシに泣きついたんだろうがっ!! つまりアンタよ!! 大体番ちゃんに戻ってくんなって言われたからっていい年した男が不眠になるとか――って、うおっ!?」

余計な口をきくな、と小刀型のエッケザックスを投げると、間一髪で避けられた。

「ちょっ……胸元ザックリ斬れたんだけどぉー!? いくら竜でも神器が核に刺さったら死んじゃうのよアタシッ!」

「そんな風には言われてない」

「ハァッ!? ヒトのこと殺しかけておいて返答が意味不明なんだけど!?」

相変わらずギャンギャンうるさいな、コイツ……。

「戻ってくるなとは言われてない」

だから二度とその話題を出すな。殺すぞ、とわかりやすく数本のエッケザックスでバルナバーシュの周囲を取り囲むと、直立不動になって顔色を悪くしながらそっと挙手された。

「……なんだ」

「怖すぎッ……どう見ても身体能力もぜんっぜん問題ないし、アタシをザックリやれる程度には普通に神器が使えるわけでしょっ？　なんでコイツラには使わないわけ？　クソご主人様ならエッケザックスでサクッと殺《や》ってすぐ帰れるじゃない」

倒れた獣人を指さされ、何度目かの溜息が出てしまった。

「できない」

エッケザックスは人間では倒せない魔獣に使うものだ。

たとえ相手がほとんど魔獣と化していても、元々は人間。エッケザックスを使って倒せば、身に取り込んだ神器の力が暴走して身体が崩れるかもしれない。むやみやたらと力を振り回すなと古書に書いてあるのは一種の警告だろうからな。

まぁちょっと手間なだけで殺すことに変わりはない――……脅しでディルクに使えなくなったのが痛いが、まぁ殺すだけなら別にエッケザックスを使う必要はない。

今後は悪用に気をつけて燃やすのを忘れないようにしよう、と考えていると竜に怯《おび》えて後退《あとずさ》っていた最後の一人が勢いよく背中を向けるのが視界に入った。

「バル」

「竜使い荒れぇ～！　はいはいっと」

呼ぶと同時にデカくなった尻尾が獣人を横殴りにして、そのまま木の幹に押し潰す。

固い幹の折れる音と胴体で分かれひしゃげた身体がピクリとも動かなくなったのを確認して、ようやく終わったかと息を吐き出した。

「一丁上がりっ。てかアンタ、腰に普通の剣もぶら下げてるじゃない。なんでわざわざ短剣で首狙ってんの？　その剣でスパーンッと首を斬っちゃえばいいのに～」

手間かけすぎっと言いながら血塗れの尾をブンブン振られて、降り注いでくる肉片諸々《もろもろ》から身を守るべく自身を防御壁で囲む。

「元は罪のない人間だからだ」

まぁ実際に罪がないかどうかはわからないが、首をはねるのは処刑だ。そんな死に方をする人間がそうそういていいはずがないし、この人数の首をはねてたらズボンの中まで血みどろになる。

それは流石に避けたい。

「……ふ～ん、頭おかしいと思ってたけどそういう部分もあるのね。番ちゃんの影響かしら。人間て複雑で面倒くさーいっ。ハア～クソご主人様のせいで尻尾汚れちゃったわ～。エルサちゃんに幻滅されちゃうっ。水浴びしたいからアタシはもう戻るわ！　明日の明日だかに金髪お兄さん《レオン》とその嫁《シーリーン》とソイツの兄貴《イスラーン》を連れてベルンへ戻ればいいんでしょっ？」

「そうだ。貴賓室のある東塔へは夜会会場からは見えない北回廊側から回り込んでいけ。俺は最後にもう一度ベルン側の森全域を探索してから戻るから、前日に出る」

俺もお前のせいで汚れたんだが……。魔獣もそういうのを気にするんだな、と少し感心しながら腹部の汚れを再度叩いてハッとした。

人に好意を持ってもらうには、とにかく清潔感は大事だと姉さんやフィン達が言ってたが……走って帰って大丈夫か……っ？

森を駆け抜けて帰る予定だから、どうしても汗をかくし服も汚れる。……万一魔獣に出くわして血塗れで会うことになってツェツィに拒否されたら――想像だけで死ねる。

クッソ、今回マジでデメリットばかりじゃねぇかっ。

「かぁ〜っ竜を猟犬みたいに使った挙げ句、最終確認すんのか――……え、どうしたっ？　足元からこの世の悪意を煮詰めたようなどす黒い魔力出ちゃってて怖すぎなんだけど……っ。コイツラで全部だって！　大体黒竜《アタシ》の縄張りなんだから、たかだかヴァナルガンドもどきがベルンに入り込めるはずないでしょっ。紛《まが》い物でも魔獣は魔獣のままよっ。弱肉強食をよくわかってるから番ちゃんには何も起こらないってば！」

なんとなく慰めるような雰囲気を漂わせるバルナバーシュに「そうか」と頷いて、息を吐き出す。

会いたいか会いたくないかなんて愚問だ。怖がられても嫌がられても、この腕にもう一度抱けるならそれでいい。

――必ず帰る、と約束したのだから戻らないなんて選択肢はない、と心を占める唯一無二の気配がする方角へ視線を向けてから、振り切るように踵《きびす》を返した。


「――戻ったか」

自室とされている部屋へ歩を進めていると、案の定扉の前に見知った顔がいた。

こいつがここにいるということは、恐らく部屋の中に女が用意されているんだろう。

ベルン王国において、次世代の継承権の問題から妃は唯一人と決められている。

そうでなくても愛人などクソの役にも立たない穀潰しであり、ただ正妃を脅かすだけの存在だ。

現状、子供のいないツェツィーリア以外と関係を持った場合、最悪離婚となる。

そんなことをどうして俺が受け入れると思ってるんだ。

ようやく俺で占められ始めたツェツィーリアの心の中に、余計な心配事を増やすなど死んでもごめんだと思っていたのに、と苛立ちで拳を握ってしまう。

文化が違うのだ。自らの行いが正しいと思うのも理解はできるし、考え方を変えろと言うつもりはない。

だが、俺がツェツィ以外無理なんだと何度も伝えて追い返しているのに、ツェツィが俺を裏切ると言わんばかりに他の女を俺に宛てがう自分に正当性がある、と信じきっている根拠はなんなんだ？

会話をするのが疲れるんだが……こうも人の話を聞き入れないってことは、いっそ好きに殺していいってことか？

「何の用ですか、イスラーン第一王子殿下」

殺意と舌打ちを堪え、わざと持って帰ってきたブツを持つ方の手を上げて挨拶をすると、レオンがギョッとして挙げた手を止めた。

「ル……ルカスッ、お前それっ……魔獣の首なんて持って帰ってきてどうするつもりなんだっ？」

ポタリポタリと床に血が滴り落ちる様を見て本物だと理解したのだろう。

焦るレオンを無視して部屋に入ろうとすると、腕を組んでこちらを観察してた男が揶揄う表情を浮かべた。

「今回は前にも増して扇情的な姿だな、〈英雄〉殿。宝剣の持ち主がそんな風になるものなのか?」

染み込んだ血の重さで肩から落ちたシャツと血塗れの上半身を顎で示され、わざと汚れて帰ってくるなと暗に告げてきた男に、溜息で返す。

「ご存じないようですが、我が国の神器は獲物の選《え》り好みをするんです。それに忙しいと何度言っても信じてもらえないようでしたので、討伐している証拠を持ってきました」

マジャールの砂漠に出る魔獣如き、エッケザックスを使うまでもない。砂に足を取られながら戦闘を経験するのはむしろ連れてきた騎士達にとってもいい鍛錬になったしな。

それに今回の件がうまくいこうがいくまいが、今後の交渉材料として〈英雄〉についての情報と獣人には神器が使えないのではないかということを知っておきたいんだろうが、教えてやるわけがないだろう。

これ以上俺を煩わせるならお前の異母弟がやらかした方――獣人の首を持って帰ってきてやってもいいんだぞ、と脅し返すと、「やはりバレていたか」とイスラーンが小さく呟いた。

その呟きが耳に入ったらしいレオンが顔色を悪くする。

「イスッ、お前、またルカスの部屋に女性を入れたのか……!?」

「貴賓への当然の待遇だ」

ここはマジャールだぞ、と真っ直ぐすぎる傲慢さを見せられ、その言葉を忘れるなよと問い返す。

「……では、俺の好きにしていいということですか? 何をしても問題にはしないと?」

「――ッルカス、駄目だ!! お前は〈英雄〉として招かれてるんだぞ……!」

「レオンは頭が固いな。英雄色を好むと言うだろう、何が問題なんだ?」

肩を竦めるイスラーンは、レオンがどうして焦っているかわからないのだろう。俺の義兄は俺の壊れた部分をよく理解しているな。

まぁ、いやでも理解するように今まで色々やってきたんだが。

「問題だらけだ……！　大体お前の妹《シーリーン》だって他の女性を俺のところへ呼ぶなと言っているんだから、ルカスの妃だって嫌がるに決まっているだろう!?」

「シーリーンはお前のことを愛してるからこそだ。それに自国の益を考えれば縁を繋ぎたいと思うことも仕方がないことだろう？　そちらの妃はようく教育されていると聞いてる。万一が起きても特に問題はないと思うが？　……異母弟も、ああ見えて口説いた女性に対してきちんと責任は取るしな」

過去、フェリクスが色んな女に手を出していたときにツェツィが文句も言わず尻拭い《フォロー》をしていたこと。そして王命による俺との婚約をツェツィーリアが了承したことから、また王命を出せば他の男性に——アキムにも簡単に乗り換える女なのではないかと言及され、レオンの顔が青ざめた。

男性の庇護《ひご》下にいる女性は、庇護を施す男性に生涯従順であれとされているマジャールだ。確かに端《はた》から見れば六年共にいたフェリクスに捨てられたツェツィが、フェリクスの地位に成り代わった俺と結婚しているのだから、大層な悪女にも見えるのかもしれない。

……たかだか友好国程度の関係の人間に、こうも軽々しく見られるほどに。

レオンはベルン王族による傲慢な行為が、ここまでツェツィの人生に悪影響を及ぼしているとは思っていなかったんだろう。

返す言葉はないな、と血溜《ちだ》まりを静かに眺める。

口火を切ったのは〝狂気〟というモノをさほど知らずに生きてきたイスラーンだった。

「そういうわけだ。〈英雄〉殿がいつも討伐で疲れていると言うから、今回は奉仕がうまいのを選んでおいた。何をしても文句など出ないことは私が保証しよう。好きに楽しめ」

「……好きに楽しめ、ね。ありがたいことだ」

「……っ」

やっと欲しい言葉が出た喜びを口にすると、息を呑んだレオンが片手で顔を覆った。

他国《ベルン》の問題など知ったことではない。むしろ問題となる人物を排除できるよう介入してやってるんだとまで言われたんだ——それが〈英雄〉の唯一無二の妃だと知りながらな……!!

ならレオンも、マジャール人が一人犠牲になるくらい見ないフリをするべきだ。

それこそ『知ったことではない』と返せるよう言質を取ってやったんだからな。

「ははっ！　ようやくか！　ほらレオン、私達は邪魔になるから——」

ハァ……と溜息で諦めを示したレオンの肩にニコニコと腕を回すイスラーンへ笑いかけながら、扉を開けてフィンへ声をかけた。

「——フィン、まずは片足だ。部屋は汚すな」

「かしこまりました」

了承と共にゴキッという鈍い音、そして獣じみた悲鳴が響いた。

「——あぁぁああッ……!!」

「……は？」

踵を返そうとしていたイスラーンが立ち止まり、馬鹿みたいな疑問を零す。

ゆっくりと俺へ移ってくる小さな恐怖を浮かべた視線を無視して、のたうつ塊を冷たく見据える。

「こんばんは、無作法なご婦人。会ってすぐこのようなことをして申し訳ありませんが、ここ最近愛しい愛しい妻と引き離されたまま一日中走り回っていて、正直ストレスが凄いんです。優しくできそうにないので断っていたのですが、納得済みと聞き安心しました」

「い゛だいッ……足、足がぁっ……!!　る、ルカスッ様っ……!?」

まぁ痛いだろうな、足首の関節を外したんだから。でも折らずにおいたし、片足で済むかどうかはお前が助けを求めるイスラーン次第だと、ポンッと魔獣の首を目の前に投げた。

「いだッ……ヒィッ!?」

「疲れているので黙ってもらえますか?」

じゃないと次はそうなるぞ、と伝えると、泣き叫んでいた女が目を見開いた。

「あ……な、なん、で……っ」

見覚えのある顔だな……何度か部屋の前でフィンと諍いを起こしていた奴だ。

止めるフィンを、たかが従者が邪魔をするなだのなんだの小馬鹿にし、俺付きから排除しようとしていたから、そのときはおイタをするなと言ったツェツィを思い浮かべて紳士的に仲裁しつつ断っていたが。

まさかフィンから庇《かば》ったことを脈ありだとでも思われたのか?

ミアのときのイヤな記憶が蘇《よみがえ》り、手に小刀を持ちながらフィンへチラと目をやると、首を振られた。

「主《あるじ》の対応は間違っていませんし、断っているのに思い違いをする方が悪いんです。だから頼むから顔に傷をつけようとするのはやめろ……!」

小刀一本で俺の考えを読むところ、すげぇな。

「……ツェツィも嫌がると思うか？」

「彼《か》の方は主の顔に傷があっても嫌がることは決してないと思いますが、間違いなく泣きますよっ。アンタ、勘違いを引き起こす顔が悪いっていう理不尽極まりない理由で顔にデカデカと傷をつけて帰って彼の方が傷つき悲しんだら、この国を滅ぼさない自信はっ？」

「ないな」

とりあえず俺の手でマジャールの王族と後宮にいる人間皆殺しにする。

「ほらな！　それでまたツェツィーリア様に止められて恥ずかしいことになるんだから、やめとけ」

「……」

フェリクスとやり合ったときのあれか……あんときあの場にいた全員の記憶消えねぇかな……。でも俺じゃないと無理って言ってくれたツェツィはめちゃくちゃ可愛かった。

「大体その顔はクソ主の取り柄の一つで武器でもありますし、最悪ディルク様によってシーリーン王太子妃殿下のベルンにおけるお立場を途轍《とてつ》もなく悪くされて、ツェツィーリア様にまた負担が伸しかかります。ツェツィーリア様のために、ついでにレオン殿下のためにもやめてください」

「『ついで』っ……いや、ナイス説得だフィン……ッ」

ディルクなら事を起こすと諭されて、顔を覆いながら震える親指をレオンが上げた。

ツェツィに負担がかかるのは問題ありだな……と渋々小刀をげんなりしたフィン、ではなく女へ投げつける。

「――ッおいコラ部屋を汚すなって言ったの誰だよクソ主……！」

「ヒッ……きゃあぁああッ……!!　ごめんなさいごめんなさいっ赦《ゆる》してぇ……！」

俺の投げたナイフを、わざと泣き濡《ぬ》れる顔スレスレに剣を下ろして弾き、女に悲鳴を上げさせながら文句を垂れるフィンに肩を竦めると、後ろから声を上げられた。

「お……おいっ……!!　ルカス卿、お前、何をしてる……!?」

やっとか。自分の後宮の女が酷《ひど》い目に遭っているっていうのに、随分遅い反応だったな。

「何、とは？　奉仕が得意な人間を寄越してくださったのでしょう？」

「な……っ？」

むしろどこに疑問を覚えたんだ？

もう一本出したナイフを手で投げて遊びながら振り向いて問いかけ返すと、イスラーンは意味がわからないという表情でレオンへ顔を向けた。

説明、というより助力を求められたレオンが心底イヤそうに顔を歪めながら口を開く。

「イスラーン、お前がルカスに言ったんだ。彼女を好きにしていい、と」

「……は……？　いや、言ったが……寝所に女を寄越したんだから、こういう意味ではないに決まっているだろうっ？」

決まってねぇよ。

誰と関係を持ったかもわからない女を抱いたら、問題しか起きないに決まってる。勝手に俺を無法地帯に入れようとするな。

大体ツェツィ以外に勃《た》たないにしても、他の女と同じ部屋にいたこと自体を彼女に知られて嫌がられたら責任をとってくれるのか？

「それはマジャールでは常識なのかもしれないが、ルカスにとっては違う。義弟にとって――」

「妻以外で部屋に無断で入ってくる人間は概《おおむ》ねゴミ屑《くず》と判断してるんです」

レオンの言葉を引き継ぎながらフィンの剣の鞘《さや》を拾い上げ、トンッと女の肩を突いて脱臼させる。

「――ッあぁぁあ!?　か……肩がぁッ!!　痛いい゙だいぃ……!!　やめてよなんなのよぉ……ッ」

「文句を言わないと聞いたんだが、随分うるさいな。喉を潰しておくか？」

ボロボロと泣いて漏らした女に首を傾げると、レオンが両手で顔を覆った。

「……俺の義弟が鬼畜すぎる。せめて手でやれよ……」

「無断侵入者への対応にしては随分我慢している方ですよ、レオン殿下。殿下の義弟……というよりツェツィーリア様の夫としてマジャールに来ていると自覚しているからこそ、この程度で済んでいるんです。王家の盾としてやっていいのであれば、とりあえず喉を潰して身体の端から徐々に削っていくので、今頃片側の手首足首くらいはなくなってるところです。血だるまですよ」

「普通誰の命令か尋ねてからしないかっ？」

「紙とペンだけ近くに置いておいて、じわじわ追い詰めるんですよ。だから尋ねる必要がないんです。それに比べればたかが脱臼。暗殺者相手に茶菓子を用意してもてなすくらいにはぬるくて、正直俺も驚いてます。出発前に主に何か仰ってくれたのでしょうが、部屋が汚れずに済んでツェツィーリア様々ですね」

「そうか……そうだな、まだマシ……だな……」

レオンの嘆くような同意にフィンが肩を竦めて答えながら、外したばかりの肩と足首をトンッと押して治してみせた。

「ヒィッ!?　いっ……あぁ……っ」

女は身体をビクッと跳ねさせてから、安堵したのか床に頭をつけるように静かに泣き始めた。

ツェツィの名前を出して俺を牽制しながら勝手に治すなよ、と溜息をついて、うずくまる女へ治癒魔法を施す。

そして小刀を見せながらイスラーンに聞こえるように女へと話しかけた。

「俺にとって妻はとても大切な存在なんです。とても、とても……とてもね。彼女に愛され続けるにはどうしたらいいかを四六時中考えているほどに。だから妻が嫌がることは基本的にしないようにしています。……だがそれ以上に、妻を直接的であれ間接的であれ害そうとする人間は赦さないことにしている」

言葉にしたせいで、腹の奥にあった淀《よど》んで濁りきった感情が噴き出す感覚がした。

引き離されようが何度だってツェツィの元に戻ってみせるし、嫌われないように気を遣うことだって、彼女のためならさして苦じゃない。

けれどそれは優しい彼女のためにできるだけ普通であろうとしているだけ。ツェツィーリアが存在しているから我慢できているだけだ。

彼女を追い落とそうとする人間に我慢しても、いいことなど一つもない。

むしろ少しでも甘い顔をすれば、ようやく手に入れた愛しい存在を簡単に奪おうとするんだ——無惨にも若草色の瞳から輝きが失われるところを想像して心臓が怒りで軋《きし》んだ。

同時に奈落に落とされたような絶望感が肌に刻まれ始めて、とうとう危険だと見做《みな》されたか、と苦々しく笑ってしまう。

ただ一つだけを守りたいと望む人間に、普通なら世界を左右できる力など授ける馬鹿はいない。唯一無二の心を他の人間に揺らされることすら許せないなど、いつ世界へ恨みを向けるかわからないからだ。

どこまでも壊れきっている、人間という皮を被った怪物だと非難されて当たり前の存在。

……そんなものを受け入れ、さらには愛し続けられる相手などいないと誰だって考える。

「——る、ルカス様？　首……いや身体中に傷が……!!」

焦燥したフィンの声に、何故か笑いが零れた。

身の内から噴き出た魔力が蔦《つた》が伸びるように渦巻きながら黒い茨《いばら》のような紋様を描き、肌を染め上げる。

大罪人が刻まれる呪言に似た紋様を左半身に纏った俺に、全員が息を呑んだ。

これが、神器を扱う者に対する慈悲深い女神が施した制約。

むやみやたらと力を振るってはいけないという戒めであり、唯一無二の手によって死ねる栄誉の証。

たとえたった一つだけを守れればいいと思っていても、強大な力は世界の均衡を簡単に崩せる。そのせいでいつしか二人の関係性は危うくなる。

……今回の俺とツェツィーリアのように望まぬ事象で離れることが増え、傍にいることが難しくなり。壊れきっている怪物は、ただひたすら愛しい存在を求め続けるあまり、自らの首を絞める死の紋様が身体に浮き出る。

そして見た目さえも完璧な怪物と成り果てた俺は、ツェツィーリアとの愛が真実なのかを試され——女神に召されるというわけだ。

この紋様は、俺にとっては彼女への愛の証。

けれどツェツィーリアにとっては、愛した相手が怪物だった証——どんな反応をするのか、と周囲へ視線を走らせ、青ざめて後退る女を見て溜息が出てしまった。

「ヒッ……!? いやっ、バケモノ……!!」

「……っ貴様、主に向かって……!」

「やめろ、フィン」

この流れ、前もどこかであったなと思い出しながら、焦りと怒りで頭に血が上ったらしいフィンを制止する。

「では治癒を……!」

すると室内が荒れるほどの治癒魔法をかけられた。

バサバサとシャツがはためき、強風のような魔力が身体を覆う。全力に近い力を感じて、やめろと手を振ってフィンの魔法を消し去った。

「お前にはまだ頼んでることがあるだろう、無駄に力を使うな。それにこれは女神からの……思《おぼ》し召しだ、人には治せない」

「なっ……どういうことですかっ!」

「とにかく大丈夫だ、呪言と同じで下手なことをしない限り影響はない」

ただ醜い姿になるだけだ。

それより早く風呂に入ってベルンに向かう準備がしたい、とイスラーンへ視線をやる。

「妻以外必要ない、という意味がこれでおわかりいただけたと思います。殿下が検討されていることは決して起こらないこともご理解いただけたと思いますので、彼女を引き取ってもらえますか？」

そして二度と女を寄越すな、と伝えると、イスラーンが悔しげに顔を歪めた。

「……変化の魔法とかではないのか？」

変化した〝ルキ〟で潜入していたことを知っているせいなんだろうが、疑り深いな。

変化が効かないことを見せたら納得するか？

「先ほども言いましたがこれは女神の力です。変化だろうが幻影だろうが上書きはできません」

言葉にしながら変化の魔法を発動してみせる。

〝ルキ〟を形作る魔力の膜が肌に吸い込まれたかと思うと、紋様があった肌の数センチ上で何かがパチッと反応した。

そうして変化の上から肌に紋様が浮き上がるのを見て、レオンが片手で顔を覆って溜息をついた。

「……誰にも治せないわけだ。さっき言ってた傷の方がまだマシだったとは……」

お前の奥方とディルクになんて言えばいいんだ……と小さく呟かれ、俺の口からも溜息が出てしまった。

「ハァ……フィン」

「嫌がられはしないと思います。ただなんというか……かなりインパクトがあるので、泣かれるというより叱られる可能性の方が大きい気がしますね」

「……ちげぇよ、顔を隠せる道具を用意しろ」

「仮面ならご用意できますが、隠したところでツェツィーリア様に見せろとお願いされたらどうするおつもりで？」

「…………見せる」

見せるしか選択肢はないんだが、心の準備をする時間は欲しいな……。

「ですよね。アンタ奥方様に弱すぎるもんな」

やれやれと呆《あき》れたように首を振るフィンに「うるさい」と舌打ちをすると、横からイスラーンが口を挟んできた。

「ルカス卿、その……こんなことを尋ねるべきではないのかもしれないが、奥方に嫌がられたらどうするんだ？」

気を遣うような声音を出しながら探る視線を向けられ、殺意が噴き上がった。

瞬時に室内全体を防御壁で囲み、誰一人俺から逃げられないようにする。

すると何をしようとしているのか勘づいたレオンが慌てて防御壁でイスラーンを囲った。

「――おいレオンッ！　何故突然閉じ込めたんだっ？」

「この馬鹿がっ……!!　イスラーン、死にたくなければ今すぐルカスに謝罪して二度とこんなことはしないと言えっ！　ルカス、落ち着け……ッ」

「落ち着いてるさ。殺しをするときは証拠を残さないよう常に冷静であれと教えられたからな」

泡を吹いた女が倒れた音を聞きながら、ふぅ……と息を吐き出してゆっくりと防御壁の中にいるイスラーンへ足を向ける。

「イスラーン殿下」

「……っな、なんだ」

「殿下はどうもよくお忘れのようですが、俺は〝ベルン〟の〈英雄〉なんですよ。マジャールの人間に、俺の横に立つ妃をどうこうする権利は一切ない」

「……っ、わ、悪かったっ。本当に気になっただけで、決してこれ以上他の人間を押しつけようとは思っていないっ……」

そう告げた目が小賢《こざか》しさを示すようにほんの少し細まったから、ガシャンッと三重防御魔法を突き破り、男の首を掴み持ち上げた。

「——ぐぅっ⁉」

ジタバタと抵抗されないよう締め上げる力を強めると、男の足が苦しみを表すようにピンと伸びる。

「……ルカスッ！　頼む、手を離してくれ……っ」

「ベルンへ特使として行っている第三王子に余計な入れ知恵をしたんだろう？　残念ながら彼女に触れることができる男はこの先も俺だけであり、俺が手放さない限り永遠にツェツィーリアは俺のモノだ。……たとえ彼女がこの姿を嫌がろうともな」

俺以外選ぶことはできないと、俺の誓紋を持つ彼女自身が一番理解しているのだから。

だから俺から彼女を奪おうなどと二度と考えるな、と伝えると、苦虫を噛み潰したような顔をされた。

「わかっ……離し……ッ」

「本当に理解したのか？」

じゃないとお前もああなるぞ、と魔獣の首を塵にして消し去るところを見せる。そして首を傾げて尋ねると、持ち上げている腕を力なく叩かれて降参を示された。

パッと手を離し、みっともなく尻から落ちてゲホゲホと喘《あえ》ぐ男を見つめる。すると見上げてきた目の中に恐怖の塊のような存在《俺》が映っていて、我慢できずに気持ちが零れた。

「……お前らが邪魔しなければ、ただ彼女と共に生きることがこんなに難しくなるはずがないんだよ」

　好き好んでこんな姿になったわけじゃない。

　実際〈英雄〉なんて素晴らしい存在じゃないのは自分でもわかってるし、力がなければ彼女をこの手にし続けることが難しいことも理解しているから、怪物でもなんでも好きに呼べばいい。

　――が。誰のせいでこうなったと思ってるんだっ……これで本当にツェツィにこの姿を嫌がられたらマジでこの国を滅ぼしてやる……！

「概ね処理は終わっています。ついでに魔獣も狩っといたので、当分は悩まされることはないと思います。俺は少し休んでから今夜にはここを出るので、あとは約束通りお願いします」

　アキムを追い落として王位に就きたければ役割をこなせ、とイスラーンを見据える。

「あ、あぁ……っ。夜会は明日の夜だったな。明後日《あさって》の朝、ベルンで合流しよう……っ」

　おどおどして必死で頷く男に小さく息を吐き、今度はレオンとフィンへ口を開く。

「レオン、バルナバーシュにはベルンに全員連れてこいと言ってある」

「……か、帰りは黒竜殿に乗る予定だったの忘れてた……っ。シーリーンが駄目かもしれないんだが……っ」

「あとで王女殿下に伝えておけ。……まぁ平気だと思うぞ」

　むしろ平気じゃないのは高所恐怖症のレオンだけだろ。

「フィン、もうしばらく頼んだぞ。今日の騒動がどうせ広まるから、部屋に引きこもっておけば問題ない」

どうせ俺が〝怪物〟になったと声高にあの女が喋る。その情報を持って第三王子《アキム》がベルン側を揺さぶろうとするはずだ。

それであのクソ兄貴なら俺が戻ろうとしていることに気づくだろうし、アキムの誘いに乗るようツェツィに頼むに違いない。

そして自己犠牲が当たり前として育てられたツェツィーリアは、レオンの婚姻が駄目にならないように、少しでも損害が少なく済むように自らアキムの誘いに乗るんだろう。

二人きりになって自白を引き出そうとするはずだ。

アキムは愚かだが、野心を叶《かな》える力はそれなりにある。

それに愚か者ほどなりふり構わなくなったときが怖いからな……事がうまく運んでいると思わせておいた方がツェツィの身が安全なはずだ。

アキムを騙すには、俺がマジャールにいると信じるようにお前が〝ルカス〟に変化しておけ、と見つめると、力強く頷かれた。

「かしこまりました。お任せください」

頭を下げたフィンに背を向ける。

そうして浴室へと歩を進めながら、なんとなく奥歯を噛み締めてしまった。

守りたいと願う者に力を与え世界を守らせ、力をつけすぎるとその力を奪い、また力を欲する人間が出てくるのを待つ。

随分合理的なシステムだ——舐《な》めやがって、とボロボロのシャツを脱ぎ捨てて拳を握り締める。

恐らく彼女の傍に戻って落ち着けば紋様はある程度消える。

ただその期間がどれくらいかかるかは不明な上、嫌がられたところで離れるなんて考えられないから、縋りつくことになる……格好悪くて最悪だな……。

これでツェツィが俺を嫌がり愛が冷めた結果、俺がツェツィを手放して一人で死ぬと思ってるんだろうが、こっちは何があっても守り続けるって誓ってるんだ。

必ず戻ると約束した手前、たとえどれだけ醜くなっても帰らないって選択肢はないんだよ……！

鏡に映る左頬の紋様めがけて殴りつけた瞬間、ツェツィの言葉が蘇った。

『……帰ってきたら、だ、駄目にして……』

離れることを怖がることはあっても、今までの彼女ならただ信じて待ってくれていた。

あんな風に、必ず俺が自分の元に戻ってくるような言葉を口にするなど信じられなかった。

なんて奇跡だ——そう喜ぶと同時に、だからこそ彼女は最後まで俺を呼ぼうとしないに違いないんだよな……と割れた鏡から視線を下げて項垂《うなだ》れてしまう。

マジャールに来てから一度として反応しない左耳の耳環をそっと触る。そして壊れていないことを確認して、溜息をついてしまった。

「……呼んでくれよ」

これでは離れる前に耳環と指輪が繋がることをバラした意味がない。ガキの悪戯《いたずら》みたいだ……。

きっとツェツィは第二王子妃らしく、一人で立ち向かおうとする。今まで一度も呼ばなかったのがいい証拠だ……我慢強すぎていっそ惚れ直すから腹が立つ。

「ハァ——……戻ったら、絶対に駄目にしてやる」

――だから、他の女に首輪を掴まれている俺を欲しがって、と紋様を睨みつけた。

【3】

翌日、夜会に向けてアナ達に豪奢《ごうしゃ》に調えてもらう。

「……お待たせいたしました。どうぞこちらへ」

サッと化粧避《よ》けの布を取り払ったアナにお礼を言って、ケイトの手を借りて立ち上がり鏡の前に立つ。

「ツェツィーリア様は睫毛《まつげ》が長いので敢《あ》えて目元を引き立てるように、ドレスの色数が少ないのに合わせて他の部分のお色を抑えめにしました。如何《いかが》ですか？」

アナの言葉に鏡に映る自分を見て、ドレスを少し摘まんでくるりと振り返り、後ろ姿まで確認する。

客人を迎えるために選んだのは、紫色のビロード地が艶やかなドレス。

オフショルダーになっていて、ハートカットされた胸元を黒いレース生地が彩っている少しセクシーな型。

レースや宝石に使われた差し色も黒で、裾に向かって紫色から濃紺色にグラデーションがかかるよう生地が重ねられている。

そこへ夜空の星のように宝石と刺繍《ししゅう》がちりばめられていて抜群のインパクトだ。

本当はもう少し軽やかな色合いのドレスを用意していたんだけれど、妖精姫だなんてもう二度と言われたくないので、急遽《きゅうきょ》戦闘服に変えることにしましたっ。

敢えてルカスが不在のときを狙って来たのだもの、私だって戦う意思を見せないとね。

「凄《すご》く素敵。いつもより強そうに見えるかしら？」

出来に満足しながら有能侍女達に問いかけると、ザンッと音がしそうなくらいの勢いで座り込んで拝まれて後退《あとずさ》ってしまったわ。

「貴い……最強のお美しさですっ」

「尊い……最強の魅惑力ですっ」

「最高で最強の威嚇力です！　今回はルカス様がいらっしゃらないので、魅惑の谷間を出し放題——ってバルが言ってました！」

「……そう、ありがとう」

強く見えるかどうかに対する質問にエルサがまっとうな返答をしたことにも驚きだけれど、答えをバルナバーシュ様になすりつけてケイトからの攻撃をいなし始めたところにうっかり感心してしまったわ……。

成長の方向性について助言するべきか、それとも今後の成長に期待して待つべきか……悩むわね。

ちなみに、勿論《もちろん》ルカスさんもこのドレスをご存じです。

あのヒト相手に隠し事なんてほぼ不可能だし、意図的にそんなことをしようものなら私の身が危ない……っ。だからきちんと彼の目の前で選んで購入しております。

そして自分がいないときには決して着るなと脅されております……。

『どうですか？』

『最近大人っぽいドレスを好むようになったね、ツェツィ。……正直堪《たま》んないです』

『だってあなたの背が伸びたから、私もそれに合わせて少し——ルキ……ッ？』

『これでまだ咲ききってない年齢か……とても綺麗《きれい》で凄く似合ってるよ。とても……本当にとても』

何故《なぜ》か溜息《ためいき》をつきながら近寄ってきたかと思うとそのまま壁際まで追い詰められ、圧に塗《まみ》れた真顔で褒められ。

その真顔のまま、開ききった瞳孔と淡々とした声で言い聞かせられて震えちゃいました……。

『似合いすぎてる。白い肌と黒のレースのギャップに、誓紋があるとわかってても手を伸ばしたくなるから、俺がいないときは着ないで？　……それが身のためだよ』

『身のため――……っ』

誰の？　なんて野暮なことは、私はできる妻なので訊《き》きません。

弾《はじ》き飛ばされて恥をかかされた挙げ句、夜会会場の手紡ぎで織り上げられた真紅のマルムーク絨毯《じゅうたん》をより赤く染める役になんて誰しもなりたくないだろうし、一晩中身体《からだ》の細部にわたって褒められて追い詰められる我が身を守らないといけないので。

……口説いて泣かすという新手の脅し技を編み出すのやめてほしい……。

その上フェリクス様が私を殺そうとしたフェンリルの事件が原因で、危険だとわかりきっている提案に乗るなと言い聞かせられた身ですので、今回の件で彼が帰ってきたとき、お仕置きがどの程度になるのか気になるところ……っ。

でも！　私としては別にすすんで危険に突っ込んでいったわけではないと言い訳したいですっ。

あのときは婚約者の家に居候している身で、その家族から手伝ってほしいと提案されたから断りにくかったわけだし。今回だって、あくまでも第二王子妃としての本分を果たしているだけだし。

ベルン王国としても、〈英雄〉が倒れたなんて重大な情報をそのままにするわけにはいかない。

より多くの情報を開示してほしければこの人間を寄越せ、と言われたらリスク対策をしつつ交渉の席に着くしかない。

何より、愛するヒトが倒れたと告げられたのだから、私には何故そんなことになったのか知る権利がある——という言い分が、私を守りたがっているあのヒトに通じる気はしないけれど……。

ルカスに関してだけは譲れないから中止になんて決してしないけれど、テラスで話をしようと私から伝えたのを間違いなく指輪で聞かれていると思うと、色んな意味で身震いしちゃうわね……っ。

だからこそ会場に隣接した休憩室ではなく、できるだけ人目が多く密会ではないと見せられながら会話を盗聴されにくい場所として、会場から簡単に出入りできるテラスにしたのだけれど。

「そういえばテラスと指定してしまって問題なかった？」

問いかけると、アナ達が力強く頷《うなず》いてくれた。

「問題ございません。むしろ休憩室と違い密室には決してならず、ガラス扉の前に近衛騎士を置いて牽制《けんせい》も使えますし、かつ周囲に邪魔な貴族もいないので、多少乱暴をしても被害が出にくく圧倒的に守りやすいです」

「ツェツィーリア様が場所をご指定くださったお蔭《かげ》で、向こうの害虫駆除も事前にできましたし、前回の経験を元に防御陣も新しく敷き直せました」

「マジャールに行く前のバルの話では、ルカス様の脅しによってほとんどのフェンリルがマジャール側へ逃げ込んだらしいです！　ルカス様の張られた王都の結界を越えてこられる魔獣などそうそういないですし、これで侵入してきたらそれはもう普通の魔獣じゃなくてバルかルカスさぼぎゃゲェーッス……っ」

良かった、と頷き返そうとして――。

「黙らっしゃい駄猫」

「成長が足りてないわよ」

どごっ……という鈍すぎる音と共にエルサの語尾がおかしくなったから、ビクッと身体が強張《こわば》っちゃったわ。

なんだか久しぶりに見た気がする。二人がかりだなんてエルサったら随分強くなったのね――って現実逃避してる場合じゃないわ！　アナが後ろから、ケイトがお腹《なか》側から攻撃したのか、エルサの身体が綺麗にくの字に折れ曲がってる……ッ。

「え……エルサ、大丈夫……っ？」

生きてる……わよね……？　と治癒魔法をかけながら怖々問いかけると、ぷるぷる四つん這《ば》いで震えながらゆっくりと親指が上がってきた。

「ふ……ふふ、私、少しずつでも成長、してるんで……ッ」

いつだってポジティブなところ、凄く尊敬してるわエルサ。

でもね？　多分ケイトが言ったのは、頑丈さの成長率ではないと思うの……！

「どやってきたわよケイト。わかってないみたいだからこの際一度、あちら側とこちら側を行ったり来たりさせてみない？」

「あれから修行に修行を重ねたアナと私の攻撃力が神獣に通用するかの確認にもなるし、ツェツィーリア様の治癒魔法があれば蘇《よみがえ》りそうだものね。――如何ですか、ツェツィーリア様？」

戦々恐々と二人の会話を聞くことしかできないでいると突然話を振られて、小首を傾《かし》げてしまったわ。

……如何って何が……っ？

そんなあの世とこの世を行ったり来たりする拷問巡礼の手伝いについて、気軽な雰囲気で同意を求められても「ええ、いい考えだと思うわ」なんて返答する主人はおりませんよ。

戻ってこられなかったらどうする気なのっ？

「アナもケイトも落ち着いて頂戴。万一問題が起こったら全力でお願いするから、今は力を温存しておいてほしいの。それに、その……もしエルサの言う通り侵入者がバルナバーシュ様とルキ様だったら、それはそれで安心できるわけだし……」

三人の気遣いが嬉《うれ》しくてつい本音がぽろっと零《こぼ》れてしまう。

〝倒れた〟という意味がどの程度なのか知りたくて、問いかけのフリをして彼を呼んでみると、指輪が指を締めつけた。

その上でディルク様に確認したところ、案の定ベルンからの連絡ではなかったわけだけれど。

倒れたのだからルカス本人と対応に追われているであろうフィンさんが連絡を寄越さないのはギリギリ納得できる。けれど、王太子であるレオン様が国の至宝である〈英雄〉の不調を連絡しないはずがないから、これはつまり〝アキム殿下から情報を引き出せ〟と言われているということだ。

レオン様的には私ではなく、ディルク様かお父様が相手をすると考えていらっしゃったのかもしれないけれど。そこはアキム殿下だって百戦錬磨を相手にはしたくなかったから私に狙いを定めた。

恐らくは〝妖精姫〟と侮っている私なら口を滑らせるだろう、という毒舌義兄の思惑通りになったわけだ。ホント、すぐに人を囮《おとり》に使うのやめてほしい……。

それにアナ達が言うには、フィンさんは公爵家直属の戦闘部隊〝生きた剣《レーベンクリンゲ》〟の中でも指折りの実力者で、本当にルカスを使い潰そうとする人間がいたら、証拠を集めて容疑を固めつつ容赦なく行方不明事件を起こして不名誉な状態でこの世から消すとのことなのよね……。

流石《さすが》ルカス付き、貴族にとって最も痛みを伴うやり方を選んで対処するところが怖すぎる……っ。

だからフィンさんが動かないのはルカスの命令があるからで、〝倒れた〟というマジャールからの情報は嘘《うそ》なのかもしれない――……。

そんな風に嘘だと思いたがっている気持ちと、王子妃としての矜持《きょうじ》なんてなげうって今すぐ彼が無事なことをマジャールへ確認しに行きたい気持ち。

そしてついていきたいと素直に口にすれば良かった、という後悔が絶え間なく襲いかかってきて、辛《つら》すぎてこの紫色のドレスに変更してしまった。

もしも本当に戻ってくるのなら、きっと彼ならすぐに見つけてくれると期待してしまったから。

『――このドレスを選んだ日は、俺との夜を求めてるというツェツィからの合図だと思うことにしようかな。……たまにはいいだろ？』

そう言って、狂気と執着がない交ぜになった金の瞳で私へ手を伸ばしてくれる彼を望んでしまってるのだ。

『駄目にしたい』と言ったルカスを思い出して、ぞくんと下腹部が反応した。

彼にめちゃくちゃにされるのは怖い。

息の根を止めるようなキスが。理性を壊そうとする容赦のない愛撫《あいぶ》が。ヤメテという制止すら赦《ゆる》してくれない狂気と殺意に塗れた金の瞳がとても恐い。

……でも、私しか見えなくなるあのヒトを見るのは嫌いじゃない。

むしろ、どちらかと言えばとても――そこまで考えた瞬間アナ達がエプロンをサッと外したから、慌てて背中をピンッと伸ばして表情を取り繕って――。

「今日も恋する女神は最高に慈悲深い……主命通りにいたします」

「今日も恋する女神が最高に美味《おい》しい……全力で待機いたします」

「今日も恋する女神の魅惑ボディによろめいたアキム殿下が吹っ飛ばされることを期待してますっ」

「……」

エルサの言葉に全員無言になったわ。

貴賓を誓紋で吹っ飛ばした場合、どうなるのかしら……。事前に知らせているから外交問題には発展しないはずだけれど。

でも相当恥をかかせることになって失礼なことに変わりないから、できるだけ距離を取ることにしましょう、と心の中で拳を握りつつも、離れていても守られている事実に幸福を感じて口元が緩んでしまった。

「――ふふっ、そうね。なんならあなた達もいるし、ルキ様本人が戻ってこなくても全然平気ね」

肩の力を抜きながら英雄紋と隠しナイフ等の暗器を身につける三人に笑いかけると、三人共私に合わせて楽しげに笑ってくれた。

「ルカス様が聞かれたらショックでマジャールが滅びますよ、ツェツィーリア様」

「まぁ御身を守り続けてもう七年のルカス様の魔法は間違いなく大陸一でしょうから、護衛を行う私共としては守備より攻撃に回れることを期待しておりますけれどもっ」

「ぶちのめすぜ赤髪野郎……!!」

クスクス笑うアナの言葉にケイトが肩を竦《すく》めながらにんまりすると、エルサが手に武器を握って闘志を燃やしたから苦笑しながら止めたわ。

「エルサ、言葉遣いが良くないわ。それから気持ちはわかるけれど、それは私の役目よ」

戻ってきちゃ駄目と言い聞かせておきながら戻ってくることを望むなんて、傲慢で愚かすぎる。

そんな浅はかな願いなど捨て去って、するべきことをするのよツェツィーリア。

マジャールは我が国の民に、そして私の〈英雄〉に何かをしているのだから必ず証拠を握ってみせる、と決意しながら驚きを表す三人にもう一度笑いかけ、会場へと向かうべく足を踏み出した。


贅《ぜい》を尽くした宴《うたげ》の場。

会話の邪魔にならない程度に抑えられた音楽と笑い声のさざ波の中を、ダンスのステップを踏むようにドレスの裾を捌《さば》きながら移動する。

途中各行政部門の人々と挨拶を交わしていつも通りだと印象づけながら、薔薇《ばら》園を眺めることができるテラスへと歩を進めた。

「既にお待ちです」

私を見て頭を下げる近衛騎士に軽く頷いて、ガラス扉へ覚悟の吐息を投げる。

そっと開けられた扉からテラスに足を踏み入れた瞬間、薔薇の香りと共に嗅ぎ慣れない香りが身体にまとわりついた。

シダーウッドとジャスミン。そして仄《ほの》かにスパイシーさを感じる刺激的な匂いに、なんとなく呼吸を浅くしながら、薔薇園を眺める男性に声をかける。

「お待たせしてしまいましたか？」

近寄りすぎないよう気をつけつつ用意された椅子の横に立つと、アキム殿下が私へ視線を寄越した。

「いいや、時間通りだし女性を待つことに苦など感じない。その相手がここから眺めるどの薔薇よりも美しい一本であれば、なおさらな」

持っているグラスを掲げて飲むかと示され、小さく首を振り返すと、彼は楽しげに口角を上げた。

少し間違えれば皮肉にも見える自信たっぷりの笑みに、こちらの口角をわざとらしく下げて応戦したわ。

どうすれば自分が魅力的に見えるかわかってるんでしょうけれど、あいにく好みじゃないの。

「お上手ですね。前にお会いした折は、殿下は棘《とげ》のない花は好きではないとお話しされておりましたのに」

過去、フェリクス様相手に『つまらん女を選んだな。扱いやすい女は私の好みじゃないが、あそこまで印象が薄いお前の婚約者が果たしてベッドでどうなるのかは気になる』と仰《おっしゃ》っていたこと、私は忘れてません。

お蔭様であの日、アキム殿下にけしかけられたフェリクス様に部屋へ来いと言われました……当然接待の進行管理で忙しくて無理だと、きっぱりお断りさせていただきましたけれども！

あなたにとっても私は好みではなかったはずでは？　と冷えた視線を向けると、アキム殿下が軽く目を見開いてから声を出して笑った。

「あははっ、そんなことも言ったかもな。だがその花が棘を隠し持っていたとなると、とても魅力的に見えるものだ。うっかり手折りたくなるほどにな。まぁ手折るにしても手順は踏むから、侍女を下がらせてひとまず座れ」

　わぁ、げんなりするぅ……。溜息で返事していいかしら——そんなことを考えてハッとした。

　トントンとテーブルを指先で小突き命令口調で椅子を勧めるアキム殿下から、私の椅子の背に手を置くアナへそっと目をやって小さく肩を強張らせてしまったわ。

　……マズイ。よーく見ないとわからないけれど間違いなく怒りで震えてるし、多分表情を取り繕うために口の中で頬肉を噛《か》んでる……！　そんな技を使うことあるんですね!?

　常にプロ意識を持って立つアナが、既に我慢の限界ぎりぎりということは。ケイトとエルサは——と戦々恐々と視線を動かして、背中を冷や汗が流れたわ。

　お腹の前で組んでるはずの手があからさまに両手指とも緩んでいて、武器を手にする気満々っ。

　しかもエルサなんて掌《てのひら》をこちら側にして親指を下に向けてるし、侍女としての姿勢ゼロ！

　流石に見つかった場合「この子は変な印を結ぶのが癖で……」とかマジャールの王子に対して苦しすぎる言い訳よね。

　仕方ない、ここはあの手を使うしか……っ。

「アナ、そんなに掛からないからお茶はいいわ」

　口説かれるつもりはない、とアキム殿下に伝えつつわざとアナに呼びかけて、頼りにしていることを伝える。そして『落ち着いて』と微笑《ほほえ》みかけると、彼女の頬が少し膨らんだ。

　やったわ、頬肉を噛むのやめてくれたっ。

「承知いたしました。それでは私共はこれより護衛に就かせていただきます。お話が終わりましたらいつも通りお呼びくださいまし」

私を椅子に座らせたかと思うとわざわざ隠し持っていた剣を腰に差し、足元に跪《ひざまず》き頭を垂れてそんなことを口にする侍女に苦笑してしまったわ。

後ろの二人に私の侍女としてしっかりしろと伝えるために、いつも通り一番先に自分を呼べと言うなんて。毎回気を回してくれるあなたがいてくれて本当に助かってるわ。

だからケイトとエルサに何かやるのは止《よ》してね……っ？

「お願いね」

「かしこまりました」

「お呼び出しをお待ちしております」

アナと同じように頭を下げていた二人にも声をかけると、ケイトとエルサは顔を青ざめさせて侍女らしく頷いてから、アナの視線から逃げるように消えた。

……ボスの威圧力が凄いなぁ……。

感心していると、テラスの扉ではなく薔薇園側へと足へ向けるアナに、アキム殿下が驚きの声を上げた。

「護衛……？　身につけているのは英雄紋のようだが、まさか話に聞くヘアプストの生きた剣《レーベンクリンゲ》かっ？　いくらベルン最強と名高い集団とはいえ、侍女に扮《ふん》した女三人では、流石に第二王子妃が抱える護衛としては不安を覚えるが」

なぁ、と後ろの護衛騎士に同意を求めるアキム殿下と「しかも侍女ですよ」と嘲りの笑いで答える騎士達に、私の怒りの沸点も下がり始めてしまったわ。

「私には一切不安はございませんけれど、そちらは不安かもしれませんね」

騎士が戦う相手を侮るなど恥を知りなさい、と笑う男達へ冷えた笑みを向けると、侍女だと嘲っていた一人がカッとしたのだろう。

「どういう意味――ぐッ……」

剣の柄《つか》に手をかけたかと思うとドサリと膝をついて泡を吹き、意識を失ったわ。

ひぇっ……三人のうちの誰がやったのかしら、容赦ない……ッ。

まぁでも、アキム殿下を貴賓として尊重する姿勢を見せているだけなのに、まるでマジャール人であればベルンの第二王子妃に噛みついていいと思われるのは良くないし。馬鹿にされっぱなしは私も好きじゃない。

こちらだって侍女を下がらせるのだから、そちらの不必要な人達にも退場してもらいましょう。

「ですが、私の〝侍女〟達はとても有能ですからご安心なさって?」

騎士としてなっていない、あなたの後ろのでくの坊達よりもよっぽどね。

動揺してざわめく彼らをチラリと見てからアキム殿下ににっこり笑いかけ、彼がしていたテーブルを指で小突く仕草を真似《まね》る。

言葉と仕草だけで私の指示を察してくれたアナがおもむろに気配を断った。

同時にアキム殿下の騎士に異変が起こる。

「なっ……!?」

「一体何が……ッ」

扉側に立つ騎士から順繰りに床に突っ伏し出したけれど、何故なのかわからないでしょうね……私にも全くわかりませんっ。

う〜ん、後ろから蹴ったりしてるのかしら。なんだか私に謝罪してるみたいな姿勢になってるわ。

そして圧倒的な力の差で強制的に膝をつかされて、騎士としての面目丸潰れで少し気の毒……。

まぁでもこれで退散していただけそうね。

「アキム殿下、騎士達は不調のようです。休養が取れるよう部屋へ戻されては如何でしょう？」

「……っ」

護衛がいたところで役には立たないので下がらせてください、と閉じた扇の先でガラス扉をちょいっと指し示して微笑みかけると、彼は眉間に皺《しわ》を寄せ悔しげにハッと笑った。

「……ッ言うほどの実力はあるわけか。お前達下がれ」

「——ッしかし殿下——……っ」

その言葉に四つん這い状態の騎士が悔しげにバッと顔を上げ、再度剣に手をかけながらアナを睨《にら》みつけ——息を呑《の》んだ。

霞《かすみ》を攻撃することなんて誰にもできない。

間違いなく目で見えていてそこにいるのに、実体を感じられないせいで攻撃対象物として認識できないのだろう。いつでも己の命を刈り取れる相手を前に、剣を握る手から力が抜け、呆然《ぼうぜん》とした表情を浮かべる。

完全に戦意を喪失した騎士達を見て、もういいとアナに声をかけた。

「アナ、また呼ぶわ」

アナは騎士達を一瞥《いちべつ》すると、静かに頭を下げてから風がそよぐように背を向け、ふと姿を消した。

瞬《まばた》きの合間の幻夢のような出来事に、一瞬テラスが静まり返ったわ……。

アナったら、暗殺者としての殺《や》る気がうなぎ登りに上がってるわ。これはもう護衛とは言い難い気がする。

そして、いつでも殺せるとわかりやすく教えられた護衛騎士の皆さんが滝のような汗をかいていて、同情してしまうわね。

これに懲りたら人を見かけで侮らないようにしてください。私の周辺はやられたら殺り返す人間が多いので、生きてベルンを出られるだけ良い方です……。

気絶している騎士を担ぎ、すごすごと退出する騎士達を見ていると視線を感じた。

これからが本番だ。扇を握る手に力を込めて、目の前の男性と視線を合わせる。

さぁ話をしましょう、とゆるりと笑みを見せると、アキム殿下が手で顔を覆い肩を揺らした。

「……く、くくっ……ハハハッ！　なかなかどうして……〈英雄〉殿が大切にするのも納得だ。ますます手折りたくなったよ、ツェツィーリア・クライン」

好意を口にしながらまるで離婚したように前の名前で呼ばれても、嫌いになる一方なんですけれど。

「ベルンのお酒がお気に召されたようですね。ですが省略するべきは〝クライン〟であり、私は今もこれからも……神に召されるまで〝ヘアプスト〟です。酔われていてお話しすることが無理なようでしたら、これで失礼させていただきます」

飲みすぎということにするけれど、呼び間違えを赦すのはこれきりよ。

ルカスの情報を得られないのは辛いけれど、アキム殿下も私に話があるのだからあくまでも対等の席だ。

それに、これ以上私を選んでくれたルカスのことを侮られるのは我慢ならない。

話にならない、と椅子から立ち上がろうとすると、アキム殿下が待てと言うように片手を上げた。

「悪かった、そうむくれないでくれ。美しい花をこの手にすることを待ちわびていたから、思っていたより飲んでいたようだ」

……いやいや、謝罪が軽いのはこの際目を瞑《つぶ》るとして、時間通りだって仰ったじゃないですか。人のせいにするのはやめてくれます？　しかも言い方がなんだか恋人気取りで気持ち悪い。

マジャールの女性はこの口説き方で本当にときめいてるのかしら？　いくら顔が良くても限度があるし、王子だから仕方なく笑って許してるだけな気がする。

というか、何度も関係を持つことを仄めかしてくるけれど、私に誓紋があることを知らないとか？

「そうですか。では今後は飲みすぎにお気をつけください。それから、花にも咲こうとする意思がございますので、気軽に手折ろうとするのはおやめくださいませ。安易に手を出せば隠れた棘で指先を痛めるかもしれませんから」

そういう気持ちで私に近寄ると弾き飛ばされて猛烈に恥ずかしい目に遭うことになりますよ、と暗に伝えると、アキム殿下が薄茶色の瞳を歪《ゆが》めてクツクツと笑った。

私の忠告に何か笑うところでもありましたっ？

「咲こうとする意思か……前に会ったときとは随分変わったな。では率直に言おう。誓紋さえなければ、この私自ら抱いてやりたかったよ」

……頭痛がしそう……っ。

どうして自分がルカスよりも選ばれると思っているの？　そして抱いてくれなんて一言も頼んでい

ない私の意見はどこへほっぽられたの？

断られるなんて微塵《みじん》も考えていないからこんな自信満々な言動が出てくるんだろうけど『自ら抱いてやりたかった』だなんて。

それではまるで〝アキム殿下以外〟で、私を抱ける人間がいると言っているようなものだ――。

「そのようなこと、どなたであっても不可能、です……」

そう口にしながらも、実際はそうではないことを直感的に悟って背筋が粟立《あわだ》ち、答える唇がわずかに震えた。

書庫室で読んだマジャール王国の本にあった一文が脳裏に過《よぎ》る。

『カナンの地には昔、魔獣と同じ強靭《きょうじん》な肉体を持ちながら人と同じ知性を持つ獣人がいたと伝えられている。今でこそ薄れているが、わずかながらもカナン人には獣人の血が混じっており、その特殊性から、代々のマジャール国王より目をかけられている部族である』

バルナバーシュ様も『獣人が相手じゃあるまいし』と仰っていた。

誓紋は下心……人の感情に反応するように構築された術だから、普通ならアキム殿下だろうと誰であろうと私を襲うことなど不可能だ。

けれど、もし……もしも獣人がいたら。

その獣人には、誓紋も防御魔法も発動しないのでは……ッ？

一文とバルナバーシュ様の言葉、そして現在の状況が脳内で合致して、背筋を冷や汗が流れる。

アキム殿下を凝視すると、彼はやんわりと口角を上げた。

「本当にそう思うのか？」

精悍《せいかん》な顔立ちに揶揄《からか》う表情が浮かんだ。そしてわかってるんだろうと言わんばかりの愉悦と嘲笑を含んだ声音で問いかけられて、堪《こら》えきれず声まで震え出してしまう。

「……連れ去った人に、なに、を、したのですか……っ？」

エグリッヒ帝国が捕まえようとしていたのは、魔獣。

そのエグリッヒ帝国から獣人の血を引くカナン人の地へ、何かが持ち込まれた。それにつれて増えていった行方不明者――！

導き出した推測は怖気《おぞけ》が走るほどの恐ろしいモノだったから、到底返答などできなくて。

その代わりに必死に考えた質問を口にする。

それが面白かったのか、それとも私の怯《おび》えに満足したのか。揶揄《やゆ》を浮かべていた顔が黒い欲望に塗れた笑みに変わった。

「ツェツィーリア・クライン、お前のそういう賢《さか》しいところがフェリクスは気に入らなかったらしいが、私は気に入った。要点を押さえていてとても答えやすいが、せっかくならご考察を聞こうか」

テーブルに肘をつき、自分の手の甲に顎を乗せながらさぁ話せ、と私を尊重する姿勢すら消し去られ、悔しさで唇を噛み締める。

吐き気を感じたけれど、赦すことなどできないと懸命に自分を鼓舞し、口を開いた。

「……っ、カナンの民は、元々は獣人ではありません。獣人と人の混血であって、獣人がどのように生まれたかなど知り得ないはずです……ッ」

「そうだな。それで？」

だからなんだと軽く肩を竦められ、怒りとも恐怖とも言えない感情が爆発した。

「――魔獣を体内に取り込んだところで、人が獣人になるはずがないでしょうっ!?」

テーブルを叩《たた》くように立ち上がり、目の前の男をこれでもかと睨みつける。

この男は連れ去った人で人体実験をしたのだ。

魔獣の肉なのか血なのかはわからないけれど、捕まえた人々の身体に魔獣の〝何か〟を無理矢理注入し、人工的に獣人を作ろうとした……っ。

けれどそんなことがうまくいくはずがない。

恐らく理性も知性も持ち合わせていなかったのだろう。制御など到底できず、ほとんど魔獣に近かったに違いない……!

「魔獣から民を守るべき側が、なんて仕打ちをするんですか……っ。あなたには良心がないのですか!?」

「獣人になるかは、やってみなければわからないだろう? カナン人の血を同時に入れれば肉体の崩壊を食い止められることが判明しているから、私も良心に則《のっと》って手伝ったさ。自国民だとしても、会ったこともない人間程度の犠牲に、何故そこまで怒る?」

「やってはいけないことだと言ってるんです……! それに魔獣と化してしまった人々をベルン側へ放つだなんて! もし我が国に到達していたら、どれほどの犠牲者が出たか――……っ」

荒らげた自分の言葉にヒュッと息を呑んだ。

気づきたくなかった恐ろしい事実に気づいてしまい、視界が揺らいでよろめく。

震えて力の入らない身体をテーブルについた手で支えながら、アキム殿下にイヤだと首を振った。

「まさ、か……」

嘘よ、そんなはずない……っ。

いくらなんでもベルンの〈英雄〉に、自国民を殺して回らせるだなんてさせるはずが――!!

違うという言葉が欲しくて凝視する先の、仄かな灯《あか》りを受けて艶めく赤銅色の髪に、心臓が早鐘を打つ。

息苦しさを感じる私へ、そのまま倒れろと言わんばかりにアキム殿下の肩が楽しげに揺れた。

「――く、ははは っ！　……もう棘は抜け落ちたようだな？　愛する男が殺戮《さつりく》の限りを尽くしたことがそんなにもショックだったとは、随分と可愛《かわい》いところがある。実に好みだよ、ツェツィーリア・クライン」

「……っころ、させた、の……？」

私の愛《いと》しいあのヒトに、魔獣と化した人を……？

守るために騎士となったルカスの力をそんな残酷なことに使わせて、倒れるまで追い詰めたの……っ？

「そうだ。ベルンの英雄殿はまさしく最強の名に相応《ふさわ》しい働きをしたらしいぞ。血に塗れた姿は私が作ったバケモノと大差なかったらしいがな。あわよくばバケモノ同士で相打ちしてくれることを期待したんだが、流石誉れ高い騎士なだけある。短期間でほぼ全ての人工獣人を討伐したらしい。まぁ私だったら、頼まれても討伐なんてしないがな。……あんな姿になるのはごめんだ」

もたらされる許容し難い情報にガンガンと頭を叩かれている気分だった。

それでもルカスに何が起きたのか知りたい気持ちだけはなくならなくて、口が勝手に言葉を紡ぐ。

「……あんな、すがた……？　ルキ様に、何が起こったのですか……っ？」

「左半身にまるで大罪人が刻まれるようなどす黒い紋様が浮き出て、寝室に忍び込ませた女が『バケモノ』と泣き叫んで逃げたほど酷《ひど》い姿らしい。ベルン一の美形が今や見る影もないとは、気の毒なことだ」

「……黒い、紋様……っ」

「ハッ、その様子では知らなかったようだな。愛する女に伝えたくなかった英雄殿の気持ちもまぁ、わからなくもない。フェリクスのときのように、他の男に乗り換えられたら堪ったものではないしな。まぁこちらとしては、それを望んでここまで来たわけだが」

嘲笑われて、テーブルについた左手を右手で白くなるまで握り締め——次の言葉で、力すらも奪われた。

「——信じた唯一無二の愛と共に破滅するのも、なかなかに一興か」

「……な、んて？」

「神器は女神からの授かり物なのだろう？　つまり神を身体に入れているようなもので、当然人間には過ぎた代物だ。真実だかなんだか知らないが、何故そんな危険な存在を放っておく？　隷属状態の竜ならば使役者と命を共にするのだから、屠《ほふ》るべきだ。王になった私を脅かさないためにもな」

——屠る。絶対に人に向けるべきではない、聞き慣れない単語で、ふとルカスの言葉を思い出した。

『俺を殺せるのはあなたくらいだ』

私達は比翼の鳥。今はもう、互いにとってなくてはならない存在で。どちらかが欠ければ、生きてはいけても心は死ぬだろう。

アキム殿下は、力には癒やしが必要と言っていた。癒やしの存在を奪えば〈英雄〉であり続けることが難しくなる……つまり、私を壊せば、ルカスを殺せる――!!

「あなたは、王に相応しくないわ……っ」

じり……と扉へ下がりながら必死に声を上げた私に、欲望に呑まれた男が肩を竦める。

「それを決めるのはお前ではない。――ついでに言えば、これからお前こそが王子妃という立場に不相応な身になる」

逃げなくては、とアナ達を呼ぼうとした瞬間――テラスの柵の先の木立の中で、ドサリと何かが落ちる鈍い音が三度響いた。

「――な、にが……!? アナ、ケイト、エルサ……っ？」

異様な音を立てた庭園へ震える声を向けると、ドゴッ……とさらに鈍い音が響き、少し遠い場所にある木が揺れる。

どう聞いても一方的な暴力行為の音。次いでガサガサと葉の擦れる音が徐々に大きくなり、冷や汗がこめかみを伝った。

「……やっと来たか。強めの香りを放つと来るというのは本当だな。一つ訊くが、レーベンクリンゲはバケモノ退治は不得手か？」

「――まさか……っ」

アナ達三人がやられるなどそうそう起こるはずがない……！

フェンリルのときだってぎりぎり耐え抜いていた。だからそれ以上の存在が来ない限り――と薄闇の中へ目を凝らす。

すると大輪の薔薇の真上に、キラリと一対の満月が浮かんだ。

「妃殿下、テラスを選択したのは正解でしたよ。逢い引きには、ロマンチックな場だ」

予想を遥《はる》かに超える残虐な内容を突きつけられると同時に、テラスの柵に漆黒の塊が現れる。

「――っ」

ボサボサの焦げ茶色の髪の隙間に浮かぶ、殺意に滾《たぎ》った黄金の炎。そして黒っぽい肌がほんの少し見える程度で。

衣服なのか、獣の毛皮なのかわからないほど黒ずんだボロボロのマントから覗《のぞ》くのは、血のついた皮の胸当て。真っ黒なフードの中は、なめした革で作られたらしき仮面が左半面を覆っていた。

あっという間にテラスを覆った人とは思えない恐ろしいまでの魔力の圧に動揺して、足がもつれた。

「あ……ッ」

ドサリと座り込み、愕然《がくぜん》とテラスの床を見つめるしかできない私に、ぬぅっと死神のような影が覆いかぶさる。逃げることすらできなくなり、唇を震わせながら怖々と顔を上げると、ほころびたマントの裾が床についた。

黒い獣は私と目線を合わせるようにしゃがみ込むと、ぽとりとマントの隙間から黒い薔薇を一輪落としてきて。

「……こんばんは、飴《あめ》色の髪のご夫人」

低い、欲と怒りを孕《はら》んだ声が煙のように這い上り、肌から汗を噴き出させる。

アナ達以上の存在が来ないなど、何故安易に考えていたのか。

あまりの状況に声さえも出せずにいると、「随分流暢《りゅうちょう》に話せる奴が作れたな」と少し首を傾げたアキム殿下が椅子から立ち上がった。

「まぁいい……先ほどカナン人の血で安定すると言っただろう？　肉体の崩壊が止まった獣人には、三つの本能が表面化する。獣も人も当然持っている欲がな。食と睡眠は与えてやれるが、性欲だけはどうにもできなかったから、夫と離れ、毎夜寂しい思いをしていたお前をきっと満足させてくれるだろう」

告げられたどこまでも非道で卑怯《ひきょう》な内容に、とうとう我慢できず彼の名を口にしてしまう。

「……っる、き様……ツルカス、ルキ……っ」

懇願に応えて熱を持ちながら指を締めつけてきた指輪に、黒い手袋をはめた手が重なった。

「……月が、綺麗ですね」

使い古したようにけばだった黒革から目が離せなくなっていると、意地悪で真《ま》っ直《す》ぐな愛が降ってきて。言葉の意味に気づいてしまい、後悔と苦悩で喉の奥が引き攣《つ》れる。

ここはガラス張りのテラスで、夜会会場から丸見えの場所。

そんな場所で獣人に襲われたら、今度こそ私はルカスと共にいられなくなる……だからアキム殿下は私を誘《おび》き出したがった。

そして目の前の彼は、危険性を理解しながら私がアキム殿下と二人になると確信していた。だから『目処《めど》が立ったから戻る』と伝えてくれたのだ――！

「……なんて、ズルいヒト……全部わかってたの……」

こうなるヒントは与えられていた。だからこそグチャグチャの感情で苦しくて。

嗚咽《おえつ》を堪えて怒りとも歓喜ともわからない感情を吐き出すと、ぎゅっと手を握られた。

その手を喜んでしまう恋心に悔しさを覚え戦慄《わなな》く私の耳に、満足げな卑怯者の声が届く。

「お前はフェリクスと婚姻するべきだったかもな。大陸最強の騎士が唯一無二の愛なんてものを誓ったせいで、バケモノに身体を許した妻を庇《かば》わなくてはいけなくなるとは、なんとも気の毒なことだ。これで〈英雄〉殿が耐えきれず壊れたら、私がお前を拾ってやるから安心しろ」

言うだけ言って退出しようとするアキム殿下へ言い返そうと口を開くと、強い力で押さえつけられ口を覆われた。

耳たぶを噛んで刺激され、耳殻を舌で愛撫されたから、決して反応するものかと力一杯顔を背ける。

「——っん……ぃやっ、離して……！」

こんなところで、こんな姿をルカス以外のヒトに見られるのだけは絶対にイヤ……！

燃え上がる怒りのままに肩を押し返し顔を背けて拒否をすると、抱き締めるというよりもかき抱くという表現が相応しい力でマントの中に閉じ込められ。

謝罪するように背中側のレースに唇が落ちてきて。

「全部、俺のモノだ」

「……っ……」

たった一つの愛が戻ってきたことを実感してしまい、涙が頬を伝った。

「……さて、これ以上は無粋だろうから私は席を外す。夜会が終わる頃に迎えを寄越してやるから、それまでゆっくり楽しめ」

「……っ待ちなさ——ッ」

私が抵抗を諦めたと思ったのだろう。

最後まで人を嘲笑うアキム殿下を引き留めようとすると、これ以上の会話は許さないとばかりに後頭部を抱え込まれ、言葉を奪われた。

「んッ……！」

視界の端で静かに閉じたガラス扉がゆらりと歪んだ。いつもの防御壁と宴の場にいる人々の目を誤魔化すための幻影魔法がかけられたのだろう、扉の向こう側のアキム殿下が見えなくなる。同時に顔にかかっていた焦げ茶色の髪が美しい宵闇色に、獣のようだった右側の肌が白磁に変わった。

いくら幻影魔法があるとはいえバレずに済んだこと。そして会いたくて会いたくて堪らなかった目の前の存在へ意識を向けられる状況に、張り詰めていた精神の糸が緩む。

苦手だった香りではない、馴染《なじ》んだ匂いに包まれて安堵《あんど》からつい力を抜いてしまうと、美しい瞳を持つ獣はこれ幸いと私を抱き直した。

「ハッ……ようやくだ……ッ」

「っ……ふ、ンぅ……っ」

吐き出す吐息すら寄越せというような激しい口づけとは裏腹に、汚れないようにあぐらをかいた膝の上に乗せられる。

状況にそぐわない気遣いと求めてくれる腕に何故か無性に強い感情が湧き上がり——絡まる舌に思いっきり噛みついてやったわっ。

「——ッ……イッテェ」

「っ……ぃやだってば……触らないでっ！　こんな、こんなことを、妻である私にしてっ……!!」

こんな風に怒りを示したのは、恐らく初めてだったからだろうか。

拳を握って胸元をこれでもかと殴りつけながら声を荒らげると、彼は血の滲《にじ》んだ口元を押さえて身体を強張らせた。

そして何を思ったのか慌てたようにマントの留め具を外し革の胸当てをぐいぐい拭くと、おもむろに汚れたマントをぽいっと放り捨てたから、そうじゃないっと睨みつけてしまったわ。

汚れるからイヤだって言ったんじゃないんですけど……!?

「離してって言ったのよ！」

「……っ、で、できませんっ」

できないってどういうことっ？　腕から力を抜けばいいだけじゃない。怯えたような声を出す割に謝るより先にイヤだと言うなんて、どれだけ我儘《わがまま》なのよ……っ。

そんな子供みたくブンブン首を振って拒否したって、私がいつでもあなたの可愛い仕草に弱いと思ってたら大間違いなんだから！

むしろ仮面をつけていて不気味さ倍増だからねっ……決してちょっとかっこいいかもだなんて思ってませーん！

「あなたなんて知らないわ!!　何が『月が綺麗ですね』よっ……一緒に月を見るのも、その月を見ながら私に愛を囁《ささや》いていいのも、その愛に私が応えたいヒトはたった一人だけなのに……っ。私がどれほど心配したと思ってるの!!」

だからまず謝罪とただいまの挨拶をしなさいよ！　と涙目で伝えると、何故か金の瞳がどす黒く淀《よど》んだわ。

怒ってるのは私なんですけどー!?

「……その、愛する人は、どこのどいつ……ですか？」

……どこのどいつって、わかりきってるのに確認してきただと……!?

どうして手が震えるほど私に捨てられることを怖がりながら、そんな低い声で脅すような雰囲気をホイホイ出すの。文末を敬語にする無駄な配慮をするくらいなら、態度も殊勝にしなさいよっ。

そっちがそういう態度を取るなら私だって言うからねー!

「私の愛するヒトは、夜明け色の髪に黄金のような瞳を持ったベルン王国で最も強く……とっても根性悪な騎士様ですっ」

〝淑女〟という単語をほっぽり投げて鼻息荒く伝えると仄暗かった目がまん丸になり、テラスの灯りで蜂蜜のようにとろりと揺れた。

「……なるほど?」

なるほどぉ? 何よその反応……疑問符が見えるんじゃないかってくらい可愛らしく小首を傾げてるけど、まさか自分じゃないかもと疑ってるわけっ? じゃあ恥ずかしくて穴に埋まりたくなるくらい詳細に言ってあげるわ。

後悔しなさい、ルカス・テオドリクス・ヘアプスト……!!

「負けず嫌いで子供っぽくて、いつも私に意地悪ばかりしてきて」

「……なるほど……」

どうして目を逸《そ》らすのよ。当然あなたには心当たりがあるでしょう?

「でも可愛いところもあるんです。私が好きだと伝えたら、彼ったら泣くほど喜んでくれて……彼と私は幼い頃に出会ったんですけど、その頃から私と結婚したかったんですって」

「……ッ、そ、そうですか……」

ふんっ、少しは反省してよね。

そうやって顔を俯《うつむ》けたって、髪を結んでるせいで真っ赤な耳が丸見えですよ、ルカスさん。諦めてさっさと必要な言葉を言いなさいっ。

「――努力を重ねて沢山の人々を救っている、とても素敵なヒトなんです。だから私、どれほど苦しくて怖くても呼ばなかった……っ。呼んだら、恋しくて会いたい気持ちが抑えられなくなって、みっともなく泣いて会いたいと懇願してしまうから……っ。だからこんな夢みたいなこと、起こるわけないのに……！　わ、私の、愛しい旦那《だんな》様を、ご存じありませんか……っ？」

ねえ、もう観念して、ただいま俺のツェツィーリアって言って――……!!

口角を震わせながら笑みを浮かべて口の中で彼を呼ぶと、ルカスは私の肩口に頭を乗せて苦しげに息を吐いた。

「――ただいま、俺のツェツィーリア。ごめん、怖がらせて本当にごめん。何度でも謝るし説明するから、俺のことを知らないなんて言わないで……」

「……ばか、もっとちゃんと謝ってくださいっ……会いたかった、ルキ……っ！」

文句を言いつつ広い胸に縋《すが》りつく。

「るき……ルキッ……」

「うん、愛してる……愛してるよツェツィーリア。ずっと会いたかった……こうしたかった」

「……っ私だって誰よりも愛してるわ……っ」

呼ぶ度に応えてくれる声に頬を濡《ぬ》らすと、それすらも唇で拭い取ってくれて。不安を溶かす想《おも》いの籠もった啄《ついば》みに嗚咽の息をほぅ……と吐き出す。

そしてなんとなく左耳の耳環へ手を伸ばすと――顔を傾け、仮面の下から覗く顎から首筋に出ている紋様を隠されたから、目が据わってしまったわ。明らかに私が魔力の紋様に触れないようにしたっ。アキム殿下の計略を潰すためだからって、王子のくせに〝ルキ〟としての身分をうまいこと使って潜入捜査みたいなことをやった挙げ句こんなに心配かけておいて、まさか誤魔化す気じゃないでしょうね？

「……ルキ」

「ん？」

流れるような動作で首にキスをしてくる旦那様の熱っぽい唇に流されるもんかと、お腹に力を入れて宵闇色で隠されていた仮面の紐《ひも》をグイッと引っ張ると、彼は慌てて仮面を押さえて身体を引いた。

「ちょっ……待ったツェツィ、心の準備が必要だと思うっ」

「要りません」

獣ぶってる〝ルキ〟に抱き締められたことの方が、心の準備が必要でしたけど？　私が〝ルカス〟以外にそういうことをされるのが苦手だって知ってるくせにっ。

「え……っ、あ、そっか……。それはその、積極的でとても嬉しいんだけど……俺が要ります。フィンが言うには結構インパクトがあるらしくて……というかアレだ、その、汚れてるから風呂に入らないといけない気がしてきた」

……旦那様ったら乙女ですか？

猛烈に動揺してるのか目があらぬ方向を見てる。

私の即答を喜んでおきながら……あれだけキスをして愛を伝えておきながら魔力の紋様を見せた結

果私が嫌がる可能性に怯えるだなんて、本当に可愛くて狡《ずる》いヒトっ。
聞きたいことは沢山あるけれど、大変な目に遭いながら帰ってきてくれたあなたを私だって甘やかしたいから。

「そうですか。では、どれくらい汚れているのか確認させてくださいませ」

「うん、じゃあ――……は？」

私の言葉に勘違いをして立ち上がった彼を追いかけて、椅子の前でトンッと押す。

当然それくらいでは揺らがないから「座ってください、旦那様」と言葉もつけたわ。

トサリと後ろにあった椅子に座り込み、呆然と私を見つめるルカスの目の前でドレスをたくし上げ、彼の両膝の間に片膝を乗せて誘うように薄く笑ってみせると、ルカスは目を見開いた。

「……そ、のドレスの中が白……っ？　ふざけんなよ……っ」

私の顔とドレス、それからチラリと見えている白いガーターベルトとを、行ったり来たりして悪態をついたルカスに笑いを堪えながら革の胸当ての留め具を外すと、ハッと我に返ったルカスが私を止めようとしたからツンとした顔をしてやったわ。

「ツェツィ、俺ここまで走ってきてて汗かきまくってるから――」

「それなら余計に脱がないと」

バッサリ返しながらも、胸当てを取り去る手が止まりそうになったわ。

ここまで走ってきたってどういうこと？　まさか、マジャール側の境の森からベルンの王都手前まで獣人化した人がいないか確認しながら戻ってきたってこと……!?

このヒトの体力って一体どうなってるのかしら。

好き放題してくる鬼畜モードに入られたら我が身が瀕死になるのは間違いないから、やっぱり先に頑張る必要がありそうね……。

やるしかないっ、と恐らくは紋様を隠すために選んだ高襟の黒いシャツのボタンへ指先を伸ばすと、パシッと手を掴《つか》まれた。

「あっ……あの、もしかして痛いの……？」

「ツ……違う、痛くない。その、なんというか……淀んだ部分が浮き出ただけなんだ。本当に心配ないから」

「淀んだ部分……？　どういうことですかっ？」

余計に心配になりましたので説明を求めます、と睨むと、何故かルカスさんが頬と耳を赤くして訊かないでほしそうな顔をしたわ。

可愛いけど譲りませんよっ。

「ルキ、そんな風に出るってことは身体に何か害があるってことでしょうっ？」

「……害、は、まぁ……いやでも別に我慢ならできるしっ」

焦り始めたわ、解せぬ。そしてそういう問題ではありません……!!

「――我慢ができるから何？」

「ツェツィ……？」

溜《た》まりに溜まった不安が噴出し、思いの外冷たい声が出た。

ルカスが強いことはわかってる。

私が大して役に立たないことも、彼の弱点になってしまっていることも理解している。だからこれ以上足枷《あしかせ》になりたくなくて、教えてもらえないことがあっても隣に立つための必要な我慢だと彼のやり方を受け入れてきた。

でも、こんな隠し方をされるならこれ以上受け入れられない。

「我慢した結果こんな風になったことを他の人の口から聞かされて、私がどんな気持ちになったかぁなたにわかる……っ？」

微《かす》かに震えた語尾にルカスがハッとして居住まいを正した。

「ツェツィーリア、本当にごめんっ。俺が悪かったから……！　だから、頼むからそんな耐えるように泣かないで。唇が切れる……っ」

慌てたように手袋を脱ぎ捨て伸ばしてくれる手に、ふるりと頬が震えてしまう。

そうやって私の痛みには敏感に反応するくせに、どうして自分の身体は気遣ってくれないのかと腹が立ってしまって仕方なくて。

これ以上は駄目だとわかっているのに口が止まらなくなった。

「～ッあなたの前だから泣いてるのよ！　誰の前で泣けって言うの!?」

「俺ですごめんなさい……っ！」

「ルキが無理をして倒れたって聞かされて、その上赤髪のろくでなし殿下が私を使ってあなたを殺そうとしてたのよ……っ。なのに何故か戻ってきた旦那様は平気な顔で隠し事をしてる……！　不安になって当たり前でしょう!?」

「ご……ごめんっ、本当にごめん……っ」

「……置いて逝かれる怖さをあなただって知ってるくせに……ッ」

騎士の妻として決して言ってはいけない言葉だとわかっていた。

今回も、そんなことが起きないようにルカスが奔走してくれただろうことは理解してる。優しさに対してこんな言葉を返すべきではないとわかってる。

それでも、二度と命に関わることは隠さないでほしくて敢えて選んだ言葉に、ルカスが息を呑んだ。

「――っ」

熱を持つ指先がゆっくりと近づいてきて、涙で頬に張りついた私の前髪を梳《す》いてくる。

「……っ愛してるのよ……っ」

私を愛おしむ手つきに耐えられず言い訳のように愛を告げると、金の瞳が感極まったように甘く緩く細まった。

「……うん、俺も愛してる。何よりもあなたが大事だよ」

そっと引き寄せられ、同じように謝罪ではなく睦言《むつごと》を返されて、大人しく腕の中に収まりながらも口から罵倒が出てしまったわ。本当もうさぁ……！

「どうしてっ！　幸せそうに笑ってるのよ……ッ、嘘でもいいからもうこんな無茶はしないって言いなさいよっ」

「ごめん、ツェツィが俺なしじゃいられなくなったかと思ったら嬉しすぎてつい」

鐘の音でも聞こえそうなほど蕩《とろ》けた顔でそれはそれは幸せそうに言われて、このぉ……！　と肩を叩こうと手を持ち上げる。

するとルカスは避ける素振りも止める素振りも見せず、瞳に恐ろしいほど強い意思を湛《たた》えた。

「――でも、悪いとは思ってるけどやめることだけは約束できない。これは俺の役割で生きる意味だから、どれほどツェツィに懇願されようと、どれほど嫌がられようと今後も同じことをする。……必要なら、罪がなくとも何人だって消す」

だから実験の犠牲になった人々も全て手にかけてきた――。

それは確固たる殺意であり、同時に誓いのようで。〝忠実に動く殺戮人形〟として働いていたこと、そしてそのまま処理されるところだったという過去の言葉が蘇る。

国を、民を。そして私を守ることは騎士として生きることを選んだ彼にとって文字通り生きる意味……生かされ続けるための至上の意義で。それを脅かすモノは何であっても……たとえそれが無理矢理獣人にされてしまった犠牲者であっても、剣を振るう対象なのだ。

愛するヒトの過酷すぎる人生に手が止まってしまい唇を戦慄かせると、ルカス自身に怯えたと勘違いされたのか、金色が危険な光を浮かべた。

「ツェツィーリア、その涙はどういった種類のモノ？　どうして俺に触れるのをやめたんだ……？」

そう言いながら歪んだ髪留めを外されて、落ちた髪の一束を指に巻きつけたかと思うと絶妙な力加減でピンと張られた。

痛くはない。けれど少しでも怯えたり逃げる素振りを見せれば間違いなく髪が引っ張られて、ルカスにそれが伝わる。

逃げるなというわかりやすい脅し。逃げずに愛し続けてほしいというわかりやすい怯えと懇願。

何より、初めて伝えてくれた騎士としての覚悟に胸が締めつけられてしまい、叩くはずだった手をルカスの首に回しながら言い返す。

「言い方が意地悪だからよ、馬鹿ルキッ！　そんな風に言われたら叩きにくくなるんですっ」

だから決して血に染まることをやめないあなたが嫌なわけじゃない、とぎゅっと身体をくっつけると、ルカスさんが軽く目を見開いてからほんのり頬を染めたわ。

仮面をつけてるのにとっても可愛いのは何故なのかしら……鬼畜なのに潜在的な乙女力が半端ないわね、このヒト。

「——……そっか、叩きにくい、ね。それは嬉しい誤算だったけど少し残念かな」

いやいやいや、なんですか残念て。

「……叩かれない方がいいはずでしょう」

まさかわざと叩かれようとしたの？　とちょっと引くと、ルカスがどこか困った顔をした。

「何度も言ってるけど、俺の感情を揺さぶれるのはあなただけなんだよ、ツェツィ」

「……え？」

「フェリクスも言ってた通り、俺はツェツィが考えている以上のことを沢山してるし、殺すことに忌避感を覚えたことがないんだ。俺はそういう風にできていて、今回の件だって特に何も感じてない。ただ処理が必要だったとしか思ってない」

本当になんでもないことのように口にされ奥歯を噛み締めると、剣だこのできた手が制止するように私の頬をそっと撫《な》でた。

「でもツェツィだけは違うんだ。そういう顔をされると、今までしてきたことが良くないことだとわかる。自分が怪物だと実感できる……だからできる限りあなたがそういう顔をすることがないように、次はもっとうまくやろうとも思える——」

だから何度でも無茶をするし、必要なら血に塗れると言われて悲しみが瞳に湧き上がるのに、胸を占めるのは叫び出したいほどの誇らしい気持ちと恋情で。

「ルキは怪物なんかじゃないわ……っ！　今回だってどれだけの人々があなたに助けられたかしれないのよ……っあなたはベルンを守る偉大で勇敢な〈英雄〉なんだから、今後、絶対に、二度と自分のことをそんな風に言わないで！」

許さないわよっと右頬を抓《つね》り上げて睨むと、ルカスが笑い声を上げた。

「――……ふ、ははっ！　偉大な〈英雄〉か……言いすぎだと思うけど、でもそう言ってくれるツェツィだから叩かれたいし、なんならそんな〈英雄《俺》〉を叩いたことを気にして四六時中俺のことを考えていてほしいとさえ思ってる。俺はあなたに夢中でどうしようもないんだよ、ツェツィーリア」

絡まり合った執着と愛を瞳に浮かべながら真っ直ぐに告げられ、こくりと喉を動かしちゃったわ。

……夢中なんて可愛い言い方が不似合いすぎる感情だし、真っ当でいようとする姿勢は尊敬するけれど、そのための方法がどす黒すぎて私の責任重大……っ。

なんだか私がルカスだけって誓ってから、隠していた部分を全面に出し始めてきたような。

歪んでいる部分すら武器に使って私を雁字搦《がんじがら》めにするなんて、ルカスさんの愛、本当に底が見えなくて怖いときがある。そしてそんなこのヒトを満たしてあげたくて、私の全部をあげるにはどうしたらいいかと考えている自分自身も怖い……っ。

逃げ道なんて考えもつかないから、やるしかないんだけれど。

私の気持ちはちゃんとこのヒトを満たせているのかしら……と少し不安に感じた瞬間、ふっと顔を逸らされて。紋様のある首筋を押さえながらどこか拗《す》ねたような、恥ずかしがるような顔で告げられた言葉に目を見開いてしまったわ。

「まぁ、そんなわけで……これ、ツェツィから離れたら出るのはわかってたんだ。〝剣〟は〝鞘《さや》〟が傍《そば》にいないと〝剣〟として生きるのが難しくなるから……」

語尾に行くにつれ小さくなるルカスの声に、心臓が大きく膨れ上がる感覚がした。

古書を読んだ際は、エッケザックスの〝鞘〟はエッケザックスの認めた騎士だと思っていた。

けれどルカスの言い方だと、〝剣〟はルカス本人で〝鞘〟は私……っ？

〝剣〟にとって〝鞘〟はなくてはならないモノ。離ればなれのままでいれば癒えることなく、苦悩と寂寥《せきりょう》感で崩れ傷み、最後は壊れてしまうと書かれていた――。

「――……え、まさかこれ、離れて寂し――ンッ」

「それ以上は言わないでください」

パッと口を押さえつけられて、目をパチパチとさせながら真っ赤な怒ったような顔と首元の模様をまじまじと見つめてしまったわ。

こんな見るからに一般人じゃありません、と主張している刺青《いれずみ》のような紋様が、私から離れたせいで寂しくて出たモノっ？　嘘でしょう……っ？

「……ルキ」

口元を押さえる大きな手に自分の手を上から重ねてずらすと、ルカスが片手で仮面を覆って嫌がる素振りをした。

「わかってる。俺が子供っぽいのは重々わかってるから、頼む、言わないで……っ」

「心配したのよ」

駄々っ子みたいで可愛いけど言わせてよっと少し頬を膨らませると、ルカスは悔しそうに金の瞳を潤ませてから諦めるように息を吐いた。

「……ハア、俺の奥さんはホント可愛くてズルいな……。なんですか……」

凄い項垂《うなだ》れるわね……でも言わせていただきますっ。

「ウサギって、体調不良を隠して突然死んだりするらしいの。だから寂しいと死ぬって勘違いされたらしいのよ」

「……」

目にかかりそうな宵闇色の前髪を指先でずらして真っ直ぐ見つめて伝えると、言われたことが理解できなかったらしいルカスが無言になったから、ちょんっと鼻に指先を置いて問いかけた。

「ねぇ私の可愛いウサギさん、私がいなくてとっても寂しかった？」

「……ウサっ……!?」

お子様の次はウサギ!?　と衝撃を浮かべる顔に「ふふ、……っ」と笑いと嗚咽を零してなんとか言葉を続ける。

「私は、あなたがいなくてとても寂しかった……本当に会いたくて堪らなかったの……っ」

こうして会えて本当に良かった、と苦しく息を吐きながら伝えると、ルカスの見開いていた目が甘く甘く蕩けた。

「うん、俺も会いたくて堪らなかったよ。……寂しくてこんなになるくらい」

ぷつりと自分からボタンを外してみせてくれた首筋から鎖骨、肩までと続いているだろう黒い紋様をそっと撫でる。

「本当に痛くない……痛んだりもしないのね？」

私の手を大人しく受け入れてくれた彼にホッとして、もう一度確認すると、「感情に反応して広がることはあるけど、今のところ害はないよ」と肩を竦められ——またも恥ずかしそうに顔を逸らされて凝視してしまったわ。

「だから女避けにちょうど良いとも思ったんだけど、顔にまで出ちゃって結構酷いんだ。俺の姿を見た女が『バケモノ』って叫んだってクソ野郎が言ってただろう？　こんな俺を受け入れてくれるあなたに触れるときくらいは、せめて風呂くらい入って見た目だけでも清潔にしてから触れたい。ツェツィに嫌がられたら死ねる……」

……圧倒的に乙女だわ。赤い頬と苦しげな表情から垣間見《かいまみ》えるピュアさが凄いっ。

そういえば行く前に『すり寄ってくる人間も黙らせる』的なこと言ってたけど、この紋様が対応策だったのかしら。そしてやっぱり名前を声に出すだけで繋《つな》がる精度だった！　というか——。

「——どこまで見せたんですか」

そんな風に覚えた疑問の中で、最もどうでもいいモノが一番始めに口から飛び出てしまったことを後悔しながらも、どうしても許せなくて。

驚いて固まるルカスに詰め寄ってしまう。

「ルキ、その女性はどこまであなたの身体を見たの？」

「えっ、その、上半身だけ。忍び込んでくるのはわかってたからわざと汚れるように討伐してたんだ。それでねじ切った魔獣の首を持って血塗れの身体を見せて……まぁ色々やったら泣き叫んで倒れた」

……対応策が鬼畜の所業。それは確かに泣き叫びもするだろうけど。

「まさか、シャツを脱いでみせたの……？」

それもわざと。

私にはドレス一着すら自由に着させてくれないくせに、脅すためだからって見知らぬ女性に首筋から上半身全部を見せつけたですって……!?

「あの、はい、そうです……。ツェツィ、何か怒ってる……っ？」

無表情になった私に、ルカスは手を宙に浮かせて「あの、魔獣の首は本当にその辺にいる魔獣の首で決して獣人じゃないからっ」とワタワタとしたから、ご丁寧にフォローしてくれた怒りと嫉妬が膨れ上がって彼の両頬を強い力で押さえつけて唇を奪った。

「……ッ……ツェツィーリア、どうし――……っ」

驚いて開いた口から舌を差し入れ、教え込まれた動きを真似て彼の舌に絡める。怒っていることを伝えるように口づけると、おずおずと私の身体にルカスの腕が回ってきて
触れても平気なことを確かめるような弱々しい接触に胸が痛むと同時により腹が立ってしまって。

膝の上に乗り上げてグイッと宵闇色の頭を引き寄せた。

どれくらいそうしていただろう。吸いつき合っていた舌を放して、最後にもう一度優しいキスをしてから顔を離すと、愛欲に塗れた金の瞳が苦しげに歪んだ。

何かを――恐らくは謝罪をしようと開いたルカスの口元を指で押さえて言葉を止めて、「ごめんなさい」と伝える。

「ルキの気持ちは尊重したいけど、私はあなたが思ってる以上に嫉妬深いの。だからその人には見せたくせに、妻である私には見せたくないだなんて到底我慢できない」

私の言葉に息を呑んで凝視してくるルカスの手を掴んで深呼吸をする。

そしてその手をドレスの背中側へと持っていき、身頃を引き絞るリボンの先を指先に触れさせた。

「……だから、同時に外すのはどう？」

「……は？」

仮面をつけていても呆然としていることがわかるほど目を丸くするルカスから逃げるように顔を俯けて、たどたどしく顔が見たいと伝える。

「い……イヤなのはわかってるから、少しでも気が紛れたら、って……駄目……っ？」

いつも嫌がってしまうけれど、ただ恥ずかしいだけで、あなたになら何をされたってイヤじゃない。

私があげられるものなら全部あげたいって本当は心の底で思ってる。……そしてあなたの全部が欲しいとも思ってしまってる。

だからお願い、私の我儘を受け入れて。

私に癒やし支える権利をくれたのは、他ならぬあなたなのだから。

「ルキ」

お願い、と言おうとすると、同じように唇に指を当てて止められた。

「……っクッソ、惚《ほ》れ直す……っ。わかった」

そう言うとおもむろに私の肩口におでこを乗せて、すーはーすーはーと深呼吸をするルカスを待つ。

「ハァ――……よし、いいよ」

これは絶対にキリッとした顔をしてる、と苦笑しそうになるのを堪えてゆっくりと手を伸ばすと、彼は怯えるように私をぎゅっと抱き締めた。

「……っ」

そのまま手を滑らせて艶やかな紫紺の髪を撫でるとゆっくりと頭が上がったから、しゅるりと紐を外しながら唇を合わせて。

「愛してるわ」

決して離れないから怖がらないで、と震える唇の横側から首にかけて続いている薔薇の蔦《つた》のような黒い線にもキスを落とし、そっと仮面を外す。サラリと零れた前髪を指で耳にかけ、鈍く光る耳環に触れ。

そこからもう一度頬へ戻り、顔に刻まれた紋様を見つめた。

隠されていた頬には、首筋から蔓《つる》のように伸びて花開いた、大輪の薔薇のように見える美しいけれどどこか恐怖を覚える紋様が滲み出ていた。

神器の器は今この世に彼しかいない。

力の制御や使い方など、誰にも教われないし頼れない。だからこれは彼の心の中の苦悩なのかもしれない、と散りゆく花のような紋様に苦しさを覚えて、掌で包み込む。

私の手に重なってきた固い肌の感触で、何故か唐突に彼の二つ名が〝蒼《あお》薔薇の騎士〟様だったことを思い出した。

……どうしてルカスは薔薇の花のあだ名なんてつけられたのかしら。確かに薔薇みたいに艶《あで》やかで綺麗だけれど、それだけで〝騎士〟である彼に薔薇が選ばれるかしら……？

脳裏を掠《かす》めた疑問に首を傾げかけると、柳眉の下の濃い睫毛がゆっくりと持ち上がった。

世界中の光を集めて凝縮したような輝きを放つ金の瞳が私を……私だけを見つめてくれたから、疑問が霧散して胸に熱がせり上がる。

「……前よりも素敵かも」

「――……嘘だろ？　悩みまくってたんだけど」

冗談半分で零すとルカスが頬を染めながらショックを受けた顔をしたから、必死で震える口角を上げた。

「ふふっ、これは私への愛の証《あかし》かもと思えて、前よりもっと好きってこと。……お帰りなさいませ旦那様、お戻りを心よりお待ちしておりました……っ」

「……うん、ただいま俺の愛しい奥さん。心配かけて本当にごめん」

今度こそ遠慮なくかき抱いてくれる腕の中に縋りついた――。


そして今、旦那さまの愛の籠もりすぎたキスに息の根を止められそうになっております……っ。

久しぶりの腕の中。愛を伝えてくれる唇に気が緩み、彼からのキスを受け入れ続けて数分。

……長い。そしてどんどん抱き締める腕が強くなってきている……っ。

「……ん、っ……、あの、ルキ、そろそろ――んぅ……っ」

制止しようと口を開けた瞬間、狙い澄ましたように舌の裏側に舌先を差し込まれ、筋を優しく舐《な》められる。

口の中に唾液が溜まり始め、まるで下半身を愛撫されているような感覚に羞恥を覚えて首を振ろうとすると、ようやく厚みのある舌が口から引き抜かれた。

「――はっ……、んッ……」

たらりと口端から垂れた銀糸を舐め取られる感触にぴくんと震えながらこくりと飲み下し、息を必死で整える。

するとルカスも熱っぽい息を吐き、おもむろに私を抱き直すとまたも後頭部を抱え込んできたっ。

「ハァ――……舌、あっま……。まだ俺のこと止めないで、ツェツィーリア。十日近くしてなかったんだ、取り戻さないと」

え、なんですかそのお願い……!? 酸欠でクラクラしてきたんですけど……!

「っ……待ってまだ息が――んー……っ!」

容赦なく差し込まれた舌でつつかれ、舐め上げられ、吸いつかれ……キスとは言い難い行為に背筋に痺《しび》れが走り、無意識に首が仰《の》け反ってしまう。

その仕草を受け入れたと勘違いしたのか、好都合と思ったのか……伸しかかるように覆いかぶさられ、より深い口づけが始まってしまって涙が零れちゃったわ。

もう無理ぃ……肺活量の差というモノがあるのでこれ以上は本当に無理っ。息継ぎが間に合わなくて死んじゃうぅー!

苦しいですっと伝えるべくペシペシと肩を叩き、力を振り絞ってぐぐ……とルカスから顔を背けようとしても、空いた隙間を悲しむように「もう少し、もう少しだけ……」と「もう少し」の無限おねだりをされる始末で。

息の根を止めにきてるのではと思えるしつこさに、とうとう腹を括《くく》りました。

最終手段よ……引いて駄目なら、いっそ押す……っ!!

「っ、……なるほど、そういう逃げ方があったか」

キスをしたまま顔ごと押し返すと驚いたルカスが唇を離したから、ゼーハーと呼吸を整えつつ涙目で睨もうとして――燃え上がる情欲を灯《とも》す金の瞳に射貫かれて冷や汗が噴き出たわ。

マズイ……刺激しちゃったかも……っ。というか取り戻すのは挨拶のキス分だけよね？

まさかと思いますが、夜の営み分もなんてこと、ないわよね……っ？

「……っに、逃げて、ない……っ」

逃げる気も勿論ございませんが、ここでするのはちょっと……っと、気づけばコルセットまで緩められて肌が見えてしまっている背中を、長椅子の肘掛けに押しつけて隠すと、白磁の美貌が色っぽく蕩けた。

「そうだよな……今夜はツェツィから誘ってくれたくらいだ。こんなに着飾って俺の目をアキムのクソ野郎から引きつけておきながら、逃げるわけがないもんな。本当によく似合ってるよ……艶やかで好戦的な紫のドレスと芽吹いたばかりのような純粋な若草色の瞳との落差に、クラクラする」

そう言いながらドレスの裾ごと足を撫で上げられ、丸見えになった太ももの白いガーターに指先を入れられ真っ赤になってしまう。

「こっ……これはそのっ……」

殺気をまき散らしながらもアキム殿下に何もしなかったのがルカスらしくないなと思ってたけれど、ドレスのせいだったたっ。

期せずして色々と踏み留まらせることに成功して良かった……けど、我が身だけ未《いま》だに危険に晒《さら》されてるのがなんだか釈然としなーい！

確かに見つけてほしくて着たけれどここでするつもりはなかったんです！　と首を振ろうとして

――

『俺のいないときに会いに来る男は総じてクズだから、相手にしなくていい』。そう言ったはずだ。今回の件は避けられなかったにしても、着るなと頼んだこのドレスで何故アイツの相手をした？」

尖《とが》った瞳で鳥肌が立つほどの怒気のような嫉妬を浴びせられ、下腹部がずくんと潤った感覚がした。

「……っご、ごめんなさい……」

恐怖なのか、それともはしたない期待を覚えたのか。

ドキドキとうるさくなる胸を両手で押さえ、震える声で謝罪をすると、ぎし……とルカスの手が掴む背もたれが軋《きし》んだ。

「……わざと着たのか」

「……っ」

怒りを押し殺す低い声に鼓膜を揺らされ、呼吸が浅くなる。

近づいてくる怜悧《れいり》な美貌から逃げるように身を縮こませると、こっちを見ろと顎を持ち上げられ、業火のような悋気《りんき》が揺らめく金の瞳に囚《とら》われて身動きすら取れなくなり。

「なぁ俺の愛しいヒト……手折られたかったのは、誰にだ？」

殺意の込められた確認に、恋慕が瞳に湧き上がった。

そんなわかりきった答えを求めるなんてズルい。

寂しかったと言われて喜んでしまったこの身は、隙間を埋めるほど抱き締め合うことを心待ちにしてしまっているから。

でも。

言ったらもう本当に逃げられない。帰ってきたら駄目にしてと言った通り、この場所で壊れるほどめちゃくちゃにされてしまう。……きっと、ここがどこだかも忘れて彼以外見えなくなるほど愛される。

だから、手折られたかったわけじゃないと言わないと……！

そうして恐怖と期待がない交ぜになって動いた口が紡いだのは、恋しい恋しい彼の名だった。

「る、き」

〝誰に〟だなんて決まってる。求めたヒトが目の前にいるのに応えずにいられるような理性的な恋なら、きっとこんなに苦しくなんてならない……っ。

私はあなたの愛しか要らない。あなたしかイヤ——答えた瞬間、獣に襲いかかられたと思うほどの強さで唇に食いつかれた。

「んぅッ……！」

長椅子に押さえつけられ、容赦なくドレスが剥ぎ取られる。

下着からはみ出た胸を形が変わるほど掴まれ、乳頭を爪先でぐりっと刺激され。

跳ねた腰から下着を無理矢理引き下ろされると、下腹部の誓紋を押さえつけるように手首の根元で撫でながら伸ばした指先で隠れた粒を押されて、甘ったるい悲鳴を零してしまった。

「ひぁ……ッ！　まっ、待ってルキ、お腹、変……っ」

待ち望んでいた手に子宮がじぃんと痺れて、閉じた割れ目の中がじくじくと痛みのような熱を持つ。

予想していた以上の自分の身体の反応に総毛立ち、獣のように舌を這わせながら腰へと下がる宵闇色の頭に追いすがる声をかけると、ハッ……と苦しげに嗤《わら》われた。

「俺を欲しがる顔で呼んでおきながら待てだって？　ちょっと触っただけで敏感に反応する姿を見せて俺《ヒト》の理性を粉々にしておきながら、冗談言うなよ……っ」

心の中を見透かされて湯気が出るかと思うほど顔が染め上がる。

抱かれたいはずだと突きつけておきながら、抱かせてくれと懇願するように私の前に跪いたルカスから恥ずかしさのあまり顔を背けると、小さな舌打ちと同時に恥部にかぶりつかれ。尖らせた舌先で無理矢理あわいの中を舐め上げられて、びくりと爪先まで力が入った。

「そ……んな……ッ、あっ!?」

座面を蹴るように腰を浮かせたせいで空いた椅子と足の隙間に筋肉で覆われた片腕が入り込み、足を閉じられないように固定されてしまう。

がっちりと押さえ込まれてはいるものの、かろうじて椅子にお尻が乗っているという不安定な格好のせいで上半身を捩《よじ》ることすら難しくなり、慌てて両腕を持ち上げて背もたれの枠を掴む。

「や、こんな格好……っねぇルキ、何して……――っ」

まるでめちゃくちゃにしてほしいと身体を差し出したような状態を作り上げられて、いくら久しぶりだからってこんな場所でこの仕打ちは流石に酷すぎません……!?　と視線を向けた先の光景に、身体を強張らせてしまったわ。

ルカスは邪魔だと言わんばかりに片手で自分の服の裾を引き出し……というよりビリィッと破ると、ズボンのベルトすらも力任せに引きちぎった。

だらんと蛇の死骸のように垂れ下がったベルトを無造作に放り、チャックを下ろして膨れ上がった熱を下着から取り出すと、それを緩くしごいてみせてきて。

「……っ、何を、するつもりだと思う……？」

大きい手の中にあっても大きく見えるほど反り立った熱棒を見せつけられて呼気を速めた私に、ドSが口角を舐め上げたから、身体を震わせちゃったわ……っ。

「……っ」

マズイ……鬼畜紳士降臨……っ。酷なのこれからだ……!!

どうしよう……あんな凶悪な状態のを挿《い》れられたら、絶対に理性が飛んじゃう……！

壊されるかと思うほど気持ちよくされて……むしろ死ぬほど苦しくされてっ、間違いなくろくでもない言質を取られて今後の営みがさらに大変なことになるのでは……っ？

ひぃっそれだけは回避っ。

「る、き……あの、久しぶり、だから、……っおっきすぎて、はいら、なぃ……っ」

逃げないし抱かれることもイヤじゃないので、お願い一回それ小さくしてくれませんか……！

恐怖と動揺は思考を狭めるもの。

何故こんな格好をさせられたのかすら考えが及ばなくなり、しかも今までの経験からこの先が容易に想像できるせいで、私は自分がどれほどルカスに恋い焦がれていたかも忘れて愚かにも待ってほしいと懇願してしまった。……それが、私の身体を熟知した上でなお私を食い尽くしたいと渇望している旦那様の目論見《もくろみ》通りだと思いもせずに。

「……挿入《はい》らない？」

吐息のような声で色っぽく確認され、背もたれの枠をぎゅっと握り締めてなんとか頷く。

すると何故か彼は「やっぱりな」と満足げに呟《つぶや》いて、私のガーターベルトに唇を寄せてきて。

「じゃあ仕方ない。愛しい奥さんの望む通り、お互いに準備をしよう」

そう言って優しく微笑んだかと思うと、私の片足を大きく開いて固定し、口づけていたもう片足を自身の熱の上に乗せた――……。

「……え」

キシィと椅子が小さく鳴り、恥ずかしく広げられた片足の膝裏と椅子枠を掴んでいた両手首にシュルリと真っ赤な鎖が絡みつく。

ちゅっ、ちゅ……と太ももの内側にキスをする顔が秘所を見つめてうっとりと微笑み、私のはしたない状態を口にした。

「さっきまで閉じていたのに、もうひくつかせて濡らして。……本当に身体は素直だな」

心と身体の反応の違いを揶揄う言葉も。抵抗を赦さないと言わんばかりの拘束も。

一切気にならないほどの信じ難い状況に、何度も瞬きをしてしまう。

――この、薄い布地を越えて伝わる熱は、何……？

確認しようと白いソックスの足先をもぞりと動かす。すると足の裏で何かがピクリと蠢《うごめ》き、同時にルカスが小さく喘《あえ》いだから目の前が涙で歪んだ。

「うっ……、思ってたより刺激が強いな……」

「――ッ、う、そ……っ」

……私、踏んでる……っ。足の裏に、ルカスさんのルカスさんがある……っ!!

どうしてこんなことになってるの!?　と真っ赤に茹《ゆ》で上がった顔を諸悪の根源に向けると、鬼畜が口角を上げた。

「うん、いいね……凄く興奮する。こっちはずっと我慢し通しだったんだ。何度だって付き合えるから、準備ができたら言ってな？」

言うやいなや舌先を粒へと伸ばし、優しく転がしながら愛撫をされて。

「あっ!? あ、んンっ……っ」

腰に甘い痺れが走りピクッと足に力が入った瞬間、彼の陰茎を踏み締めてしまい、「ン、うっ……」と恥部に熱い喘ぎを吐き出されて首をブンブン振ってしまったわ……っ。

「やっ……やだ、違うのっ……！ ごめんなさッ……」

「ッ……優しいなツェツィーリア。大丈夫だから気にせずコッチに集中して？」

『コッチ』と舌を中にぬるっと入れ込まれ、ビクッと腰が跳ねた。

「ヒッ……！」

きゅうっと締まった膣壁《ちつへき》を舌で感じたのか。……それともアソコを軽く蹴ったことで感じたのか。ド変態がそれはそれは幸せそうに褒めてくれて、埋まりたくなったわ……。

「はぁ……うん、その調子」

……何コレ……っ、何これぇ……！ 私が大丈夫じゃないでーす……!!

「——ッ、ふ、ん、うぅ〜っ……」

あんまりの状況に制止の言葉すら出ない。

敏感になり始めた花芯をくるくると舌先で器用に舐められ、奥歯を噛み締めて堪えるのに。口淫に慣らされた私の身体はルカスの望む通りの反応を示してしまって。

ジリジリと広がる快感のままに足の裏で彼の陰茎を擦《こす》り、気持ちよさで力の入った指先で先っぽを掴むように刺激してしまう。

「あっアッ……ンんっ……！」

「ふっ……う、凄い、いやらしく焦《じ》らすな……っ。クッ……下の方、もう少し強く撫でて、ツェツィーリア」

焦らしてませんし絶対にしませんっ、そんなことぉ……！

「やっ……いや……っ」

ふるふる首を振って足を引こうとすると、当然止まる気のない彼に容赦なく足首を掴まれて熱棒に無理矢理触れさせられて。

顔を傾けたかと思うと舌先で花芯を持ち上げるように舐められ、腰全体へとビリビリ走った快感に足がぴんっと突っ張ってしまう。

「ひぁッ……！　あっ、アアッ……それ駄目っ、待ってイッちゃう……ッ」

「っ……いいよ、ツェツィーリア。ハッ……そのまま踏んで。一緒に、イケそう……ッ」

いやぁぁー！　良くないっ……良くないです……！

「やだ……やだぁっ……！　ルキッ、るきぃ……お願いやめて、キちゃうの……～っ！」

にゅるにゅると気持ちいい強さでしつこく舐められ、はしたなく身体を波立たせて耐えると、突然角度を変えて膨らんだ粒にじゅうっと激しく吸いつかれて、あまりの刺激に身体が跳ね上がった。

「ヒッ――……っ!!」

目の前に火花が散って、大きな快感の波が身体の隅々まで行き渡る。

びくっびくっとルカスを蹴るほどの強さで身体を痙攣《けいれん》させせると、下腹部の誓紋におでこを擦りつけられた。

「クッ……!」

大きな背中がぶるりと震え、足の裏に温かさを感じて唇が戦慄く。

荒い息はどちらのモノなのか。信じられない思いでそっと宵闇色へ涙目を向けると、金色が危険なほど蕩けていた。

「っ……ハッ、すっげ、まさか本当にイカされるとは……。最高に良かったよ、俺のツェツィーリア」

うっとりと感動を告げながらストッキングを留めている太ももの金具をパチリと外し、足からゆっくりと湿った布が引き抜かれ。

ぽいっと放ったかと思うと足の甲に忠誠を誓うようにキスを落とされ、火傷《やけど》をしそうなほど熱っぽい吐息に震えてしまう。

「愛してる、あなただけを」

「……っ」

滑った舌が肌を舐めながら上がってきて、満足していないことを伝えられたから、とうとう涙が頬を濡らしてしまった。

「る……るき、お願い、待って……っ」

必死で首を振り、しゃくり上げるように懇願する。すると伏せっていた長い睫毛がゆっくりと上がり、金の瞳が私を射貫いた。

「まだ準備ができてないんだろう?　ちゃあんと待つよ。……ただし準備ができたら、今夜は〝駄目〟

も〝いや〟も〝待って〟も絶対にきかない。ツェツィが言ってくれたとおり、ぐっちゃぐちゃに駄目にする」

強すぎる束縛――を軽く飛び越える純粋な欲望を言質と一緒に伝えられ、震えちゃったわ……っ。

どうしよう……完全に私が抱いてと頼み込んだ状況な上に、ぐっちゃぐちゃという恐ろしい状態まで追加されたぁ……!!

「で、も……こんな、場所で……っ」

「机も椅子もあるから大丈夫だよ。それに、あなたは俺に『逃げない』と言ってくれただろう？」

うまうまと『机の上でする』という自分の願望まで叶《かな》えようとしてるだとぉ……!?

旦那様ったらなんて腹黒なの……っ。

どう返しても言いくるめられて、一切譲る気のないルカスの態度に悔しさを覚えて涙目で睨むと、ド鬼畜が瞳孔を開きながらきゅうっと口角を上げて悦《よろこ》んで。

唐突に秘所に指が与えられた。

「――っひ、あ……っ？」

今の今まで微笑みかけられるだけで焦らされ続けていた蜜襞《みつひだ》を突然優しく甘やかされ、何をされたのか頭が理解する前に身体が先に動き出した。

より愛されようと湧き水のように膣内を愛液で満たし、行かないでと縋るように、微かな刺激さえも見逃さないよう内壁が指に吸いつく。それを感じ取ったルカスが興奮を抑えるようにふーふーと息を整え、私を焼き殺すような激しい視線を向けてきて。

長い指の第二関節から先をそっと入れる素振りを見せられ、より足が開いてしまう。

――欲しい。もう少し奥まで欲しい。もっと……もっと熱くて太い、奥の奥まで愛してくれるあなた自身をどうか頂戴――。

ついさっき見ないフリをしたはしたない欲望に心が染まった瞬間、指を引き抜かれた。

「あっ……!?」

強いけれど果てるには足りず、ただ感度が上がって疼《うず》きが酷くなった身体がふるふると震え出す。

「……っふ、う……っ。なん、で……っ」

ぎゅうっと椅子の枠を掴む手に力を入れて焦燥の声を上げると、静かに私を見つめていたルカスが腰を上げ優しいキスをしてきて。

柔らかく甘い口づけに腹が立って、衝動的にぎゅっと唇を固くして拒否をすると、彼はそんな私に苦笑した。

「なんで、か……その残った棘《理性》をどうするか悩んでた。俺自身の手で抜かずにおいたらツェツィがどうするのか、無性に知りたくなったんだ。……言ってる意味、わかるだろ?」

「……っ」

――いい加減、俺が欲しいと言え。

綺麗な顔に隠された、子供顔負け全開の我儘に嗚咽が零れちゃったわ……。

「なに、それっ……」

だから最初に『やっぱりな』と言ったんだ……っ。

粒ばかり弄って快感に浸して。それ以上を欲しがり始めた身体に一瞬だけ指を与えて焦らしてっ。

私が自分からシたいと言わないとわかってたから、最初から言うまで追い込む気だった……!

「か――……ッ」

勝手な真似ばかりして――そう告げようとするも、左半身に刻まれた紋様が目に飛び込んで文句を言えなくなる。

口を噤《つぐ》んだ私を見てルカスは自嘲の笑みを浮かべ、縛り上げていた魔力の鎖を突然解除した。

「会えなかった十日が、俺には長すぎたんだよ。正直焦がれすぎて、自分でも何をしでかすかわからない。だからあなたがしっかり手綱を握らないと、な……？」

「……っ」

私をコントロール下に置いておきながら、身体だけでなく心を貪欲に求められ、嬉しさで頬が染まってしまう。

すると従順なフリをした寂しがりのケダモノが、再度人の足を熱棒の上に乗せてきて。べろりと私の蜜で濡れた指を舐めて、次の行為をご丁寧に教えてくれて目の前が涙で見えなくなったわ。

「はぁ……この滑らかで白い肌を一度、汚してみたいと思ってた。これなら同時も可能だな」

……今度は素足でさせる気な上に、私をイカせて自分も汚れる気だぁ……っ。

『シたいです』と言わせるためだけにこんな回りくどいことをするなんて、私の旦那様ったらとんでもなく有能な変態だわ。特に趣味と実益を兼ねてるところが無駄に有能。

その有能さを他のことに使って――……あ、使った結果がコレだった、と馬鹿みたいなツッコミをして、晒された手の内で跳ねる心臓から必死で目を逸らす。

そして心の中で覚悟を決めながら椅子からルカスの腰の上に下りて、かぷっと模様の出ている頬に噛みついてやったわ。

「んっ……」

「――っつぇ、つぃ、りあ……っ？　えっ、ちょっ、何ッ……可愛すぎっ……！」

予想外だっただろう私の行動に、猛烈に動揺している声を聞きながら、噛んだ頬をチラリと見る。

会ったときよりも明らかに薄くなった紋様に勇気を貰《もら》い、スゥッと息を吸い込んだ。

「こ……今夜は私があなたの手綱を握って良いのでしょう？　ルキを身体全部で愛したいから、汚すのは今度にして……っ？」

「――……うん、是非可愛がってください」

……ちょっと言い方を間違えたかもしれない、と思いながらも、「好きすぎる」と真っ赤な顔を覆った可愛い旦那様に胸がときめいてしまって仕方なくて。

「……が、頑張ります」

テラスとか椅子の上だとか、今だけは色んなモノを忘れて愛し合ってもいいかな、と身体に回された腕を見習って抱きつき返した。

――なんて、我慢し続けていたルカスさんが、可愛いだけで終わるわけがありませんでしたっ！

イキたい。イカせてと〝命令〟したのは自分だ。

だからこそ肌を打つ高い音に混じる濁った卑猥《ひわい》な音に、耳を塞ぎたくなる。

上り詰めた身体を仰け反らせると、揺れた胸に手が伸びてきて硬く尖った芯をキュッと摘まれた。

「ひぁっ……それっ、今は……ッ」

じんじんとした痺れが恐ろしい早さで脳に達して、何故か大きいままの彼を締めつける。するとルカスが狭まったナカを堪能するように熱っぽい笑いを私の肩に吐いた。

「ッ、今は、何？　……もう一度か？」

「……っ」

危険さを孕んだ声に、ゾクゾクとした感覚が背中を走り抜ける。

息を詰めると、私から言葉を奪った鬼畜が首筋に吸いつきながらルール確認をしてきて、嗚咽が零れちゃったわ……。

「まさか〝駄目〟と言おうとしたわけじゃないよな？　俺の手綱を握って可愛がってくれるんだろう、ツェツィーリア？」

「……っふ、うぅ……っ」

テーブルを支えに立ってするという羞恥プレイを選んだ挙げ句、後ろから羽交い締めにして好き放題可愛がってきてるのはどう見てもルカスさんなのに。

〝駄目〟〝イヤ〟〝待って〟という大事な制止言葉を奪われて、もう息も絶え絶えなのにっ。

まさか、全部私から強請《ねだ》らせるために、無理矢理手綱を握らせに来ていただなんて……っ。

この強制主従プレイ、いつ終わるのよぉー!!

「なぁ俺のご主人様、今は……何？」

「〜ッ、い、今、イッたばかり、なの……ッ」

「うん、温かくて凄く気持ちいいよ。俺のこと好きって言うみたいにずっと締めつけてて、すっげぇ幸せ……それで？」

ふわっとした可愛い笑顔で。ヒトを溶かすような優しい声で。

子供のようにすりっと頬を髪に擦りつけられて、二人きりのときにしか見せない甘える仕草に胸が高鳴ってしまう。

それでも、果てた身体をこれ以上追い込まれたら、彼の顔が見られなくなるくらい恥ずかしい目に遭う予感がしたから、必死で懇願した。

「ッ……イッたから、しないで……っ」

私の言葉に金の瞳が、燃え上がった炎を巧みに隠すようにきゅうっと細まった。

「しないで、ね……」

うまい言い方するなぁ、と低く呟かれ、胸が恐怖と仄かな期待でうるさくなる。

すると零れ落ちていた髪を片側に纏《まと》められ、丸見えになったうなじに唇が当てられた。

「あ……っ」

「ん……じゃあ、俺の愛しいご主人様はいつならしていいと言ってくれるの？　イク前？　イッたあと？」

駄目だわ、従順なフリして問いかけてきてるけど旦那様ったら止まる気ゼロ。少ししか制止できない上に、怖い予感しかしない選択肢が出てきちゃった……！

「……っ、るき、もぅ……っ」

「ちゃんと聞く。なんでもするから……ツェツィの全部を俺に、俺だけに頂戴」

……タイミングを見計らったに違いないのも、全部奪う気満々なのもわかりきっているのに。

あまりにも狂おしげに懇願され『おしまいにして』と続けられなくなり、再度胸に伸びてきた大きな手に身を震わせる。

ちゅっ、ちゅっ……と恐ろしく甘いキスに合わせ、赤く腫れた胸の先っぽを固くざらついた指先でクルクルとあやされ、テーブルの上に置いた手を懸命に突っ張った。

「あっ、それ……っ感じちゃうの……！　ふ、ンッ……ッ」

〝いや〟と口にしたときの激しさをハッと思い出し、慌ててきゅっと唇を閉じてふるふると首を振ると、ルカスが吐息のような笑いを吐いた。

「……ホント、憎たらしいほど可愛いな」

いつもならきっと腹を立てた。

けれど今日に限っては大きな感情に——胸の内を満たす欲望に支配されているせいか、そんな気持ちも湧き上がらなくて。

もっと愛して。もっと、焦がれる声を聞かせて。

——あなたがここにいると、実感させて——

ひたすらルカスを求める心が、言わないでと頼まれた通りにしたいと、私を突き動かす。

支える手の震えが徐々に身体に回り始め、胸を弄くる彼の手に押しつけるように身体が前のめりになると、選べと脅すように歯を当てながら呼ばれ、荒い呼吸で必死に答えた。

「ツェツィーリア」

「んっ……あ、あの、イク、まえ……」

すると歯が引かれ、代わりに褒めるように吸いつかれて。所有印を刻まれた痛みにビクッと腰を反らせた瞬間、ぎゅっと胸の先を潰された。

「じゃあ、ちゃんと弄るね」

「ひっ……!?　あっ、なん、でぇ……ッ」

尖りきった芯を乳房の中に入れるように捏《こ》ねられ、強すぎる刺激にガタッとテーブルの上に逃げながら涙目で振り向く。

すると、従順なフリをやめることにしたらしいケダモノが、ヒトの胸をいやらしく揉《も》みながら口の端っこにキスを落として、それはそれは嬉しそうに笑った。

「イク前だろ？　今、ナカが熱を持ってうねり始めてる、な？」

……鬼だ。絶頂無限ループを宣言してきた……！

「あ、ぃや……っ待ってルキ！　もう怖いっ……！」

悪びれるところの一切ない強欲さに、このままでは羞恥心が壊されると肌が粟立つ。

ほとんど本能が口にしたと言ってもいいうっかり発言に、ど鬼畜が口角を上げた。

「——その単語何度目かな、ツェツィーリア。手綱、要らないってことでいいな？」

腰を押さえる指に力が込められたかと思うと、ごちゅっとお臍《へそ》の下まで入り込まれ。感じる部分を抉《えぐ》るように打ち擦られる度に内腿《うちもも》を粘液が流れる。

すぎる快感にまともな嬌声《きょうせい》すら出せず、腰を捩って逃げようとした瞬間、一際激しく腰を押しつけられ、下腹部の熱が止める暇なく爆発した。

「——ひ、あ、でちゃっ……～!!」

プシュッというはしたない音と、パタタッ……とテラスの床を打つ水飛沫《みずしぶき》の音が耳を突く。

温かな液体が足を伝い、信じられない思いから肩を震わせると、大きな身体が熱っぽい吐息を吐いて私を追い詰めた。

「……気持ちよさそうに潮を吹いちゃって、可愛い。ようやくイヤらしいあなたが出てきたな」

痛みと勘違いしそうなほどの快感と、こんなところで漏らしてしまったという大きすぎる羞恥で、足先から頭の天辺《てっぺん》まで茹だるような熱に浸された。

「あ……あっ……」

酷いと詰《なじ》るべきなのか。……それとも、助けを乞うべきなのか。

混乱と動揺で身体を戦慄かせた瞬間、悪魔が優しく優しく手を差し伸べ、堕《お》ちろと囁いてきた。

「……恥ずかしがってるところ悪いけど、ツェツィが俺に全部くれると言ったんだ。この程度じゃ終わらせないよ」

見開いた視界は歪みきっていて、終わらない絶頂から逃げようと無意識に手を伸ばす。

助けを求めてテーブルの上を這わせた手を逃げるなと押さえつけられたかと思うと、ガクガクと痙攣する腰を掴む力がさらに強くなって、必死で頭を振って許しを乞うた。

「――ルキッ、るき許しておねがい……っ！　も、イクの、怖い……ッ。あっあっ……怖いのキちゃうのぉ……っ！」

「ツ、……怖いなら、慣れればいいんだよ。ねぇ、俺の愛する奥さん」

なんですか、その体育会系風味な理屈……っ。

騎士なあなたと一緒にされましても、ワタクシ淑女ですのでそういったモットーでの対応はいたしかねます……！

「無理っ……むり、るきぃ……――あぁ――……っ！」

パチパチと目の前に火花のような光が散る中、太い竿《さお》が震える身体を追い立てるように出入りして、頂上から下りられなくする。

苦しくて逃げようとすると荒い息が肩に当たり、お腹に腕が回ってきて。私が身体の中の彼を締めつけるようにぎゅうっと抱き締めながら腰を打ちつけられた。

「ハッ……白い喉を曝《さら》け出して喘いでる姿が堪らなく煽情《せんじょう》的だよ、ツェツィーリア。そんな風に乱れながら呼ばれたら、中に出してと懇願させたくなる……！」

「ひ……ッ！　あっ、奥、そんな強い愛し方駄目……ッ。そんな風にしたらまた出ちゃう……気持ちよすぎてはしたなくイッちゃうの、るきぃ……！」

涙を散らしながら止まってと伝えると、突然ずるりと熱棒が抜けていき、入口で止まった。

「はッ……、あ、んン……っ」

突然の喪失感に切なさを覚えた身体が、今すぐ彼に強請れと脳を焦がす。

そんな私の状態を私よりも理解している鬼畜な旦那様は、優しげな声で――新たな調教を提案してきたのである。

「『イク』か。教えてくれるのは凄く嬉しいんだけど〝い〟から始まる言葉だから、なんだかそわそわしてしまうな。今から、イクときは〝好き〟って言って？」

「えッ……!?　そんな……っ」

〝い〟から始まる単語すら駄目になった……!!

「ね、お願い俺のツェツィーリア。好きって言って？」

「……ッ」

か……かわいこぶって来ただと……!?

マズイわ、鬼畜からの突然のギャップ調教に乙女心がときめいてしまってる……っ。

でもこのお願いを聞いたら、イキ続けている私は延々彼に好きだと伝え続けることになるわけで。

それは――敏感なボディさんが覚醒しちゃいそうで怖くてできませんねっ。

「やっ、無理ぃ……っ」

「ふふっ、そう、そっか……無理、か」

けれどあげた拒否の言葉で鬼畜はさらに笑みを深くして、私の片足をひょいっと抱えるとテーブルを軋ませた。

ひ……嘘そんなヒドイ……っ。今の、罠《わな》だったぁ……！

「待っ……言うっ！　好きってちゃんと言うからっ……――ッ！」

ずぷんッと勢いよく入れ込まれ、そのまま腰を小刻みに打ちつけられて、抱え上げられ開かされた太ももがブルブルと震えた。

「あ、は……～ッ」

止まらない痙攣に口があけっぱなしになり、端から雫《しずく》が垂れる。

脳が焼けるように熱くなり苦しくて、歯噛みしながらも強請るように懇願してしまったわ。

羞恥心なんか、我が身を守るのになんの役にも立たないのよコンチクショー！

「す……好き！　ルキのこと愛してるわ……っ。あッ、イッ……好きだから、も、中に出してっ……！」

「クッソ最高……っ、俺も愛してるよツェツィーリア。幸せすぎてもっと抱いていたくなった」

もう一回、とあま～く強請りながら伸しかかられ、意地悪な旦那様に飼い慣らされた身体がきゅうっと悦ぶように彼を締めつけてしまって、ポロリと涙が零れました……。

やっぱり終わらないじゃない……っ。

「るきぃ……も、壊れちゃう……っ。そんな、ふぅに、触っちゃ……あっあっ……！」

「ッ……胸触ってるだけなのにイキそうになりやがって、堪んねぇんだよ……！」

懇願すると、荒っぽい声と同時にグイッと仰向けにされ、我慢できないと言わんばかりに激しく口づけられた。

「ツェツィ、ツェツィーリア……ッ」

「んぅ……っん、あ、ルキ……っ」

口内から入り込んでくる愛で身体の中の恋慕と快楽がごちゃ混ぜになる。

怖くなって震える腕を伸ばして彼の首に縋りつくと、ふ――……とルカスが苦しそうに息を吐いて。

「アイツがあなたとの行為を少しでも想像したかと思うと、気が変になりそうだよツェツィーリア……っ。もう俺の、俺だけのツェツィに戻ったんだからこれ以上嫌がらないで」

その私だけを求めてくれる言葉に歓喜が湧き上がり、痛む胸から制止の言葉を吐き出した。

「……っ、お願い、待って……っ」

「……嘘だろ、まだ言うのかよ……」

目を見開いたかと思うと悔しそうに拗ねた顔をして、渋々……本当に渋々動きを止めてくれたルカスの頬をそっと撫でた。

この世のものとは思えない美貌を囲う、深く艶めく宵闇色の髪。

雲に隠された無月が地上に降りてきたような魔性の金色を持つ、この世で最も強く優雅な獣。

きっと誰もが欲してしまうこの男が唯一欲しがるのが私だなんて、時折夢なんじゃないかと思ってしまう。

……だから離れたあと、もう一度会うことが少し怖かった。他に素敵な女性を見つけて、『気の迷いだった』と言われるんじゃないかと想像してしまったから。

なのに、その度彼は自分ばかりが好きなんじゃないかという不安を顔に浮かべて、何度でも私の気持ちを聞こうとしてくれる。

この愛はたった一つしかないんだと示してくれる……っ。

幸福で満ち足りた胸がこんなに痛く苦しいものだなんて知らなかった。……今、あなたもそうだったらいい。

眉間に皺を寄せ、珍しく荒い気を吐きながら私を待ってくれるルカスの耳環を撫でてから首に腕を回す。そしてたどたどしく気持ちを伝えた。

「——好きって伝えることがイヤなわけじゃないの。むしろ、その……いっぱい伝えたい気持ちはあって……。ルキにされること全部受け止めたいけれど気持ち良すぎて苦しい、から……息、調うまで、待って……？」

いっぱいシてって伝えたみたいになった……っ。恥ずかしくて死にそう……っと羞恥で震えていると、鬼畜が抱き締める腕に力を入れてきた。

これはもしかして止まらない気ではっ？　と怖々視線を向けて——ポカンとしてしまう。

「イヤじゃない、上に、全部……っ！　あの、止まります……ので、なるべく早めに、息を調えていただけると、大変ありがたいです、俺の、可愛い、奥さん……」

耳まで真っ赤になった顔を片手で覆いながらテレテレ伝えてくれる旦那様に、心を撃ち抜かれて同じように真っ赤になってしまったわ。

あなたのそういうところ本当に可愛くてズルいと思うの……っ。

「あの、身体、大丈夫？　ちゃんと待つ、から」

「っ、は、い……だい、じょうぶ。ま、待って頑張る、から……っ」

……ナニかしらね頑張るからって。正直、もう十分頑張った気はしてる。

そうは思えども口は勝手に言葉を紡ぎ出し、優しく絡められた手に同じように指を絡めてしまう。

結局愛してるから。そして強引に私を振り回しながらもその全てに愛が溢《あふ》れているから、終わりになんてできるはずもなくて。

ヒトの首筋に顔を押しつけて「調ったら呼んで……」とぽしょぽしょ言う夜明け色を見つめながら
閨事《ねやごと》は、ひたすら愛とど根性よツェツィーリア……！

己を鼓舞したわ……。

「……っ、る、ルキ……」

「っ、はいっ」

「キス、して……」

「はいっ、喜んで」

「……ん、そ、その、ですね」

「……うん」

「ど……どうぞ、あなただけの私にしてくださいませ……っ」

「……言い方っ……。はい、頑張らせていただきます」

そしてこの頑張りが、さらなる地獄を呼ぶことになりました……。

◇◇◇

愛おしむように頬を撫でられた感覚と唇に落ちてきた柔らかな感触に、深く沈み込んでいた精神が急速に浮上した。

身体の隅々まで清らかな治癒の魔力で満たされたかと思うと、胸元に重みがかかる。

甘い髪の匂いが漂い、小さな耳が肌に当たり。俺の無事を確かめているらしい素振りに抱き締めたくなる衝動を堪えて目を開けるタイミングを窺《うかが》った。

じっと待っているとツェツィが小さく安堵の息を吐いたからゆっくりと瞼《まぶた》を上げる。

こんなに深く眠ったのは何日ぶりだろうか。彼女の存在を感じたいあまり、初めてツェツィの寝室を選んだことを思い出しながら、どこか心配そうに覗き込んできた優美な相貌へと笑いかけた。

「おはようツェツィーリア。会いたくて堪らなかったよ」

「おはようございます旦那様。ふふ、朝の挨拶が会いたかっただなんて……私のこと、夢には出していただけなかったんですか？」

俺の言葉に潤んでいた黒目がちな瞳が驚いたように丸くなる。かと思うと長い睫毛が縁取るまなじりが緩やかに細まり、澄んだ鈴の音のような笑い声が胸をくすぐった。

木漏れ日に浮かぶ新緑のような瞳。

晴れ間に降る気持ちのいい雨のような輝きを放つ飴色の髪。

この十日間ずっと求め続けた存在に胸が締めつけられ、つい口から素直な感情が零れ落ちる。

「毎日出てきてたから、余計本物に会いたくなって辛かったんだ。夢じゃないって実感したいからもう一回目覚めのキスが欲しいな、奥さん」

俺を囲む飴色の髪をくるりと指先に巻きつけ強請ると、ツェツィの頬が熟れたリンゴのように染まった。

「おっ……起きてたのっ？」

「起こすためのキスだろ？」

あんな感情の籠もった触れ方をされたら嬉しくて目が覚めるし、ツェツィから触れてくるのは基本的に抱いているときか俺が寝たフリをしているときだけなんだよな。

できればどんな顔をしてたのか見たいからもう一回と伝えると、柳眉が少し下がった。

「……起こしちゃった？」

……あ～好きすぎて閉じ込めたい。

沸き起こった衝動のまま白い身体へ手を伸ばす。

「違う、会いたくて堪らなかったって言っただろう？　夢以上のことをしたくて目が覚めたんだよ」

「ゆ、夢以上──きゃっ！」

グイッと引き寄せて俺の身体を跨《また》ぐように乗せる。

サラリとした髪の中に手を差し入れ、引き寄せてキスを誘うと、ツェツィが震える唇から色っぽすぎる息を吐いた。

「……っる、るき、待ってこの体勢、こ、ぼれちゃぅ……っ」

ルキのこと汚しちゃうから……そう恥ずかしそうに言いながら、そっと自分の中心へ手をやる仕草をされて、待つねと大人しく引き下がれる男がいるわけないと思う。

俺の奥さん、真面目なところが強烈にイヤらしくて最高。

「夢とは比べものにならないほど誘ってくれてありがとう、ツェツィーリア」

「……誘っ……!? ち、違うったら！ 大体どんな夢を見て――ッ!?」

慌てふためく可愛い彼女の腰から尻、太ももへと続くカーブを、指の腹だけが当たるように撫でる。

「んっ……、る、き……そんな触り方、駄目……っ」

固い皮を掠めるような触れ方に感じたのか。

小さく喘いだ口の中の舌が、まるでキスを強請るように震えるのが見えた。

毎回の遠隔通信の終わりの言葉を伝える度に、ツェツィは数瞬言葉を呑んでいた。

そのとき彼女がどんな気持ちだったのかはわからないけれど、同じ想いは抱いてくれていたはず。

……そうであってほしいと望む気持ちが多分にあることは自覚してるけど、昨夜の今朝だから、キスの要望くらいなら叶えてくれないかな。

「夢の中で俺が『触れ合いたい』って言うと、ツェツィからキスを欲しがってくれた」

足に触れていた手を移動させて顎を持つ。そして親指で唇を撫でた。

「……っ」

「でも、何度もキスをしようとするのに何故かそこで目が覚めるんだ。だからこれも夢かもしれない」

どう思う？ とわざと首を傾げてキスを強請ると、ツェツィの眉尻が余計に下がった。

ついでに腰が下りてきて、固く張り詰めた俺の上に濡れた秘所が、胸板に微かに震えた両手が置かれ。

零れ落ちる前髪でも隠れきっていない真っ赤な顔がたどたどしく紡いでくれた言葉に、喝采を上げそうになった。

「……き、キス、してる最中に、ルキのこと、よ……汚しちゃっても、平気……っ？」

思ってたよりもイヤらしい叶え方だった。

「全く問題ない。むしろ是非もう一度汚し――ぶっ」

「どっ……どうしてそういう言い方をするのっ」

力強く応えるとサラリとした布で口元を覆われた。

見上げた先の昨夜の痴態を思い出したらしい真っ赤な顔に胸がくすぐられ、笑いが零れ――クッションだと思っていた布から微かに香った匂いに違和感を覚える。

同時にツェツィがハッと目を見開き、慌てて俺の口を覆っていた布をパッと取り去り、小さく畳んで後ろ手に隠した。

「……っ、キスをしたいなら大人しくしてっ」

隠し事を誤魔化すようにツンとした表情で顔を逸らされ、堪らず身を起こして手を伸ばす。

「ツェツィ」

ギシッと軋んだ寝台にツェツィの顔が強張り、逃げようと腰を浮かせた。けれど動いたせいで白濁した液体が彼女の恥部から固くなった俺の上に滴り、ツェツィの白い肢体がピンク色に染まった。

「――っあ、……ごめ、なさ……っ。すぐ拭くから……っ」

　そう言いながら隠している布地ではなく別のモノを探す素振りをされ、喜びが溢れる。

「拭かなくていい」

「で、でも……っ」

「元々俺があなたの中に出したせいだから全然気にしてないし、このあと風呂に入るだろ？　だからまずはキスだ」

「……っ言い方……っ。もう……」

　汚してしまった相手である俺に引き留められ、戸惑いと疑問を映す若草色の瞳に汚い考えを悟られないよう微笑みかける。

「大人しくしたらキスしてくれるんだろ？　愛しい奥さん、あなたの元に戻ってきたと実感させて？」

「……ズルいわ、あなたって……」

　顎を取って強請ると、少し眉間に皺を寄せながら隠していた布――恐らくは俺のシャツを大切そうに横に置かれ。

　そっと俺の首に腕が回される。

「……でも、そういうところも好き」

「っ……ツェツィこそズルいだろっ」

　近づく唇がポソリと呟いた言葉に、顔と身体の熱が止められなくて悔しくなってしまった。

　このあとの予定は、結構重要な事柄だ。今後に関わることだし、何より俺のツェツィーリアを苦しませた男は絶対に潰しておきたい。

……なのに、目の前の存在が俺を見つめて息を吐くだけで世界が塗り潰されて、どんどん重要度が低くなる。

寂しかったと言ってくれた。その言葉の通り、彼女は俺のシャツを着て寝ていた。

どうして寝台に置きっぱなしにしているのかはわからないが、そんな事実を知らされたら自分からは絶対にキスを止められない。なんならこの先をしたいとすら望んでしまう。

それがイヤというほどわかっているから、熱っぽい息を吐く柔らかな唇に貪りつきながら懇願するように言い返した。

「こんなに風に俺を誘いやがって……っ」

こう言ったらきっと彼女なら『誘ってない』と頬を膨らませてキスを止めてくれるはず——そんなみっともない目論見は、彼女のたった一言であっさりと吹き飛んだ。

「んっ……は、はした、なかった……っ？」

「——……最高です」

勝てる気がしない。

俺の言葉で安心したように緩んだ頬が可愛すぎて、もうこのあととかどうでもいい。はしたない奥さんを詰る男は全員殺せばいいしな。

「ッ……ふ、んっ……んぅ——……っ」

絡ませた舌が俺の名を呼ぼうと震え、口内に熱が吐き出される。

キスでイクようになった素直な身体に心の中で喝采を上げながら、もっと求めてほしくて唇を離しては幾度も当てる。

ちゅっちゅっと何度もキスを続けると、ツェツィが小鳥のように笑った。

「ふふっ、ルキったら。まだ夢の中なの？」

「……こんな夢の中なら、ずっといたいな」

あ～すっげ可愛い……可愛いけど、イヤな予感がする。蕩けていた瞳が顔の模様を確認して、理知的な光を浮かべ出してるんだよな。起きてって言ってきてるし、この流れは良くない。

「……顔は消えたけど、まだ胸元は薄く残ってるのね……。やっぱり無理をしたせい……？」

どう見ても夢の中にいさせてくれそうにない彼女の雰囲気に、なんとか軌道修正を試みる。

「無理してないし、ツェツィが一緒にいてくれればすぐ消える」

だから続きをしよう、と強請ろうとした言葉は、真っ直ぐすぎる光を灯した瞳に根こそぎ奪い去られた。

「――なら、ずっと一緒にいられるようにしっかり対応しないと。あなたのことだから私がどうなったか確認しに戻ったアキム殿下を、ディルク様なりに捕まえさせているんでしょう？」

「……そうです」

言葉の選び方と察しが良すぎるな……。

そっと目を逸らすと、ツェツィに頬を包まれて戻された。

「その反応……ルキ、もしかしてベルン王国で解決するためにマジャールの方も連れてきてらっしゃるんじゃない？」

俺の奥さんが俺の考えを読んでくれてる状況、困るけど最高に幸せだな。こういう問い詰められ方ならなんでも答えられる。

「連れてきてます」

「……まさか、アキム殿下と敵対しているイスラーン殿下……っ？」

「うん」

イスラーンは、王位に近いアキムの継承権の剥奪ができるなら、殺さなければ何をしてもいいと言うはずだからな。

それに、とツェツィに止められないよう先に口を開く。

「アキムはやりすぎた。ベルンの人間に手を出したんだ、ベルンで裁くのは当然の権利だ」

ズルい言い方だが、優しいツェツィはアキムを潰す俺を止めないはずだ。

「——ッ、ベルンで、裁く……」

その予想通り。息を呑んだツェツィの反応に腹の中で怒りがくすぶり、組んだ足の陰でぎゅっと拳を握る。

どうして誰も彼も助けようとする。

アイツはツェツィをボロボロにしようとした。俺とあなたを引き離そうとしたのに——!!

怒りが表に出ないように口の中を噛み締めていると、「では」と穏やかながらも何かを含んだ声が耳を打った。

「私も関係者ですから、立ち会わせてください」

その声の強さにパッと視線を合わせ——若草色の瞳に浮かぶ強い意思を見て、ぞくりと背筋に何かが走った。

引く様子の一切ない姿勢に、恐怖を飲み下して返事をする。

「……わかった、風呂に行こう。着替えないと」

「はい」

頷いたツェツィを抱き上げ、静かに何かを考える顔をそっと窺う。

イスラーンは間違いなくアキムを好きにしていいと言うだろう。けれど俺は彼女のお願いにとてつもなく弱い。

助ける価値のない男。それを助けてくれと懇願されたら――……殺されて、しまうかもな。

過った推測に胸元の紋様が、予告をするようにチリッと痛む。

その上に乗る温かな手へ意識を逸らしながら浴室のドアを開け、揺蕩《たゆた》う湯船から溢れるお湯をビシャッと踏み締めて腕の中の温《ぬく》もりをぎゅっと抱え直した。

どうせ手放せない。

わかっていて血塗れの道に引きずり込んだのだから、もう戻れない。

……この先彼女が踏み締めるのが俺の血になろうと、全部をくれると言ったのはツェツィだ。

――だから、愛するあなたの選択であれば受け入れるから。あなたは女神に奪われた俺を嘆いて、あなたの絶望全てを俺に与えて、ツェツィーリア――。


「……青貴牢《せいきろう》の中は迷路みたいになっているのね」

「牢獄とはいえ身分が高いから部屋は小綺麗だよ。ただし逃げられないように細かく区分けされているし、助けが来られないように外から見ても部屋や裁きの間がどこにあるかわからないように作られている。少し暗いから足元気をつけて」

囚人とはいえ隣国の王族だ。

フェリクスのときと同じように牢獄内で全てを終わらせることはできず、アキムはイスラーン達と対峙《たいじ》していることをツェツィに説明しながら、青貴牢の中を裁きの間へと進む。

「カナンにある実験場も戻ってくるときに潰してきたんだ。証拠《ヴァナルガンド》も手出しできない場所へ置いてきたし、ひとまずすぐには実験を続けることはできないはずだ。マジャールの王がアキムを救おうとして事を構えられないよう、レオンとシーリーン王女殿下も連れてきている」

「レオン様とシーリーン様もっ？」

パッと華やいだ笑顔に「ああ」と頷きながら手を引く。

やはり二人共連れてきて正解だったな、と満足しながら薄暗い廊下を進みツェツィに事の経緯を説明していると、隠し扉の前に立つ男に声をかけられた。

「随分遅かったね。……って、聞いていた様子と違うな。身体中に紋様が出たって聞いたけどどうやって治したんだい？　ってイタタタッ……」

ニコニコと人当たりのいい笑顔を浮かべて手を挙げるディルクの顔を鷲掴《わしづか》みにし、飾りと見せかけて室内が覗ける場所から退かせる。

「ほら、あそこにいる」

そして空いたそこへツェツィを引き寄せた。

「まぁ、本当にシーリーン様だわっ。良かった、お元気そう。……こんな場所で言うことではないけれど、シーリーン様の安全を考えてくれてありがとうございます、ルキ様」

「どういたしまして。王女殿下もツェツィに会うのを楽しみにしていたから、このあとゆっくり時間を取ろう」

ふわりと微笑みながら礼を言われて、こちらこそと笑み返すと、ディルクが余計な口を挟んできた。

「髪の毛ちょっと抜けた気がするなぁッ……でもルカス、お前はマジャールへ戻るんだろう？　じゃないとレオン達を連れて帰ってきたことを問題にされてしまうよね」

コイツ、俺の計画を理解していてツェツィにヒントを与えようとするところが、本当に死ぬほど鬱陶しいな。

あとで伝えようと思っていたのにバラしやがって……やっぱ一回息の根止めとくか、とディルクを縛り上げようとすると、繋いだ手をぎゅっと握られた。

「また向こうに滞在を……？」

「……さっすが」

良すぎるタイミングに笑うディルクに苛立《いらだ》ちつつ、不安げな表情でマジャール王国へ行くのかと尋ねるツェツィに頷く。

「これが終わったらイスラーン達を送り届ける約束なんだ。それに、二度とこんなことをしないよう神器持ちの〈英雄〉がマジャールの背後にいるということをエグリッヒ帝国に見せる必要もある。もう少し滞在する予定だ」

そのためにわざわざ証拠品《ヴァナルガンド》と一緒に捕まえたフェンリルをエグリッヒ帝国とマジャール王国の境目に置いてきたんだ。

なんとか持ち帰りたくても、三重防御魔法で囲んできたからまず向こうには手出しができない。こちらの意図を掴むためにも、監視しているはず。

二度と俺の目の届くところで悪さをしないよう……〈英雄〉の最愛に手を出したらどんな最期を迎えることになるか理解できるよう、欲しがっていた神獣を目の前で塵《ちり》にしてやる。

ついでに監視している奴もマーキングして、報告で戻ったときに殺すか、と考えていると白い指先が伸びてきた。

「ルキ様お一人で対応するの……？」

そう言いながら紋様があった頬をそっと撫でられて、寂しくないのかと指摘されたように感じて照れ隠しに苦笑してしまう。

「ははっ、流石にここまで手を尽くしてやった俺に、これ以上何かを押しつけようとはしないはずだから何も起きないよ。安心して」

イスラーンならやりそうだが、まぁ女共が嫌がるだろうしな。

それに、もう一人ではどこにも行かない。ツェツィを残していくなんて冗談じゃない……永遠に共にいると誓ったのだから。

胸に渦巻く欲望をひた隠して揺れる瞳へ笑いかけると、彼女の口元がゆるりと上がった。

「そうですね」

それは六年間いつも眺めていた美しい笑顔。

王子妃となるべく実直に培ってきた、憎たらしいほどひたむきな強さで作られる、苦しみを覆い隠す淑女の仮面で。

よく見なければ気づかないほど小さく震えた口角に、俺自身の笑みが深まってしまう。

俺を独占したいと思ってくれたなら、隠すことも今は指摘しない。そうやって俺だけを想って、俺だけに心を揺らして。

願わくば永遠に俺だけに囚われていて、と華奢な身体をより引き寄せる。

「……立ち会う気持ちは変わらない？」

「変わりません」

強い光を灯す瞳に「そっか」と返し、これ以上は無駄だなと隠し扉のノブへと手をかけた。

――扉を開けた途端、口汚い言葉が耳に飛び込んでくる。

「イスラーンッ、何故貴様なんぞに私を売り渡す権利が……っ私の王位継承権を剥奪する権利がある……!?　ベルンまで足を運ぶということは、お前の独断だろう!?　私を跪かせ罪人のように扱うなど、このことを陛下が知ったらお前こそどうなるだろうなぁ……！」

「黙れ、アキム。エグリッヒ帝国なんぞと手を組んだお前に、陛下へ拝謁する身分も助命嘆願する権利もない。マジャールを売る気だったのか？　手に負えなくなった獣人のせいで自国に被害が出たらどうする気だった」

「うるさいうるさいうるさい……!!　うまくいっていたっ、貴様程度に私の計画が掴めるはずがない……！　どうせそこにいるベルンの王太子と、あの怪物の如き力を持つ〈英雄〉殿の采配だろう!?」

フィンとアナによって首に剣を突き立てられながら元気に喚《わめ》くアキムに、ツェツィーリアの肩がピクリと動いた。

首元で交差する剣に視線が強まり、瞳に剣呑《けんのん》な光が浮かぶ。

何に怒りを覚えているんだろうな……と様子を窺いながら声をかけた。

「遅れて申し訳ありません。囚人に罪状を告げたところのようですね、イスラーン殿下」

「あ、あぁ、今アキムに継承権剥奪と生涯幽閉を告げたところだ。……ルカス卿《きょう》、そちらが貴公の奥方か？」

少し顔色を悪くしながらチラリと隣の彼女へ目を向けられ、恭しく繋いだ手を持ち上げてみせる。

「最愛の妻のツェツィーリアです」

「お会いできて光栄です、イスラーン第一王子殿下」

ゆっくりと膝を折り、淑《しと》やかに頭を下げる姿にイスラーンが感嘆し、アキムが呆然とした表情を浮かべた。

獣人に犯されたはずのツェツィーリアがどうして無事なのかと考えているんだろうな。イヤらしい目でじろじろ見やがって。

立場を弁えさせろ、とフィンへ目をやった瞬間、アナがアキムの首に刃《やいば》を立てた。

「――――ッ」

かなり斬られたのだろう。まるで今すぐ殺されると言わんばかりに顔を青ざめさせ、床に顔をつけたアキムの様子に小さく嘆息する。

あの様子だと、俺がツェツィと会っている間に軽く拷問でもされたかもな。

主《あるじ》であるツェツィーリアを貶《おとし》められたせいで、アナとケイト、エルサが見ないくらい殺気立っている。

アキムの野郎は譲れないが、特使団の箱詰めは三人に任せるか。

悔しげに唇を噛み締めるアキムから目を逸らし、場に似合わない華やかな笑顔を浮かべる王女の前へとツェツィを連れた。

「ツェツィーリア様、息災でしたでしょうか。お会いするのをとても楽しみにしておりました……！」

「シーリーン王女殿下も、お元気そうで何よりです。お目見えする場がこういったことになり残念ではありますが、またお会いできて私もとても嬉しいです」

　謝罪をするように胸に当てたツェツィの手を、感極まったような王女が掴む。

「いいえ、異母兄《あに》の非道な行いで苦しめてしまったのはこちらです……ツェツィーリア様が気になさることなど一切ございません。本当に、本当に申し訳ありませんでした……っ」

　潤んだ瞳で頭を下げる王女の様子に「シーリーン様、おやめください」とツェツィが慌てたように宥《なだ》める様子を見て、頬が緩んだ。

　王城内にツェツィの味方が一人でも増えるに越したことはない。アキムのせいで仲が拗《こじ》れたらと心配したが問題なさそうだ。

　それにしても王女は当事者よりもよほど悔やんでいるな、と恨み言を堪えられなくなったらしいアキムへ目をやる。

「……どうして無事なんだ……っ？　私を騙し、獣人を手懐けたとでも言うのかっ？　何故平然とそこに立っている、ツェツィーリア・クライン……!!」

　コイツはツェツィのことを悪女だと思っていなかったからこそ、尊厳を破壊する手段を取った。

　大抵の人間は事実と噂《うわさ》の順番が合っていなくても気にしない。

　獣人にボロボロにされ、俺との仲も壊れ……疲弊しきったところへ、元第二王子《フェリクス》から〈英雄《俺》〉へ乗り換えた悪女なら不貞を働くこともある、という噂が密《ひそ》やかに流れ始める。

そうして今度は周囲から悪女と詰られることになり、作られた流れでツェツィーリアがベルンにいられないようにする予定だったんだろう。

力を持つ者の計略は、加減を知らず徹底している。

クライン侯爵が第二王子程度では彼女を守りきれないと言いきったのは正しい。そんな人間からツェツィーリアを守るにはそれを超える力が……怪物と呼ばれる絶対的な力が必要だ。

殺すことに躊躇いがない性質が普通じゃないことは自分が一番理解している。ただ治せるものでもないし、治したら守れるモノも守れなくなるかもしれないから、治そうとも思わない。

……けれど、その怪物のせいで狙われることになった彼女は、果たしてそんな力で守られることを望み続けてくれるだろうか——。

煮え滾る殺意と胸に過る疑問を表に出さないよう、拳を握ることで必死に堪える。

そして唸《うな》るように床に疑問を吐き出す男からツェツィを隠すように立って、向き直った。

「これで何度目だろうな、アキム・アサド＝ジャービル。罪人のくせにベルンの王子妃を侮辱するとは、よほど死にたいようだ」

やり返すように敬称を付けずに呼びかけると、アキムが目を剥《む》いた。

「——き、さまっ……！　その色合い、貴様がルカス・テオドリクス・ヘアプストだなっ……いくらベルンの〈英雄〉であろうとも、他国の王子に対して敬称なしで呼ぶなど、貴様こそ無礼だろう⁉」

自分のことは棚上げか。

まぁそうでなくてはこんなことはしでかさないだろうし、刑罰を施しやすくて助かるが。

「そこの異母兄殿から継承権を剥奪すると言われたはずだが、都合良く覚えていないようだな。だからすぐバレるような計画しか立てられなかったわけか。まぁいい……イスラーン殿下、何度か息の根を止めるつもりなんですが、そのせいで精神が壊れても問題ありませんか？」

アキムから視線を逸らさずイスラーンへ問いかけると、溜息が聞こえた。

「ハァ……レオンの言う通り、〈英雄〉殿は決して怒らせない方がいいようだな。問題ない、と言いたいところだが、流石に廃人は困る。こんな男でも父王から王族として生かしてほしいと頼まれてしまった」

チッ、やはり壊すなと言われてきたか。

「そうですか。では手足の一、二本が限界ですね」

恐らく獣人の作り方の詳しい情報が欲しいんだろう。イスラーンもマジャール王も未だにベルンより立場が上だと思ってるようだし、牽制する必要があるか。

「主、剣はどうしますか？」

「今回は目があるからいい」

ツェツィがいるから汚れるやり方は控えるべきだろうな。だが、痛めつけるにしても骨を粉砕したところで、治癒魔法を使われる可能性もある。

廃人すら駄目となると……治せないように手足を消して、生涯話せないよう見えない呪言を刻むのが手っ取り早いか。

フィンが差し出す剣を断り、掌に鎖を浮かべると、俺の行動を見たアキムが震え上がった。

「や……やはり聞いていた通り、〈英雄〉とは名ばかりの怪物ではないか……!!　元々人であった獣人すら簡単に殺して回った己の罪には目を向けず、世界を破滅させることができる力を簡単に振るう！　人を守るべき存在が、そのような残虐な性格をしていていいと思っているのかッ……!?」

そう言って叫びながらキョロキョロと周囲に助けを求める男に溜息が出そうになり――彼女の呟きに息を呑んだ。

「……人を、守るべき存在……」

同じマジャール人であるイスラーンもシーリーンも、レオンでさえも顔を逸らし、助けを求めるアキムを拒絶する。

そんな中で唯一人、ツェツィだけが静かに、じっとアキムを見つめていて。

止める人間は誰一人いないとようやく気づいたらしい馬鹿は、恥知らずにも彼女へ声を張り上げた。

「……ツェツィーリア王子妃殿下、あなたの夫を止めてくださいっ！　怪物の伴侶であるあなたには我々人を……私を守る責務があるはずだ!!　あなたへ求婚してまで忠告してやった私の言葉を無視した罪悪感が少しでもあるなら……私を哀れと思ってどうか守ってくれ……!!」

『守ってくれ』という言葉に、若草色の瞳が衝撃を受けたように見開いた。

瞳の中に強い感情が灯ったのを見てぞわりと悪寒が走ると同時に、まるで自分のモノだと言わんばかりに彼女へと手を伸ばされ、怒りが噴き上がる。

噛み締めたせいで切った口の中の血を飲み込み、殺してしまわないように拳を握って痛みで理性をかき集めた。

「よくも俺の目の前でそんなことが言えるな、アキム……」

まさかツェツィに助けを求めるなんて、どこまで図々《ずうずう》しくなれるんだ。

「自分が何をしようとしたかもう忘れたのか？　お前が今するべきことは、嘆願ではなく謝罪しかあり得ない……！」

死にたくなければ今すぐ謝れ。

そう伝えるように身体から滲み出る魔力で作った鎖でアキムの首、胴体、そして腕と足を容赦なく締め上げる。

「やめっ……やめてくれ……ッ！　妃殿下!!　あの狂った姿を見ろっ……〈英雄〉とは言っても、いつあの恐るべき力を壊すことに使い始めるかわからないじゃないかっ。ただ怪物から……破滅から身を守ろうとして何が悪いッ……国を守るべき王子妃ならわかるだろう――!?」

哀れな泣き顔を晒し、床に倒れ伏してなお、俺を指さしながら助けを懇願する男に、慈悲深い女神がとうとう微笑んだ。

「――ええ、よくわかります。私にも守りたいものがありますから」

「……っ」

息を呑んだのは誰なのか。

まるで時の流れが緩やかになったように、歪んでいたアキムの顔がゆっくりと変化する。

「……で、では助けてくれるんだな……っ？」

――コイツは必ず殺してやる――!!

ツェツィーリアからの救いの糸を見出し、顔満面に喜びを浮かべた男へと憎悪が満ちた瞬間、支えていた手から温もりが消えた。

サラリと飴色の髪が靡いて、ようやく隣から彼女が立ち去ろうとしていることに気づく。

「ツェツィ……？」

引き攣れた喉から引き留めるように、この世の何よりも大切な存在の名が零れ落ちた。

「ルキ様はここにいてください。……お願い、私を止めないで」

けれど彼女はチラリと俺を見ると、縋るように伸びた手を躱《かわ》すように足を踏み出してアキムへと美しい相貌を向けた。

――瞬間、左胸に痛みが走った。

ジリジリと肌を焼くような痛みに紋様が広がっているのだと気づき、彼女に縋りつくべきだとわかっているのに、初めての拒絶に身体が凍りついて動くことすらできない。

「アナ、剣を引いて。身体を起こして差し上げて」

「……はい」

全員が固唾《かたず》を呑んでツェツィの動向を見守る中、アナとフィンに無理矢理引き起こされたアキムが痛みと屈辱に顔を歪める。

「……おいッ、妃殿下のお言葉をきちんと解釈しろっ」

膝立ちの状態が気に入らないのだろう。

まるでもう赦されたような態度を取るアキムを彼女は一切咎《とが》めず、白魚のような手をスッと上げたから、噛み締めた唇が切れた――。

「心から守りたいモノがあったら、そのために身を投じ、非難されることも甘受します。――だから私は絶対にあなたを助けたりしない……!!」

――パァンッ――

裁きの間に、妙に澄んだ破裂音が響き渡った。

誰も彼もが目の前で起こったこと――ツェツィーリアがアキムを引っ叩《ぱた》いたことを、呆然と見つめるしかできない。

叩かれたアキムですら何が起きたのか理解できずにいて、遅すぎる疑問がその口から零れる。

「……え……？」

何が起きても外に音が漏れないように魔術が施されている壁に音の波が吸い込まれ、ひととき静寂が作られ。

止まった時を「どうして」と震える声が動かした。

「どうして血に塗れることを厭《いと》わず、傷だらけになって戦う彼に怪物だなんて言葉を向けられるの？　どうして誰も彼も力しか見ないの……っ」

怒りを堪えているのか。それとも泣くのを我慢しているのか。

戦慄く華奢な背中を、息をするのも忘れてひたすら見つめる。

「あなたは彼が狂っていて、いつかその力を自分達に向けると言う。ねぇ、いつかっていつ？　〝今〟守ってもらっている事実に目を向けないのは何故？　今回の件でどれほどの犠牲者が出るところだったか……彼から傷つけられてもいないくせにっ。自ら作った獣人の対処すらできず、ルキの力に頼った結果、今ここにいるくせにっ！　よくも被害者ぶって破滅がどうのこうのと言えるわね……!!」

どう聞いてもそれは俺のための悲痛な嘆きで。

胸元の肌をチリチリと焼いていた紋様が、まるで彼女の言葉に納得するようにすぅっと消えた感覚がして、噛み締めていた顎から力が抜ける。

「犠牲を払わなければ与えられない力なのよ。しかも与えられただけじゃ使いこなせない。騎士として常に努力し、命を懸けて奔走しているから今このときも、誰もが安心して生活できてるの……っ。だったら守られている側にだって支える努力が必要なはずじゃない。なのに、竜を討伐し終わったから用なしだとでも言うように危険だと叫ぶ。人を人とも見ない、残虐な行為をしているのはどちらなの？　たとえこの先彼が世界を破滅させようとしても、あなたの言っていることが間違っていなくてもっ！　私だけは絶対に世界の心配なんてしない……っ。私の最愛のヒトを傷つけ、モノのように使い捨てようとしたあなたに、守れだなんて二度と言われたくない……!!」

——何故たった一人だけに執着し続ける人間をエッケザックスが選ぶのか、ずっと疑問だった。いくら魔獣を討伐するためとはいえ、リスクが高すぎる。だから記憶を、大切な感情を奪い地獄に叩き落として、一人で自滅するためなのだと思っていた。

でも、恐らく選ばれたのはツェツィーリアなのだ。彼女さえいれば、力の使い方を誤らないと判断された。

確かに女神は慈悲深いんだろう。怪物を愛し続けられる存在がいることを、こうして教えてくれるのだから。……あとは認めさせるだけ、か。

見えた光に胸の内を震わせていると、固唾を呑んで見守っていたその場の全員が彼女の叫びを聞いて、何かを考えるように顔を俯かせた。

同時に、ゆっくりと見開かれるアキムの目に再度上がったツェツィの片手が映り、ようやく動いた身体で彼女を抱き締めて声を荒らげてしまった。

「——待った、手が腫れるだろうっ……！　それにツェツィに叩かれる権利は俺のだっ、殴るなら俺がやるっ！」

「ルキはこのヒトのせいでしなくてもいい討伐をすることになったのに……ッ。どうせ死なないようにって、優しいあなたは手加減することになるじゃない!!　ベルンで裁ける権利があるのでしょう!?　だったら手なんか腫れたっていいから、もう一回くらい私に叩かせてよ……！」

　フェリクス相手に六年も我慢していたから、忍耐強いと同時に見た目よりも勝ち気で積極的な部分があるなとは常々思っていた。

　でも、俺が思っているよりもかなり負けん気の強い性格なのかもしれない……！

　アキムを引っ叩くというあまりにも予想外の行動。赤くなった手を心配する気持ちと、ツェツィの初めての平手を他の男に奪われた衝撃。

　そして俺だけを見つめる泣きそうな顔に喉を熱がせり上がり、理性をあっさりと飲み込む。

「――クソッ、暢気《のんき》に叩かれて俺のツェツィに触られやがって……っ！　離れろ!!」

　愕然とした顔で見上げてくるアキムを蹴り飛ばし、徐々に赤くなる掌に口づけて全力で治癒を施していると、イスラーンの呆然とした声とレオンの切羽詰まった声が聞こえた。

「……暢気に叩かれて触っ……えぇ……？」

「……ルカス、お前……。流石に傍若無人すぎるだろ――って待てまて待てっ……！　おいフィンッ、アナ達もやめろ止まれ……！　何を指に嵌《は》めて肩慣らししてるんだ……!?」

　悔しがるツェツィを抱き締め落ち着かせながら、殴打に特化した武器を指に嵌めて腕を振り抜く練習をするフィン達へと目をやる。

「見ればわかるでしょう。イチャイチャ揉めてる主とツェツィーリア様の代わりに殴るんですよ。ここ、そういう場でしょう？」

明らかに殺意の籠もった重い風切り音をさせながら、素知らぬ顔でレオンへ返答するフィンへ口を挟む。

「フィン、アナ達も、間違いを装って殺すなよ」

「チッ……承知いたしました」

舌打ちしやがった。フィンも案外キレやすいんだよな。まぁツェツィの前だから殺しはしないだろ。

「ルカスッ、頼むから止めろぉ……っ」とうるさいレオンを無視して、わざわざアキムに膝を折り、殴る順番を告げるアナ達を眺めた。

「ツェツィーリア様の御手を腫れ上がらせた罪、半死半生に値するのでひとまず同じようにパーで殴らせていただきます」

「ツェツィーリア様の振り抜きも音もとても素晴らしいものでした。参考にしつつ、二番手としてひとまず強めにグーで殴らせていただきます」

「グリップよーし。スナップよーし。ひとまずという意味がわからないので、とにかく全力で叩き殴りますっ」

「……順番に威力を上げる上に、魔猫《シャパリュ》の全力は死ぬだろっ……」

「なるほど、これがベルン王家の盾……。なんというか、とても頼もしい方々ですね、レオン様」

完全に殺る気の侍女達に顔を覆って諦めたレオンの腕を、シーリーン王女がポンポン叩きながら慰めるだけに留めていて、洞察力と順応性が高いなと感心する。

すると俺の胸元に顔をつけていた腕の中のツェツィがアナ達へ止めに入った。

「だ……駄目よっ、アナッケイト、エルサッ！　私が先なんだから、終わってからにしてっ」

「ツェツィーリア、まだ続けるつもりなのかっ？　俺だって叩いてもらったことがないんだぞっ」

落ち着こうとしていたのは、まだ平手打ちを諦めていなかったからか。

　これ以上は触るのも近寄るのも許可できないぞ、と眉間に皺を寄せてツェツィと視線を合わせると、彼女も怒った顔で俺を睨んできた。

「ルキ様、止めないでとお願いしたではないですかっ。それに叩かれたがるのはやめてください。あなたをあの人と同じように叩くなんて、絶対にしませんからっ」

　多少なりとも落ち着いたのか、呼び捨てが直ってしまったことを残念に感じつつ、なんとか叩いてもらえないかと検討しながら口を開きかけ――

「――っ唇が切れてるじゃない、どうして……っ。アナ、ハンカチを濡らしてきてっ」

「こちらにございます。どうぞ、ツェツィーリア様」

　放っておけば治る、痛みすらない傷に悲痛な声を上げられ、出そうと思った言葉を瞬時に飲み込んで大人しく、従順な態度を取ることを選択する。

「痛くない……？」

「全然平気だよ」

　そっと治癒魔法を施し、濡らした布で血を拭ってくれる親身さへ素直に微笑み返すと、案の定ツェツィから部屋に戻ろうと口にしてくれた。

「……やっぱりどこか具合が悪いとかはない？　もう部屋に戻りましょうか？」

　俺の奥さんは本当に優しいな。部屋でまた甘えさせてもらおう。

「そうだな、もう戻ろ――」

そうしてウキウキ弾む心で彼女の腰を引き寄せた瞬間、視界から敢えて排除していた男が嘲笑うような叫び声を上げた。

「待てっ……ルカス殿下、妃殿下はあなたに隠し事をしているぞ……!! 彼女の優しさはあなたを裏切った罪悪感からだ！」

何を言ってるんだコイツ……。そういえばまだ一度もまともに苦しめてないな。とりあえず一回息の根を止めとくか。

そう思って足を止めると何かに気づいたのか、横に立つ彼女の顔がハッと強張った。

「ツェツィ？」

「……っ、なんでも、ありません……っ」

覗き込むと潤んだ瞳を隠すように顔を背けられ、ざわりと胸に黒い感情が湧き起こる。

指輪で大抵の情報を得ている俺にも知らないことがあるのは理解している。だから秘密を持つことが悪いわけじゃない。……機を見て暴いて、それすら利用して彼女を俺に縛りつける要素に変えればいいだけの話だ。

けれど、そんな顔を――防御壁で囲んだ寝台の上でしか見せない、愛を乞う顔をさせる隠し事をあのクソ野郎が知っているのは許容できない……!!

「アイツの言っていることに、思い当たることがあるんだな……？」

「そっ……そんなことは……」

俺を見ろと顔を上向かせても目を逸らされ、堪えきれずに声に怒りが籠もった。

「ツェツィーリア、なんでもない顔をしていない。……逃げようとするな」

「――ッ、な……ない、ことも、ない……ですけど……っ」

長い飴色の睫毛が怯えを示すようにふるりと震え、いつもは明るい若草色の瞳が陰った深い緑に変わる。シンプルな杏《あんず》色のドレスが映える白い肌は血色を良くし、豊かな胸の前で訊かないくれと懇願するように手が組まれ。

問いかけを嫌がる素振りを盛大にされ奥歯を噛み締めると、待っていたかのように男が嘲笑した。

「ハハハッ！　〈英雄〉殿は妃殿下をとても深く愛しておられるようだ。だからこそ、彼女の裏切りを赦せるか……？」

不幸を喜ぶ笑い声と共に、赤い髪が地獄の炎のようにゆらゆらと揺れる。

上がった手が息を呑むツェツィーリアを指さし、次いでトントンと己のシャツの胸元を叩き、誰もがアキムの仕草に首を傾げる中、俺とツェツィだけが何を突きつけられたのか気づいた。

「……――ッ」

震える身体をグイッと引き寄せて真っ赤に染まった顔を即座に自分の胸元に隠し、魔力の鎖でアキムを縛り上げる。

「ぐっ……！　ハッ、その様子じゃ〈英雄〉殿も知っているわけか……！　その上で庇うとは、随分とお優しいことだ……っ。だが妃殿下は私を助けたくなるだろうなぁッ……！」

「アキム・アサド＝ジャービル、その下劣な口を今すぐ閉じろ」

思うままに貪った身体には、当然俺のモノだという印を刻んでいる。なんせ『つ……つけて、慰めてくださいませ、旦那様……っ』と強請らせたからな。

だが、これでもかと刻みつけた痕も、彼女が恥ずかしがるから今は幻影魔法で覆っている。アキムの野郎にも他の人間にも見えていないはず。

アイツは昨夜の獣人が俺だと知らない。

襲われたことをこの場で他の人間にも知らせるぞと脅すために、恐らくは当てずっぽうで言った。

いくら相手が俺であっても、貴婦人であるツェツィーリアが他人に夜の生活を知られるのは、当然嫌がるだろう――……嫌がるはずなんだが、どうにもツェツィの様子がおかしいんだよな。

唸るアキムの四肢を締め上げて磔《はりつけ》のような形にしながら、腕の中のツェツィをチラリと窺う。

「どうしてあのヒトが知ってるの……？　ルキだって知らないのに……ッ」

そう言いながらアナ達へと目を向けたから、その視線を追いかけると、三人が慌てて首を振った。

「決して口にしておりませんっ」

「決して見られておりませんっ」

「決して片し忘れてませんっ。昨夜ルカス様に吹っ飛ばされたフリをしたあと、お二人より先に部屋に戻り、きちんとルカス様のクローゼットに戻ぎゃぼげぇ――……ッ」

話している途中でアナとケイトが本気の蹴りをエルサの頭と腹へと食らわせ、俺の施した防御壁へ矢のように吹っ飛んだエルサの身体がバチンッと当たる。

「いやぁぁああエルサちゃ――ん!!　たかだか人間の蹴りで意識不明になるなんて、まだ番《ツガイ》にはできないわね……っ」

倒れ込むエルサを抱き留めわざとらしく嘆くバルナバーシュを無視し、頭を下げる侍女から顔を俯けぷるぷると震えるツェツィーリアへと視線を戻した。

どうも噛み合ってない。

アキムが獣人による襲撃についてツェツィと俺を脅迫しようとしているのは間違いないいんだが……

さっき彼女は『どうしてあのヒトが知ってるの』と口にした。

つまりツェツィが秘密にしたがっていることは、獣人《俺》に襲われたことじゃない。

アイツは当然として、俺も知るはずのない、俺のクローゼットに関係すること。……アキムが示したのは胸元だったたが、もしかして――。

「……シャツか？」

呟いた途端、可愛い可愛い彼女の身体が熱を持ち熱くなる。

「～ッ」

今朝見たのは、夜着として使っていた一枚だけ。

だがエルサは『戻した』と言おうとした。なら――。

「もしかして、使ってたのは一枚だけじゃなかった……？」

「い、や……ッ、ちが、違うのっ！　ただ、その……っ」

潤みきった瞳で恥ずかしげに首を振る仕草にそそられて、口角が上がるのが止められない。

「違う？　そっか、じゃあ……クローゼットにあるシャツの匂いを確認すればわか――ぶっ」

「いやぁ……!!　ルキッ、お願いやめて……っ」

少し意地悪げな顔をしてみせると、口を慌てて覆われた。

必死すぎる。これは、受け止める姿勢を見せながら強請った方がいいなと即座に戦略を変え、内緒話をするように顔を寄せて眉毛を下げた。

「……ふふぅ《ツェツィ》」

教えて、とキスをするように顔を傾けて小さく呼びかけると、ツェツィはこくりと喉を動かしながらそっと手を離し。

俺の胸元に顔を押しつけて小さく小さく答えてくれた。

「……いつも隣にいるルキがいないから、眠れなかったの……。だから、だ、抱き締める、用に……借りて……っ」

嫌がらないで……っときゅっと服を掴まれ、胸の内が幸福感で満ちる。そして与えられた愛に反応して俺だけを求めてほしい、という際限のない欲望が湧き起こり、餓《う》えを感じた。

俺の汚い部分すら無償の愛で包み込んでくれる、憎たらしいほど愛しい愛しい俺の妻。

自分の夫が底なしに嫉妬深いと、いつになったら理解するんだろうな。

どうせ今のも無自覚だから『誘ってない』と言うんだろ？　それとも、今回のは自覚があったりするのか？

「……ふぅん、代わりか」

答えが欲しくてわざと小さな反応で留めると、ツェツィの瞳が剣呑になった。

「……代わりになると思うの？」

感情を表すように服を掴む手が一層強まり、つい俺の顔も赤くなる。

「……ならないでほしいです」

「ならないに決まってるでしょうっ」

まさか頬を染めて怒りながら言いきられるとは。

誘ってくれないところ含めて無自覚なところが最高すぎて、お手上げだな。

「そっか……それは、良かったです……」

「……っそ、そう、わかっていただけて、良かったです……」

そっと腰を引き寄せるとピクッと敏感に反応され、恥ずかしそうに俯かれ。

身長差のせいでサラリと前下がりに零れた髪の隙間から細く白いうなじが丸見えになり、昨夜つけた痕が目に飛び込んできて、ぞくりと興奮する。

「……ツェツィーリア、したいことがあるんだけど」

髪を一房指に絡め、必要な言葉をわざと抜き取りながら強請ると、小さく首を振られた。

「ッ、あとでに、して……」

当然、今は駄目だもんな。

「わかった、あとで」

恥ずかしがり故に言葉足らずになるところが本当に可愛くて仕方ないよ、ツェツィーリア。

あなたも抱き合いたいと思ってくれて良かった。これ以上ないくらい抱き締めるから、獣みたいに愛し合おうな。

うまく事が運んだ喜びに浸っていると、苦しげな舌打ちが耳に入って現実に引き戻された。

瞬時に腕を突っ張り俺から離れる温もりを名残惜しく思いながら、渋々向き直って溜息を吐き出す。

「忘れてたんだ、怒るな」

「忘れっ……人を苛立たせるのがうまいな、〈英雄〉殿……っ」

「お互いにな。——その様子じゃ、自分の行いを反省していないんだろう？」

殺さないよう細心の注意を払いながら鎖を増やして床に引き倒す。

「あぐッ……!?　なっ……何をする……!?」

「安心しろ、靴を舐めろなんて言わない。足をちぎるだけだ」

両足の股関節に鎖を巻きつけ、さらにその下に小さな棘を生やした鎖を巻きつける。

「は……っ？　ま、待て、何を言っている……!?　やめッやめろ……!!」

「あぁ、わかりにくかったか。血が出ないようにちゃんと傷口を治癒しながらやってやるし、ちぎれてもくっつけてやる。……お前が頭に床を擦りつけて謝罪するまで何度でもな」

ギチギチと徐々に強まる鎖に震え上がった男はみっともなく泣きわめき——信じられないことに、己の罪を俺の最愛へ擦りつけた。

「ヒッ、ああいだいッ！　わ、私が悪かった……！　妃殿下っ、悪かったから!!　夫君に不貞を赦された身なら、私のことも赦してくれていいはずだろう!?　見たところ怪我《けが》もない。随分紳士的な獣だったじゃないか!!　ここまでみっともなく頭を下げてるんだぞ……!?　頼む、助けてくれ……!!」

助けを求めておきながら、これでもかと侮蔑の籠もった〝不貞〟という単語に、室内が静まり返った。

「まさか……」

獣人に襲われたのか？　というイスラーン達の驚愕の視線を、殺意を込めて睨み返しながらツェツィを抱き寄せる。

華奢な身体はそんなことを言わせてしまった俺に抵抗すらせず、むしろ慰めるように腕の中に収まってくれたから、己の不甲斐《ふがい》なさに泣きたくなった。

「……本当にごめん。さっさとバラしておけば良かった」

「謝らないで。ルキは一切悪くないし、不貞も何も、来てくれたのはあなたじゃない」

全く気にする様子のない、むしろ楽しげな声音で「〝ルキ〟なのは少し怖かったけれど、金の瞳のままだったから我慢しました」と揶揄われて、ぎゅっとツェツィをかき抱く。

「……なんで目の色が重要なんですか」

こんなことを尋ねてる場合じゃないと理解しつつ、怒りを落ち着かせようとしてくれるツェツィーリアに甘えると、鈴の音のような笑い声が胸を震わせた。

「ふふっ、初めて〝ルキ〟様とお会いしたとき、とっても印象的だったから」

「……まさか、色が変わってた？」

そういえばあのとき、動揺して変化が解けかけた……っ。

思い出して肩を強張らせ、恐る恐る日に当たる新芽のような瞳を見つめる。すると同じように思い出したのか、キラキラとした光が彼女の目に浮かんだ。

「決して忘れられない、誰よりも綺麗な金色の瞳でした、私の騎士様」

「――……嘘だろ……」

まさかの事実に打ちのめされ、あまりの恥ずかしさに項垂れるしかできない。

ツェツィが俺の目を気に入ってることには気づいていた。でも理由がそんなみっともない思い出とは思わないだろ……っ。

今すぐ埋まりたい。……いや、俺が埋まるのはおかしいな。アイツが全部悪い、と腹から息を吐き出すついでに呆然とするアキムをこれでもかと睨みつける。

「……おいクソ野郎、お前が今言っていた獣人は俺だ」

「わっ……私は彼女が襲われたところを見たんだ！　獣人の誘いにすら乗った妃殿下がそうやって〈英雄〉殿に赦されているのだから――……は？」

未だにツェツィを侮辱しながら助命を乞うという、助かりたいのか死にたいのか意味不明な言動を取るアキムへ変化してみせる。

ついでにフィンへ問いかけるように顔をやると、俺の考えをすぐに読む侍従が仮面を猛烈な勢いで振りかぶってアキムへ放ってくれた。

「――ぶふッ……」

バシィンッとなかなかな音をさせて顔面に仮面を受けたアキムが、床で悶絶《もんぜつ》するのを眺めながら事実を告げてやる。

「ツェツィがお前の目の前で誘いに乗ったのは、相手が俺だからだ。だから彼女の全てに触れたのも俺だけだ」

〝ルキ〟に変化した俺と仮面を交互に見て目を見開く男へ、企みは最初から潰していたことをわからせようと、ツェツィの顎を掴んで見せびらかす。

すると愛らしい拒絶をされて、顔がニヤけてしまった。

「さっ……誘いになんて乗ってないしそれ以上言わないで……っ！　大体、〝ルカス〟以外は無理だって知ってるでしょうっ？　こういうことは怖いから戻ってから――じゃなくて！」

再度変化を解き、肩を怒らせて睨んでくるツェツィーリアの腰を引き寄せる。目を見つめ、それから顔、髪と俺の変化を視界に収めた彼女は、どこか安心した様子で頬を染めた。

「戻ったよ、してもいい？」

「……っ今のは間違えたのよっ！　こんなところでキスをしようとしないでって言おうと……っ」

言葉では拒絶しながらも、〝ルキ〟のときとは明らかに肩の力が抜けた様子に心が浮き立つ。

俺なら、こんなところでなければキス以上のことをしてもいいと間接的に言ってくれるなんて、なんて愛しいんだろう。

眉間に皺を寄せて俺を押し返すツェツィにニコニコしていると、固まっていたアキムがハッと声を荒らげた。

「――き、さまらぁっ……!!　謀《はか》ったな……!?」

響いた言葉のあまりの身勝手さに、数瞬室内が静まり返った。

「……どの口が……」

「……信じ難いわね……」

「……見事なまでの責任転嫁」

フィン、アナ、ケイトがゴミ虫を見るような目をアキムに向け、

「この雰囲気……あのクソッタレは強烈に馬鹿なことを言ったっぽいっ」

「合ってるわエルサちゃんっ。クソッタレがクソみたいなことを考えて結局クソにしかなれなかったのよぉ。クソの重ねがけでばっちぃから、エルサちゃんは近づいちゃ駄目よ！」

空気を読まない神獣達もこれでもかと愚かな男を貶めてくれた。

バルナバーシュにクソミソに言われたアキムの顔が真っ赤に膨れ上がったところへ、さらに異母兄妹が追い打ちをかける。

「……卑劣漢がこう言ってますよ、イスラーンお兄様」

「なっ……何故私に話を振るんだ、シーリーンッ」

「欲深く王位以上を望んだお兄様がルカス様に女性を宛てがおうと馬鹿みたいな奮闘をしている最中、あの愚か者にツェツィーリア様が痛めつけられかけたのです。レオン様とルカス様、そして寛大なツェツィーリア様に感謝して、ベルンにかけた関税を下げてくださいませ」

「……お前、まだ嫁いでないのにベルン側の肩を持ちすぎではないか？　その話はあとでしようと言ったはずだろう」

　コケにされ、蔑んだ視線を向けられる立場にとうとう我慢できなくなったのだろう。

　アキムが唸りながら無理矢理顔を上げようとして――

「ッ……く、そぉ――……ッ!?　あ、あぁぁあああ!?」

　見慣れた後ろ姿が掴んだアキムの舌に針を突き刺し、床を舐めるような格好をさせた。

「もう十分だと思います、主。こういう手合いは自分よりも身分の低い人間に弄られる方が効きます。あとは俺達がやっておきますから、お二人はもうお戻りください」

　我慢し続けていたことを窺わせる冷たい目を隠すように頭を下げたフィンに、アナが続く。

「さようでございます。穢《けが》らわしい言葉をツェツィーリア様のお耳に入れるのは、私共としても心苦しい思いでいっぱいになります。どうぞここから先はお任せくださいませ」

　アキムを隠すように並んで膝を折るケイトとエルサのにこやかな笑みにも『イチャつくならどうぞ部屋で』と書いてあって、「まぁ、時間は有限だからな」と頷き返す。

　クライン侯爵とも話をしないといけないし、愛し合う時間は多い方がいい。

「ツェツィは他に言いたいことはある？」

「きちんとした罰を下してくださるのであれば、私からはございません」

扉へ足を向けながら問いかけると、思いの外強い口調で返答された。

振り向くこともせず、ピンとした背中で絶対に助けないと告げられ、アキムがカタカタと震え出す。

大分頭にきているようだ。こういうときのツェツィは間違いなく俺に甘えてくれるから、ありがたく二人きりの時間を堪能させてもらおう。

「では、イスラーン殿下達も用意した部屋でおくつろぎください。また後ほどお会いしましょう」

スッと拷問道具を用意したフィンに『殺すなよ』と視線で伝えて、扉を閉めた。

【4】


アキム殿下を裁いたあと、色々なことが怒濤《どとう》の勢いで話し合われた。

ルカスが奔走し、私も危険な目に遭った事の次第を知った宰相であるお父様は激怒し、何故《なぜ》かシーリーン王女殿下までベルン王国側の肩を持ってくれて。

イスラーン殿下を連れてきていたことも功を奏して、なんだかんだ婚姻を早める代わりに負っていたベルンが損をする条項は取り払われ、元の契約内容に戻された。

アキム殿下を溺愛していたマジャールの現国王陛下はこれから向こうの議会にかけられ、イスラーン殿下へ予定よりも早く王位を譲り渡すことになるだろう。

シーリーン王女殿下とレオン様の婚姻も予定通り……というより、シーリーン様とお父様が意気投合したので予定より早まりそうな勢いだ。

婚約者と鬼宰相がタッグを組んだせいで、滞っていた業務に結婚式関連の書類がどーんと積み上げられたレオン様が死んだ魚の目をしていたのは、見て見ぬフリをさせていただきました……。

だってシーリーン様がレオン様とようやく結婚できると、それはそれは可愛《かわい》らしくはしゃがれていたのだもの。好きな人と結婚できる喜びを知る私としては、多少大変でもレオン様には是非頑張っていただきたいなと思いました。

ルカスさんのようにサプライズ無理矢理婚を検討しろだなんて、決して言わないので……。

そんなこんなで騒動も一段落つき。

人体実験という禁忌を犯したアキム殿下は、王族としての尊厳を保ったまま返してほしいというマジャール側の意をくんで返還された。

……一人で立つことができないよう両足を奪われて。

元々王族として守られ慈しまれて育ってきているから、この先一生誰かの手を借りて生活をしなくてはいけないことは、何の感情も覚えないかもしれない。

でも、自らの足で立てないという現状を目を覚ます度に、何かをしようと思う度に思い知らされるのだ。赤子のように『守られ』なければ生きていけない状態を、果たして自尊心の高いアキム殿下が受け入れ続けられるのかはわからない。

確かに王族としての尊厳は守られてはいるけれど、精神的に追い詰めるという鬼畜のお裁きなので、考えたのは某騎士様なのだろうな、と思ったのは秘密です……。

しかも追い落とそうとした異母兄と、罰を施してきた相手と共に竜に掴《つか》まれた状態で国に戻らないといけない。動かせない身体での宙づりの状態で帰国だなんて、なんたる恐怖……っ。

でも命あっての物種だし。獣人にした人々への償いだと思って、是非頑張って耐えてほしい。

そんなことを思いながら遠ざかり小さくなる竜に目を凝らし、なんとはなしに口にする。

「ご無事のお戻りを、心よりお待ちしております。……心より、……ル……ま」

小さく小さく動かした口では、音になど当然ならなくて。

マジャールへと続く青い空に浮かぶ、ルカスを乗せた竜がこちらへ引き返すこともなく。何を期待したのかしら、と後悔でおでこを窓ガラスへつけてしまう。

締めつけてこない指輪で、彼に繋《つな》がらなかったことに小さな安堵《あんど》と大きな虚《むな》しさを感じ、吐息を吐いて窓から身を翻した。

部屋の真ん中まで歩を進め、ふと夫婦の寝室へと続く扉に目をやる。

ルカスがいない今は、警備の都合上、ずっと鍵が閉まっている。だからこの部屋の先にある第二王子の間へも行けないようになっているのは当たり前のこと。

……あのドアノブが動かないのは、あの部屋の先に主《あるじ》がいないから。

わかっていても、また当分彼には会えないのだという現実を突きつけられて、苦しくなった。

寂寥《せきりょう》感を振り切るように、助けを求めるように寝室のドアへと手を伸ばし——バンッと開けたはずのドアを黒革の手が強く閉じて、身体《からだ》が凍りついた。

「——あんなことがあったのに安易に一人になるなど、随分警戒心が薄いな」

「……っ」

低い低い声と共にスカートの間に背後からグイッと足を割り入れられ、扉を押さえつけた方とは別の、固い鎧《よろい》のような筋肉質な腕がお腹《なか》に回ってきて。

「じっくりした話し合いが必要か……？」

そう言いながらうなじに唇を落とされたかと思うと、ハッ……と獰猛《どうもう》な息を吹きかけられたから、怖がりながらも色を含んだ喘《あえ》ぎを零《こぼ》してしまう。

「あ……っ……」

どうしてここにいるの……っ？　どうして、まるで一人になっていたことを褒めるみたいに甘い声で脅すの……っ。

あってはいけない逢瀬《おうせ》だと頭では理解していても、戻ってきた熱に。抱き締めてくれる腕に心が震えて仕方なくて。

一人になっていて良かったと思ってしまった瞬間、廊下の音を耳ざとく拾い、慌ててルカスの腕を掴んだ。

彼はここにいないはずなのだ。見つかったら間違いなく騒動になる。

——だから、やめてって言わなくちゃ……！

「ッ……や、こんなこといけません！　離してルキ様っ……どうしてここに……ッ」

それなのに、王子妃であろうと努める私を追い詰めるように、その獣は肌に歯を立てた。

食《は》むように噛《か》まれた痛みが甘美な疼《うず》きに変わり、窘《たしな》めようとした口から淫らな声が漏れる。

「……あッ、あ……っ」

「あなたのような女性が窓辺で一人物憂げな溜息《ためいき》をつくなど、攫《さら》ってくれと言っているようなものだ」

「ン、そんな、してな……ッ」

『攫う』という少し不思議な表現に疑問を覚えながら小さく首を振ると、理解しろと言わんばかりにうなじを噛まれ、強く吸いつかれ。

「……肌もその奥も柔らかすぎて、このままだと食い尽くしてしまうかもな……？」

耳から脳髄へと這《は》うように伝う熱を孕《はら》んだ甘い恫喝《どうかつ》に、とうとう想《おも》いを吐き出してしまった。

「……っ、これ以上は、声出ちゃうから……防御、壁……っ」

恋しい恋しいと叫ぶ心が雫《しずく》となって瞳から零れる。

頬を濡《ぬ》らしながら終わらないでと懇願すると、ぎゅうっと強く抱き締められ、宵闇色の髪が私の目にかかるように落ちてきて。

「……誘ってことでいいな？」

陰った顔に浮かぶ蕩《とろ》けきって危険な金の瞳が近づいてきて、返事をしようとした唇を塞がれた。

「……んぅっ、ふっ……あっ、ルキ……ッ」

息を分け合うようなキスの合間に無理矢理ドレスの胸元を下ろされて、まろび出た乳房に黒い手袋を嵌《は》めたままの指が食い込む。

ドレスのスカートが乱暴にたくし上げられ、下着すら中途半端に引き下ろされ。

大きな手が無理矢理閉じた足の間の恥部へと入り込んでこようとしてきたから、冷たい感触にビクッと身を強張《こわば》らせてしまう。

「クソ……ッ」

すると小さな悪態と共に口で手袋を噛んで脱ぎ捨てるという、見たこともないほど乱暴な仕草をされて、性急に求められる喜びに唇が戦慄《わなな》いた。

つい少し前に名残惜しげに挨拶を交わして、間違いなく竜に乗りマジャールへ向かうのを見送った。

だからルカスがここにいていいはずがない……！

わかっていても、行かないでほしいと言えなかった想いが溢《あふ》れてしまい、彼を押しのけられなくて。

「ツェツィ、俺のツェツィーリア……っ」

恋しげに、愛《いと》しげに呼ばれて、とうとう理性を捨て去ってしまった。

夢でもなんでもいい。

今このヒトを感じられるなら、このヒトをここに繋《つな》ぎ止められるならなんでもする——その思いから、ドアに片手をついて足を開く。

そしてもう片手で既に濡れ始めた陰唇を開き、振り返りながら強請《ねだ》った。

「……っおねが、い……、るきを、ちょうだぃっ……」

言葉にした途端震える腰をガッと強く掴まれて、切っ先が足の間に入り込んだ。

濡れていることを褒めるように、もっと濡れろと命令するように剛直で割れ目を撫《な》でられ、恥骨がキュンと痛んではしたないほど蜜が溢れる。

「ッ……あり得ないほど濡れてるな。ほら、触ってごらん」

それを言葉で伝えられ、さらに手を掴まれたかと思うと張り詰めた彼を握らされて、湿った粘液がついた感触に真っ赤になってしまう。

「あ、だって……っ」

「ハッ……入口、すっげ吸いついてくる……っ。ツェツィ、もうイキそうだろ？」

俺のモノになりたがってて凄《すご》い可愛《かわい》い……と身体の状態を耳元で褒められ、床を踏み締める足に力が入って入れやすい高さに自分の腰の位置を変えてしまった。

「んっ……ぅん、も、おねがっ……」

掴まされていた熱棒の先をちゅぷっと少し力任せに入れる。——瞬間、ぶわっと肌から汗が噴き出して、快感が脊髄を走り抜けた。

「——ヒッ……あっ……〜〜っ!!」

「……っマジ、かよ……！」

ドアを押して身体中に広がる感覚を堪《こら》えていると、ルカスの指が腰に食い込んだ。

「う……ツ、先だけだってのに、ふざけたくらい締めつけやがって……っ」

荒い言葉と荒い息をうなじに吐き捨てられ、呼気にすら感じてしまって仕方なくて。

「ん、んっ……あ、るき、また、イッちゃいそぅ、だから……っ。ちゃんと、ほしっ……」

奥に頂戴、と願おうとすると、口を押さえ込まれた。

「んぅ……っ!? んン《ルキ》?」

「ちょっと待った。強烈すぎる……」

強烈、って……褒めてない気がする。

『誘ったってことでいいな?』って訊《き》かれたから、てっきり彼も私のことを求めてくれたのだと思っていたけれど。……もしかして、ルカスを恋しく想いすぎて勘違いしてた……っ?

至った推測に、頭が茹《ゆ》だったかと思うほどの羞恥を覚えた。

……なのに身体は貪欲で。

離れていかないでと伝えるように、彼を体内で抱き締め返してしまう。

「――ッ待てってって……ッ。あぁクッソ……!!」

その素直な身体の反応に悪態をつかれて、堪えきれずに嗚咽《おえつ》のような笑いが零れた。

「……っふ……っ」

やっぱり間違えてたんだ……っ。だったら、こんな風に勘違いさせないでよ……!!

彼の掌《てのひら》にふぅふぅと小刻みに息を吐き出し、扉についた手を握り締める。そして行為を終わらせようと振り向いた瞬間。

「……挿《い》れたら俺、間違いなく我慢できずにイクけど、いいですか……」

私の肩口で顔を隠しながらぽしょぽしょと言われた言葉に、目を丸くして固まってしまったわ。

旦那《だんな》様ったら、今なんて……？

「……」

無言になった私に彼は何を思ったのか。

ぎゅうっと抱き締める腕を強めたかと思うと、つらつらと言葉を連ね始めた。

「だから、その……ツェツィから誘われたのがホント嬉《うれ》しすぎて。まさか握ったまま自分から挿れてくれると思わなかった上に、イキ方も可愛すぎるし。なんか全然我慢が利かないんだよ……。だから、つまりその……すぐにイク、と思うし絶対に中に出すと思う……ので！　そうなったらごめんねっ」

バッと顔を上げたかと思うと、恥ずかしそうに歪《ゆが》んだ真っ赤な顔で子供みたいに謝罪をされて、呆《ぼう》然《ぜん》としてしまったのは仕方ないと思うの。

やだ、ルカスさんたらすっごく可愛い……じゃなくてっ。

まさかそんな理由だったなんて。私なんてちょっと触られただけでイッちゃってそれどころじゃなかったから、耐え忍んでくれてたなんて思いも寄らなかった。

言われてみればコレ、どう考えても……むしろどう考えなくてもマズイことこの上ない……！

こんなところでこんな格好で中に出されちゃったら、流石《さすが》に清める以外に手がない。けれど、お風呂を頼むにしても『旦那様が戻ってきてて……』なんて言い訳のしようがない……っ。

『やっぱりなしで』とかは、もう無理よね。既にちょっと挿入《はい》ってるし……っ。

覚悟を決めるしかない、けど……なんて返答したらいいの？　すぐにイッても全然気にしないって伝えても平気なのかしら……？

どうなの？　とぐるぐる悩んでいると、焦《じ》れたルカスが眉間に皺《しわ》を寄せて拗《す》ねた声を出した。

「か……格好悪いかもしれないけど、好きだから仕方ないんですっ。だからいいって言って、ツェツィーリア」

目元を真っ赤に染め、金の瞳をキラキラと潤ませながらふんっと変な方向のどや顔をされて、喉奥が熱くなる。

あぁ、なんて愛しいヒト。あなたに愛されるためなら、私こそがなんでもするわ。

湧き上がる衝動に突き動かされ、そっと赤い頬に手を添えて肩越しに軽いキスをする。

ごくっと動いた喉仏を視界に入れながら、誘うように腰を反らしてもう一度体勢を整えて。

「……っす、好きにして、可愛がってくださいませ……旦那様……」

そっと囁《ささや》くと――

「……なんなんだよもう……好きすぎて勝てる気がしねぇよチクショウ……っ」

真っ赤な顔で悔しそうに抱き締められながら、またも悪態をつかれたわ。解せぬ。

――そうしてすぐそこにあるドアノブを回せばベッドへと行けるというのに、その時間すら惜しんだルカスに獣のように激しく愛し抜かれた結果、身動きできなくなりました……。

その上抱き上げて連れて行かれた浴室が、何故かなみなみと湯が張られ用意されていて。

甲斐甲斐《かいがい》しく洗ってくれようとしたルカスさんを、我慢できずギィッと睨《にら》みつけてしまったのは仕方ないと思うんです。

疲れを緩めるようにほかほかと温まった身体に簡易なドレスを着せられ、ポンポンとタオルで優しく髪の水滴を拭われ。ささっとソファーに座らされたかと思うと、同じ匂いになったことを喜ぶように髪にキスを落とされて。

信じられないほど穏やかに過ぎる時間に、とうとう疑問が飛び出ましたっ。

「ルキ様」

「ん？」

「今更ですけど、どうしてここにいるんですか……？」

本当に今更ではあるけれど、と羞恥を堪えて近くにある白磁の美貌をそっと見つめる。すると涼やかな瞳がころんと丸くなり、次いで金色がとろりと蕩けた。

「どうしてだと思う？」

わかってるんだろう？　と言わんばかりの質問返しをされ、左耳の耳環がよ～く見えるように髪の毛を耳にかけられ。

挙げ句、今更のように指輪がじんわりと熱を持って締まり、ぶわっと肌が赤くなってしまったわ。

「……っ」

まさか……本当に呼んだせい……っ？

そうだとしたら、心から呼んだら繋がるとか絶対に嘘《うそ》じゃない!?

だってほぼ『ル』しか口にしてないし、指輪だって全然反応しなかったのにっ。もしや、指輪の反応すら緻密な制御が可能とか——あり得そう！

「な、何かご用事がおありでしたかっ？　イスラーン殿下達はどうなさったのですか？」

これはよくない流れ！　と即座に判断し、話をすり替えようと慌てて口にすると、腹黒の口元がゆるりと緩まった。

「イスラーン達は先にマジャールへ戻らせてるよ。ディルクを付けたからまず問題ないはずだ。俺はここで大切な用事があるから、あとから行く予定」

『ここ』と言いながら私の胸元を示されて、心の中でくすぶる火種が燃え上がらないようお腹に力を入れる。

「……っ、よ、用事は、終わっていらっしゃらないんですか？」

「うん、まだ終わってない。……あと少しってところかな」

穏やかな笑みには何一つ暗い部分がないのに、言葉の端々に甘い毒が含まれていて。心臓が期待で高鳴ってしまって仕方なくて。

誘惑するようにゆっくりと細まる瞳から顔を俯《うつむ》けて逃れながらも、ついしてはいけない問いかけをしてしまった。

「では、その、今夜は……」

「マジャールに泊まるよ。面倒だけど、流石に帰国の挨拶くらいしとかないとマズイから」

甘い、甘い果実を見せびらかされたせいで、期待してしまった心にナイフのような返答が突き刺さった。

「――……そうですよね」

わかりきった答えだったのに何を傷ついているの、ツェツィーリア。

行かないでなんて言えない。……連れて行ってなんて、言えないくせに……っ。

きゅっと膝の上の組んだ手を握り、口角に力を入れる。

「あまり無理をなさらないでくださいね」

ゆっくりと顔を上げて微笑《ほほえ》むと、ルカスがつかの間私を見つめ――何故か笑みを深めた。

「ふふ、そう……そうだね、気をつけるよ」

そう返す金の瞳にはどう見ても私への愛憎が浮かんでいて。何故こんな簡単に離れることを是とする返答がなされたのか、意味がわからなくて怖くなる。

彼の返答は王子として、〈英雄〉として間違っていない。そして私の返事も、どこもおかしいところはなかったはず。

なのに何かが変だ。……だってルカスさんがこんな大人しく引くわけがないし、こんな目で見られて平和的に済んだ覚えがないもの……っ。

彼の言う用事は、私が関わっている雰囲気がある。でも、それならどうしてこんな突き放すような真似《まね》をするの……っ？

わからない不安と動揺で、ルカスからほんの少し身を引こうとしてしまう。

すると咎《とが》めるように顎に手をかけられ、下唇の下を親指でなぞられながら顔を近づけられて。

逃がさないと伝えてくる触れ方に身を強張らせた私に、鬼畜がうっそりと嗤《わら》いかけた。

「ツェツィこそまだ明るいのに、どうして寝室へ行こうとしたんだ？」

「──っ」

訊かれたくないことだとわかっているくせに……っ。答えだって知っているくせに！

そんな狂気じみた瞳で教えてと強請ってくるなんて、なんて素敵な根性悪なのかしらね……!!

「ね……眠くなったからですっ！」

そう簡単に『あなたのシャツを代わりに抱き締めようとしてました』なんて恥ずかしいことを言って堪《たま》るもんかー！

「あぁ、昨夜もかなり激しく抱いたしね」

うっ……イヤな方向に話が向かっちゃった……っ。

「そっ……そうですよ……ッ、あなたが気を失うまで離してくださらないから……っ」

だから寝室に向かうのも仕方ないんですっと顔を背けようとすると、ルカスが可愛らしく笑い。

「ハッ……あははっ！　ハァ――……まだそんな言葉が出るとは……。ホント可愛いね、ツェツィーリア」

膝の上に肘をついて顎を支え、私のことを覗《のぞ》き込む姿勢を取った彼の顔にゾクッと怖気《おぞけ》が走って、身体が凍りついた。

美しすぎる面に浮かぶのは、壊し尽くしたいという黒い欲望を湛《たた》えた魔性の金で。

何かいけない言葉を発した――それはわかるのに、どの部分が悪かったのかわからないから、謝罪も訂正もしようがない。

「寝室のアレは、あなたをちゃんと寝かせてくれるもんな」

そう揶揄《からか》ってきたかと思うと、いつも触れたがる手がスッと顎から離れ、おもむろに立ち上がられて強烈な恐怖に見舞われる。

そして気づいてしまった――マジャールに行くことが当たり前のような態度も。

もう私との触れ合いは終わりのような態度も、私がこれ以上は駄目だと線引きをしたからだと。

これは全部、私の言動が招いたこと……！

「……っか、代わりになんて、ならないって言ったわ……っ」

慌てて立ち上がり、必死に引き攣《つ》れる喉から今返せる言葉を選んで返すと、ルカスが何かを考えるように小首を傾《かし》げ……衝撃的すぎる事実を教えてくれて、開いた口が塞がらなくなったわ……。

「言ってなかったけど、ツェツィが寝てる間も結構な時間抱いてたよ」

「――……え」

「刺激が強いのか抜こうとする度に寝言で名前を呼んで嫌がるからつい嬉しくて、日が昇る手前くらいまでは繋がったままだった。甘イキも何度かしてたから、眠くなって当然だろうね」

「……う、そ……っ」

だから起きると痛まないか訊いてくれて、甲斐甲斐しく世話を焼いてくれたの……!?

しかも引き留めてるのが自分とか、そんなこと知りたくなかった……!

さっきだって私から強請ってしまったし、どれだけ離れるのを寂しがってるの……っと真っ赤に染まった頬を両手で覆って泣きそうになっていると、何故かルカスが拗ねた顔をしたわ。

好き放題抱いたのに、まさか気に食わない点がおありなんですかっ?

「嘘じゃない。でも、それくらいずっと抱いていても俺はぜんっぜん欲求不満のままなんだよ、ツェツィーリア」

……今このヒト、猛烈に力強く『ぜんっぜん』って言った……。

昨夜から今日にかけて随分愛し合ったのに……っ？　そんな不満げな顔をするほど短時間の行為ではなかったのに、納得してないの……!?

思いもよらなかったルカスの爆弾発言に呆然としていると、バルコニーへと続くガラス扉の前まで歩を進めた彼がくるりと振り返り、そして私を射貫いた。

「愛しい愛しい俺の奥さん。俺はあなたの憎らしいほど理性的なところも含めて、あなたの全てをこれ以上ないくらい愛してる」

——バンッ——

尖《とが》った殺意に混じる甘い言葉にぶるりと身体を震わせると、ルカスの後ろのガラス扉と私の寝室の扉が開いた。

寝室の扉までも開いたことに疑問を覚えていると、暗い暗い声が私を呼んだ。

「傍《そば》にいたいと言った。離れたくないとも伝えた。死ぬまであなたの居場所は俺の隣だとも言った。……何があってもあなただけは手放せないと、何度も何度も、何度もな」

怒号でも、叫びでもない。

ただただ絶望を孕んだ囁きが私を搦《から》め捕《と》り。

言葉とは裏腹に諦めを知らない金の瞳が、王子妃ならここに留《とど》まらなくてはいけないと思い込んでいた私を繋ぎ止める楔《くさび》を打ち壊した。

「……だから、ツェツィと共にいられるなら俺はなんでもする。……なんでもね」

言葉と共にルカスの首筋を黒い魔力の紋様が蔦《つた》のように這い伸び、侵食し始める。

「——ッ、ルキっ……!!」

突然の状況に身体中の血が凍りつく思いがして、衝動的に彼へ向かって駆け出した。

初めて見る現象は、女神の思《おぼ》し召しとは思えないほど悍《おぞ》ましいもので。

この世に存在することが赦されないかのように。まるで罪人を処刑するように、首の周囲を回り広がっていく紋様を止めたくてルカスの肌に手を伸ばし、懇願を含んだ治癒魔法を必死で発動する。

「どうしてっ……治って、止まってっ！　お願い消えて……ッ!!」

それなのに黒かった模様は彼の血を吸い上げ、赤みを帯び始めて。

「……っ」

愛を浮かべる金色が歪み、苦しげな息遣いを漏らす。

「いや……いやよっこんな、こんなの酷《ひど》い……っ」

どうして突然こんな判断を女神にされたのか。彼の何が悪いのか。

結局奪うのなら、何故こんな力を与えるのか……っ。

どれだけ苦しみ努力したと思ってるの……こんな風に逝っていいヒトじゃない……！

「つぇつぃ、りあ」

「る、き……ッ。お願いです、ルキを連れて行かないで……連れて……——ッ」

連れて行かないで、なんて、何を願っているの……っ。

隣に立ち続けると、二人で幸せになると誓ったのよ……だから、たとえ私を転生させてくれた神であってもこのヒトだけは譲らない。

——二度と誰にも渡さないわ——!!

「ッ私の……私の騎士よ……ッ！　私が癒やすべきヒトなんだから、勝手に手を出さないで……!!」

離れない覚悟でぎゅうっとルカスを抱き締め、女神の鎖に対抗しようとありったけの力を込めて治癒の魔力を注ぎ込む。

全ての魔力を放出しようとした瞬間——パァッと紋様が虹色の魔力を帯びた。

まるで罪を浄化するようにキラキラと輝き、模様通りに肌から浮き上がったかと思うと、そのまま光の粒子となり消えていく様を、呆然と眺めてしまう。

残ったのは真珠のように輝く、相変わらずのご尊顔で。

そのご尊顔が突然服を脱ぎ出し、見事な大胸筋を晒《さら》し始めたから、首を傾げるしかできない。

「……るき……？」

脱ぐのが早い。まさか、また誘ったと勘違いを……？

「凄いな……ツェツィのお蔭でずっと消えなかった心臓の上にあった紋様も消えた」

違かった。……いえ、そんなことはどうでも良くて。

「……き、えた……？」

信じられない光景に、つい彼の胸元に手を置いてしまう。

掌の下にあるのは黒い紋様ではなく滑らかな肌と力強い鼓動で。

安堵の吐息を零し、固い胸板におでこをつけて戦慄く唇を隠すと、ルカスがそっと囁いた。

「ツェツィーリア、あなたが消したんだ」

――私が消した。

〝消した〟と〝消えた〟では意味合いが異なる。

この紋様は女神さまの思し召し……〈英雄〉を縛る鎖だから、人に手が出せるモノじゃない。

それに、紋様は彼の気持ちに反応するものであって、いくら私が〝鞘《さや》〟でも駄々をこねるような治癒魔法で消せるはずが――。

「――〝鞘〟……」

必ず〝剣〟と共に存在し、剣を癒やす存在。

――それは、誰が決めるのか。

目を見開いてルカスを凝視すると、金の瞳に畏怖を覚えるほどの意思が輝いた。

「〝剣〟を癒やせる唯一無二の存在だ。女神が認めた癒やしの〝鞘〟を置いて他国へ出向くなど、〝剣〟なら二度としない。……ツェツィもそう思うだろ？」

……いつだって傍にいるべき存在――!!

そのときようやく彼が奔走した真意が――選びたくても存在し得なかった選択肢を私のために用意してくれたのだ、と理解した。

「……本当に、子供みたいだわ……。ただのシャツよ」

ルカスと服なんて、比べようもない。だから、わざわざ寝室の扉を開ける必要なんて一切ないこと。

そして今までの少し意地悪なやりとりに腹が立ったことを伝えようと、ぽつりと皮肉を返す。

するとこの上なく我儘《わがまま》で、どこまでも強く優しい旦那様の目元が朱色に染まった。

「……わかってる」

でも傍に置かれてるだろ、と拗ねたように小さく返されて、胸に狂おしいほどの愛が満ちる。

一歩を踏み出せばあとは簡単で。想いが堰《せき》を切って溢れ出した。

「馬鹿ルキッ……!!　むちゃくちゃだわっ！　勝手はしないでと言ったじゃない……っ」

「悪いとは思ってるし、ツェツィに言われたから、こんなに奔走したんだ。そうでなければマジャールなんて手っ取り早く焼け野原にしてた」

手段の差異が激しすぎて怖いっ！

「だからってっ……こんな風に！　自分の命を懸けるなんて……っ!!」

「懸けてない。死ぬ気は毛頭なかったし、実際にツェツィが紋様を消してくれただろ？」

なんでもないことのようにひょいっと肩を竦《すく》めて伝えられ、開いた口が塞がらない。

そんなの結果論に過ぎない――沸騰した怒りを口から吐き出そうとした瞬間、熱を奪われた。

「ツェツィーリア、あなたが俺に『他の女に触らせるな』と言ったんだ。そして俺はツェツィ以外無理で、なら当然、ツェツィしか癒やせる存在はいない。……だろ？」

「そ――……それは、い、言ったけど……っ」

流石に女神は『他の女性』枠には入らなくないですかっ？

「結果論なんかじゃない。あなたを憂いなく連れ出すただの真っ当な理由だ」

キリッとした顔できっぱりと言いきられて、何も言えなくなったわ。命を握る女神の鎖を、妻を連れ出すための真っ当な理由だなんて言えるヒト、ルカスさんしかいませんよ……っ。

「……っ私、は、あなたの力になれるのね……っ？」

「俺にとってツェツィは確かに弱点だけど、同時に最大の強みでもあるんだよ。あなたさえいればなんでもできるって言っただろう。……あとどれくらい答えたら欲しい言葉をくれますか？」

もう抱き締めてもいい？　と窺《うかが》うように首を傾げて強請られて、嗚咽が零れる。

……それでもこのヒトは、毎回の討伐で神器の力を使い続けた結果引き起こされることを当然のように受け入れて、いつだって一人で逝く覚悟があるんだろう。

だからたとえその腕が広げられていなくても、あなたか世界かの選択を迫られたなら私は絶対にあなたを選ぶと決めた。

共にいていいなら、私は迷わずあなたに縋《すが》りつく――!!

「一緒に、生きたい……っ。連れて行って……っ！」

勢い良く飛び込んだ胸は、やっぱり当たり前のように受け止めてくれて。

「当然連れて行く……！」

身体に回る熱い腕が私をかき抱く。

堪らず耳環に手を添えて背伸びをしてキスをすると、金の瞳がころんと丸くなった。次いで恥ずかしそうにその目元が色づいたから、初々しい反応にときめいてしまって仕方なくて。

首に腕を回し、悪女っぽくうなじをツツ……と指で撫でてやりましたっ。

「ずっと我慢してたのに、とうとう願いを口にしてしまったわ。こんなに私を駄目にするなんて……悪いヒトね、旦那様」

「……っ、どっちがだよっ。それにこれはあなたが俺に強請ってくれたことだ」

「強請った？」

何を？　と首を傾げると、

「書庫室で。愛されたあと、すぐに離れていってほしくないって。だから安心して連れて行く算段が取れたし、今回はしっかり言われたことを守っただろ」

とどこか褒めてほしそうな顔で告げられて、胸が嫌な感じに高鳴ってしまったわ。

まさかの一言でヤンデレの成長が思わぬ方向に尖った……！

ついていかないという選択肢はもうないけれど、沢山の人にご迷惑をおかけすることになった一因が途轍《とてつ》もなく私的な一言だったなんて。

……記憶から消して見ないフリしてもいいかしら……っ。

内心でダラダラと冷や汗を流していると、ルカスが苛立《いらだ》ったような声を出した。

「大体、一緒にいられるようになってまだ一年くらいだ。なのにどいつもこいつも邪魔しやがって……これ以上離れるだなんて我慢ならない。〈英雄〉らしく、力尽くで攫いに来るに決まってるだろっ？」

こっちは新婚だぞ……っと可愛らしく悪態をつく姿に、ふふっと笑いが零れる。

「攫うだなんてルキったら、〈英雄〉じゃなくて盗賊みたいね」

変化も自由自在だし。そういえばマジャールの物語に格好いい盗賊王がいたような、と見つめると、金の瞳が楽しいものを紹介したがる子供みたいにキラキラと輝いた。

「空も飛べるから、捕まる心配はないよ」

バサッ……と強い羽ばたきがして髪が風に嬲《なぶ》られる。

慌てて手で押さえながらバルコニーへ顔をやると、「竜使いがマジ荒れぇ〜……」と嘆く黒竜の背に乗った侍女三人がこちらに親指を立てていた。準備バッチリです！　と言わんばかりのどや顔に、こちらの顔が引き攣りそうになるのを必死で堪えたわ。

大人しくマジャールに行く素振りを見ていたからすっかり忘れていたけれど、私の旦那様、行動力の塊だった……。

これ、どう転んでも攫うことは確定事項だったのでは……？

きっとバルナバーシュ様の手にあるのが私の荷物なんでしょうけれど、あの大きさだとクローゼットの中のモノを半分は持ってきてそう。アナとケイトとエルサの意気込みが凄いのは、マジャールで着飾れるようにってことなのかもしれないけれど……何泊するつもりなのかしら。

そこら辺訊いてなかったけど、なんとかなるかしらね……っ。

若干焦りながら二人と二頭へ感謝を込めて手を振り返し、覚悟を決めてルカスへ微笑みかける。

「竜に乗って連れ去ってくれるだなんて、とっても素敵。……本当は離れたくなかった。私もずっと一緒にいたいと思ってたわ、私の愛する〈英雄〉――」

万感の想いを込めてもう一度口づけて、愛を返してくれる金色と見つめ合った瞬間――ルカスさんが出口へと尖りを帯びた声をかけました。

「――と、いうことです、義父上《ちちうえ》。ツェツィーリア本人の了承も取りましたから、連れて行くことにご納得いただけましたよね」

「――え。きゃっ……!?」

腰を支える腕が強まったかと思うと突然抱き上げられ、バッとバルコニーの欄干《らんかん》に飛び乗られて、感動の余韻をほっぽり投げて彼の首に縋りつく。そして動くことを嫌がる首を無理矢理動かして、涙目で扉へと顔を向けゴクリと緊張を飲み込んだわ。あぁやっぱりぃ……っ。

「……わざわざ連れ去るところを見せつけられて、どうぞどうぞと素直に送り出す親などおりませんよ、クソガキが……!!　いつでも去れるように欄干に乗る義息子に、義父上だなどと呼ばれても嬉しくないわ！　大体、何故服が開《はだ》けてるんだ！　第二王子としてまず服装をきちんとしろ!!」

「まぁ素敵な大胸筋。ツェツィーリア、目の毒だからあなたが妻として直して差し上げなさいな」

般若《はんにゃ》の形相でルカスを見るお父様。のんびりと頬に手を当てて私に指示を出すお母様。そして何故か後ろにフィンさんを連れながら顔を背けてくれているレオン様と、頬を染めるシーリーン様を見つけてしまい、涙が零れかけちゃったわ。

この辱めのような修羅場、またですか……っ。

「……お、お父様お母様、ご迷惑をおかけしますが……っ」

いつからそこに……っ？　とは尋ねられないので、取り急ぎルカスの開けた服を直しながら謝ろうと呼びかける。

　すると父侯爵は厳しい目を、もたもたと服を直す私――ではなく、ルカスに向けた。

「王子妃として己を律することができる娘です。こんな風に、たった一人のために国から離れることを選ぶなど考えられないほどに真面目な子だ」

「……存じております」

「その娘がルカス殿下についていくことを選んだ。……身体に浮き上がる紋様は、ツェツィーリアさえいればなんの問題もないんですね？」

「ありません。彼女こそが唯一無二ですから」

「――……なるほど。認めざるを得ないわけか」

　静かに交わされる言葉に戦々恐々としていると、お父様が悲しげに溜息をついた。

「……ツェツィーリア」

「は……はいっ」

　ベルン王国において〈英雄〉こそが必要不可欠な存在だ。命を脅かす紋様について解決策がない以上、私がルカスと共にいることも必要不可欠となる。

　けれどそのせいで王太子の補佐をするはずの第二王子夫妻が何かあるごとに連れ立って出かけるなど、宰相としては頭の痛くなる思いだろう。

　……しかも私が感情に任せて言ったせいで……っと怖々と視線を向ける。

　するとお父様よりも濃い緑の瞳が複雑な感情を浮かべているのを見つけて、息を呑んだ。

「お父様？」

「第二王子の婚約者という重責を担えるよう、厳しく教育を施したことは後悔していない。お前は素晴らしい妃《きさき》になった」

柔らかな表情と優しい声の中に少しの懺悔《ざんげ》が見え隠れして、父がフェリクス様との婚約打診を当初断っていたことを思い出す。……そして過去の苦しい思い出も蘇《よみがえ》った。

私の努力を笑う人も多くいて。イヤな感情に捕まりたくなくて、ただひたすら前だけを見て生きてきた。

辛《つら》かった。全てを投げ出して、敷かれたレールから飛び出したくなるときもあった。

それでも進むことを選び取ったのは私自身で、支えてくれる人がいたことを知っている。

「私が今こうしていられるのは、お父様とお母様が私に沢山のことを与えてくださったからです」

「私達は道筋を示しただけよ。自分の力にしたのはあなた自身なの。全てあなたの努力の賜物なのよ、ツェツィーリア」

「そうだ、お前は私の自慢の娘だ。……なのに、あれだけ苦労してどうして同じように苦労する男を選ぶのか……っ。ルカス殿下にお前は勿体《もったい》ない」

誇らしげな眼差《まなざ》しを向けてくれる母の言葉と、ハァ……とわざとらしく溜息をついた父の言葉に、胸がじわりと熱くなった。

苦しむ私を見て、きっと両親も苦しんでいたのだろう。王家になど嫁がせるのではなかったと後悔したのかもしれない。

でも、この道を突き進む強さを与えてくれたのは、いつだって隣にいてくれる強く優しい人だと知ってほしい。

「私はルカス様の妃になれたことを誇りに思っています。ですからこれからもお父様やお母様、周囲の方々を後悔させないように精進いたします」

「ツェツィーリアが俺に勿体ない女性なのは認めましょう。けれど手放す気は一切ありませんので、彼女に見合う男になるよう精進いたします」

隣にいたいのはルカスだけだと伝わるように告げると、重なる音が響き、驚いてルカスと見つめ合ってしまった。

そのままゆるりと金の瞳が細まり、「愛してる」と告げられて、顔が真っ赤になるのを止められなかったわ。誰の前であっても変わらぬ愛を注いでくれる強靭《きょうじん》な心、尊敬します……っ。

親の前で気持ちを返すのはかなり恥ずかしい……けど、ここは頑張るところよね……！

「わ……私もあなただけを愛しています……」と小さく返すと、それを見た父が今度こそ驚いたように目を見開き、楽しげに顎髭《あごひげ》を触った。

「——ふむ、なるほど。親としては悔しい思いが強いが、あのクソカスでは絶対にこうはならなかったな。長いことろくでなしを見ていたせいで、多少は見る目が養われたというわけか？」

クソカスってフェリクス様のことよねっ？　お父様が不遜……！

「……侯爵、確かにアイツはクソだったがカスまで付けるのはちょっと……」

あぁ、レオン様が顔を覆ってらっしゃる……！　でもレオン様もフェリクス様のことをクソだと思ったんだ——じゃない!!　これは流石にフォローしないと……っ。

「お、お母様を大切にするお父様を見て育ちましたからっ」

フェリクス様は関係ないですよ～と伝えるために慌てて父をヨイショすると、その目がキラリと光った。

「……ところでルカス殿下は娘の理想の男性をご存じですか？」

唐突すぎる衝撃発言にルカスの身体が凍りついたように動かなくなり、私の背中にも冷や汗が流れ始める……っ。

「……存じません」

ごくり、と喉を動かしたルカスの動揺を見て取った父は、喜々として彼を追い詰め始めた。

「そうですか、知らないと。なるほどなるほど……実は娘が理想とし、結婚したがった男性は私なんですよ」

……お父様ぁ……っ。それは小さい頃の話ですし、なんだかとっても脚色されてる気がしますっ。

そして歯ぎしりが凄い聞こえる……！

まだ出会ってもいない頃の話だし、何より父親が相手なのに、そんなに悔しがることなんですかっ？

ギリギリうるさいルカスの歯を心配していると、勝ち誇っていたはずの父が盛大に息を吐いたわ。

感情の振り幅が大きいところ、ルカスさんと似てるなぁ……。

「――ずっと私を追いかけてくれると思っていた。どこぞの馬の骨に会ってから治癒魔法を学びたいと言い出したときは肝を冷やしたが、クズと婚約中も勉学に邁進《まいしん》し私の背中を追っていた娘の視線が、ある日騎士として名を馳《は》せ始めた小憎たらしい公爵家の次男に移ったんですよ。……気づいたのは私ではなく妻でしたがね」

魔狐襲撃による吊《つ》り橋効果後だ……！　普段通りを装っていたはずなのに気づかれていたなんて、

お母様怖い……っと慄《おのの》いていると、レオン様の呟《つぶや》きをめざとく拾ったシーリーン様がきちんとした考えを述べていて、涙目になったわ。

「……馬の骨とクズ、どっちがマシなんだろう……」

「やはり馬の骨ではないでしょうか。素性がわからないだけでクズよりよっぽどマシですから、比べるべくもないかと」

「……そうだよな、クズは人として最低だもんな……」

シーリーン様、私もそう思いますがあなたの仰《おっしゃ》ったクズはレオン様の実弟です……っ。

あぁっ、レオン様の目から光が失われそう……っと焦っていると、すぐ近くから射殺すような視線を感じてバッと振り仰ぐ。

そしてらんらんと輝く瞳に、今度は私が喉を動かしちゃったわ。

「……治癒魔法を学び始めたきっかけが、俺？」

「……っそ、そう、とも、言えます、ね……っ」

「そうとも言える？　あっちの俺も俺だから俺だよね」

わぁ、自分だということに猛烈なこだわりをお持ちですねっ。

「っ、そうです！　だってあのときルキ様が手を怪我《けが》したから、気になってしまって……っ」

しつこく訊かれた腹立たしさからちょっとだけ言い返しつつ、真っ赤な顔を俯けると、その顔を隠すように胸元に押しつけてくれて。

「……なるほど、癒やしたいと思ってくれたわけか。俺の奥さんは本当に優しいな」

抱き締める腕の力を強めながら欲望に満ち満ちた呟きをされて、泣きそうになったわ。

これは間違いなく〝癒やし〟と〝優しさ〟で私を追い詰めて同意をごり押しする気。あれだけシたのに今夜の我が身が危険になるなんて……っ。

羞恥と恐怖で小さく震えていると、凜《りん》とした声が室内に響いた。

「――あのときのツェツィーリアは、数年後に王子と婚姻する少女とは思えないほど心を殺していました。ですからクズによる婚約破棄後も、決して王命だからという理由でルカス殿下との婚姻を受け入れたわけではございません。娘を全力で望んでくださった殿下だから、きっと不幸にしないだろうと思ったから今も見送りに来ているのです。私達にとっても唯一無二の娘を必ず守り抜いてください」

ルカスを真剣に見つめるお母様の言葉に胸が熱くなって、目の前が歪んでしまう。

あぁ、幸せだな……と思った瞬間、同じように意思の籠もった低い声がしっかりと応えてくれて、膨れ上がった熱が頬を濡らした。

「お任せください。必ず共に戻りますし、生涯をかけて愛し抜きます」

「……っ」

私を抱えながらもきっちりと頭を下げる姿に、彼が騎士として約束してくれたのだと気づいて涙が止まらなくなる。

服が濡れることも構わず、あやすように抱き込んでくれたから、必死で泣き止《や》もうとすると、お母様とお父様の物騒な会話が聞こえて、涙が引っ込んだわ。

「ほらあなた、ルカス殿下が『命に代えても』なんてツェツィーリアを一人にするような台詞《せりふ》を言ったらぶん殴って無理矢理にでも離縁状を叩きつけるだなんて仰ってましたけれど、言わない方に賭けた私の予想は正しかったでしょう？」

「むっ……何故クラウディアはあの小僧のことがわかったんだ？」

……お父様、もしかしてそれ嫉妬ですかっ？

「だってあなたとルカス殿下は似てるところがありますから。私と同じように、生涯を共にできる相手をちゃんと見つけたのよ。流石私達の娘だわ」

「……そうか、そうだな」

……お母様、惚気《のろけ》てお父様の手綱を握るところ参考にします……!!

ただ、娘の夫にもクリティカルヒットした模様です。何故なら私の理想の男性は、結局のところルカスだと言ったようなもの。上から注がれる焼けつくような視線が辛い……っ。

「あの子はルカス殿下とならどこでだって幸せにやっていけます。父親らしく、そして義父らしく見送ってあげなさいな」

「くっ……小僧、ツェツィーリアに手を出そうと目論《もくろ》んだ人間全てを必ず炙《あぶ》り出して、剣を突き立ててこい……！」

えっ……見送りの言葉が物騒……！

父の言葉に慄いていると、ルカスが強く頷《うなず》いてレオン様が項垂《うなだ》れたわ。

「承知いたしました」

「……もうルカスの仕業とバレなければそれでいい……」

「その辺は得意なので問題ないと思います。報告書は机の上にありますから。エグリッヒ帝国への抗議文の作成よろしくお願いいたします、レオン殿下」

「……言われてみればいたな、そんなのも。俺がこんな苦労しているのも、元はといえばあいつらのせいか。ベルンに粉をかけたんだ、対価は払ってもらおう」

　何かが……恐らくは疲れが天元突破したのか。

　珍しく瞳に仄暗《ほのぐら》い光を浮かべたレオン様に若干引いていると、シーリーン様が真面目な顔で小さく頷いていた。

「……なるほど、これがベルンが騎士国と称《たた》えられる所以《ゆえん》……。喧嘩《けんか》を売るときは地獄の果てまで追いかけてこられる覚悟が必要、と言われている理由がわかった気がするわ」

「売られた喧嘩は必ず買って勝て、が貴族家でも主な家訓としてございます。シーリーン王女殿下」

「胸に刻んでおきます、宰相閣下」

　お父様が王太子妃に喧嘩上等を教え込んだ……っ。

　そういえば。私も基本的に喧嘩を売られたら買っていたけれど、そういうこと……？

　衝撃の真実にショックを受けていると、フィンさんがルカスの横に立ち、バルナバーシュ様が再度欄干近くまで飛んできて。

「じゃあ行こう。掴まっていて、ツェツィーリア」

　ルカスに告げられ、慌てて首に腕を回しながらもう一度両親へと顔を向ける。

　するとまるで不安を見透かすように、力強く背中を押してくれた。

「――ツェツィーリア、今のあなたは全身全霊で恋をしていいの。だから全力で幸せになりなさい」

「お前の夫は無駄に有能で強い。お前が決意したら快く見送ることが条件であり、これはレオン王太子殿下もご納得の上だ。そのためにシーリーン王女殿下を連れてこられているのだから。こちらのことは気にせず、お前はただ信じてついていくんだ」

ずっと王子妃とは気持ちを表に出してはいけないと思っていた。

愛を選んでついていくことは、少なからず両親の想いを踏みにじることだとも思っていた。

でも、そんなことはないと言ってもらえるなんて……っ。

呪縛を解いてくれた言葉に勇気を貰《もら》って、もう一度精一杯彼に縋りつく。

「はい、決してこの恋を手放しません。行って参ります……！」


あっという間に小さくなる王城から顔を戻し、澄み渡る青へと視線を向ける。

まだ白い月を見つけて、なんとなく繋いだ手をキュッと握ってルカスに声をかけた。

「ルキ様、父と母に挨拶をさせてくださってありがとうございます。おかしいかもしれませんが、お蔭で安心して飛び出すことができました」

感謝を伝えると、旦那様は甘く甘く微笑んだ。

「良かった。これで憂いなく色んなことができるね」

「……そ、そうですね……」

……色んなこととは。

マジャールの王宮に行って、挨拶をして帰ってくるだけではなかったの？　いくら紋様を消せる私がいるからって、まさかお父様に言われたことを実行しようとしてるんじゃないですよね……っ？

どことなく含みをもたせた言葉にうまい切り返しが思いつかず、疑問を飲み込んで怖々と同意する。

すると光を浴びた金の瞳が白い月に代わるように青い空を背後にしてきゅうっと弧を描き、私の胸を緊張させてきて。

寄り添っているせいで鼓動が伝わっている気がして、うまく視線を合わせられなくなる。

「……っな……なんですか……？」

目を伏せながら顎を上向かせるか躊躇《ためら》っていると、夜に耳元で囁かれる声で揶揄われたから、ぼんっと顔全体が染まってしまったわ。

「……すーげぇ心臓の音。何かされるって期待してる？」

「っ……！　してませんっ……！」

「してないの？」

「してっ……」

「俺はしてるよ。ツェツィとの初めての旅行だ」

そう言いながらとろりとした金色が近寄ってきて、おでこにキスを落とされた。

キスを期待している私にキスじゃないと揶揄いながら、キスをすることも、一緒に出かけることも楽しみだということを表してくれたことが本当に嬉しくて。

じんわりと熱を持つおでこに羞恥以上の喜びを覚えてしまう。

それが悔しくて、袖を引っ張って唇の少し下にキスを仕返してやりましたっ。

「世界で一番素敵な旦那様。あなたと一緒に旅に出られて、とても幸せです」

ちゅっ……と小さく鳴った音と同時にルカスの顔がふわっと色づく。

さっきまで余裕綽々《しゃくしゃく》だった顔は焦ったような悔しそうな表情を浮かべていて、つい彼の心を揺らがせられたことが嬉しくてどや顔をしてしまったわっ。

「……っ、口じゃないのかよ……っ」

「私からじゃ届かないもの。期待しました？」

悪戯《いたずら》が成功した喜びで、ルカスの口元に指をちょんとつけて揶揄うと、愛しい旦那様がこくんと頷いた。

「しました、凄く」

素直すぎる。

「ツェツィ頼む、俺が屈《かが》むからもう一回」

強請るのも早い……っ。

でも私だって期待したんだから、と少し意地悪な気持ちになってしまう。

「ふふ、どうしようかしら」

ルカスの防御壁で囲まれているから、高速で飛んでいてもそよ風程度しか感じないし落ちる心配もない。それでも支えてくれる手にじんわりと温かい気持ちになりながら、サラリと落ちてきた宵闇色を見上げる。

キス一つをこんなにも求めてもらえるなんて、きっとないこと。

懇願するように細まった金の瞳はとろとろに蕩けていて、どんな宝石よりも美しい輝きを放つ。

無性に独り占めしたい気持ちになり、膝立ちになって瞳を覗き込むと、風に煽《あお》られることのない髪がハラリと零れ落ちて彼と私だけの空間を作り上げた。

「——……あなたしか要らないから、ずっと傍にいて」

胸の中を独占欲が満ちて、言葉がぽろりと零れる。

すると溶けた黄金のようだった瞳がまん丸の満月に戻ったから、あまりにも感情的な言動にハッとなり身を引こうとして――。

「……ツェツィーリア、そこまで言っておいてしないのはなしだぞ……？」

脅すような低い声と共に両手で耳元を覆われて、顔が動かせなくなったわ。

さっきまで情緒ゼロッ。

しかもペロリって唇を濡らした！　ルカスさんたら、可愛いキスで終わらせる気ゼロだわ。

流石に空を飛んでる最中に息の根を止めるキスをされるのは回避したい……！

「ほら、早く」

強請りながら口を開けられ、案の定舌を入れろと求められて衝動的に首を振ってしまう。

するとコルセットで盛り上がった胸元にその開いた口が向かって。

かぶりつかれ、口の中でいやらしく舐《な》められてブンブン高速で首を振ったわ。

『しないのはなし』ってキスじゃないんですか……!?

「――ッ、嘘、待って……っ」

ハァ……と熱風のような息を吐かれ、薄い唇から出てきた舌先が肌に当てられる。

そのままジュウッと強く吸いつかれ、私の肌に愛の印が滲《にじ》み出たのを見た金色がそれはそれは甘く緩んだから、涙目になって懇願してしまった。

「ツ……ルキ、もぅ……変なこと言っちゃいそうだから、キスが先……っ」

このまま身を委ねてこの先を強請ってしまいそうな自分が怖くて、小さく小さく「お願い、口を塞いで……」と伝えると、旦那様が岩のように固まったわ。

「――……あ、うん、キスが先、だよね……。確かに……キスが先……」

じわじわと首筋まで赤くなったルカスにオウム返しをされ、何を言ってしまったのか気づかされて同じく真っ赤になってしまう。

「ちがっ……今のはキスがしたいことを言いたかっただけで、ここじゃ駄目……っ」

「……なるほど、ここじゃなければキスの先をしていいんだ？　最近強烈にいやらしくなったね、ツェツィーリア。じゃあ夜は、あなたが俺のことを可愛がってくれる？」

強烈もいやらしいも褒め言葉じゃなーい！

いいわ、そうやって私がいつも言いくるめられっぱなしだと思ってるなら大間違いよ、ルカス・テオドリクス……私だってあなたを手玉に取ってみせる！

「せっかくですから今可愛がって差し上げますわ、旦那様」

笑顔で告げて上着のボタンをプチプチ外すとルカスの顔がぱぁっと明るくなったから、「騎士らしく『やめて』だなんて仰らないでくださいね」と告げて彼の両脇にするりと腕を差し込む。

すると何をされるのかようやく気づいたのか、ニコニコしていた顔が凍りついたわ。

「……待った奥さん、この手は何……っ？」

「ふふっ、まぁルキ様ったら……当然、可愛がるための手ですわ」

コショコショコショするための！　と少し指を動かすと、ビクッと筋肉質な身体が怯えを示したからどや顔をしてしまったわ。

ほほほ、久しぶりの勝利……！

「……っクッソ、騙《だま》されたっ……」

項垂れるルカスに心の中で快哉《かいさい》を叫ぼうとした瞬間——ガッと強い力で腰を掴まれ、恐ろしい光を湛えた金の瞳に飲み込まれた。

「……可愛く笑いやがって。後悔するなよ……っ？」

「えっ……——んっ!?」

言うやいなや強く唇を押しつけられ、負けるもんかと慌てて指に力を込める。

「——ッふっ……くくく……っマジ、ぜってぇ……負けねぇ……ッ」

やだ、可愛い……じゃない！　こっちこそですよ、ルカスさん……！

……なんて馬鹿なことをしているのか、という心の片隅からのツッコミは一切無視して、笑い声を聞こうと必死で指を動かす。

するとくすぐる度にビクッビクッと肩が揺れ、身体の側面の固く盛り上がる筋肉に意図せず触れて。

食いしばった歯から笑いを堪えて漏れる、ふーふー荒い息が濡れた唇に当たる。

「……ハッ……ふ、うっ……」

まるで情事中のような状況に気づいた途端、ルカスが小さく愛を告げてきた。

「……っ愛してる、ツェツィーリア……ッ」

「——ッ」

くすぐっているはずなのに。間違いなく遊びだったはずなのに、どうしてそうなるのか。

これでは本当に睦言《むつごと》じゃない……！

「……っ、い、今は言っちゃいや……っ」

それはなしで！　と小さく首を振って伝えると、腰にあるルカスの指がぐっと私の体に食い込んだ。

「ハハッ……言うなだってっ？　う、ツェツィのそういうとこ、タチが悪い……ッ。こっちは好きすぎて、気が狂いそうなんだよ……！」

獰猛《どうもう》すぎる恋心を擦れ合う唇から体内へ吐かれ、ゾクッと身体に疼きが走り、もっと言ってほしいと乞うように彼を呼んでしまう。

「んっ……るきぃ……ッ」

「っ……俺は爪の先までツェツィのモノだよ。そのあなたから可愛がってもらえてるんだ、やめろなんて俺からは絶対に言わないっ……ハッ……」

熱を吐きながら変態味の強い想いを伝えられ、なのに落とされるキスはことさら優しくて。

とうとう脇にあった手を背中に回し、私から負けを宣言しました……。

「っ……もぅ、おしまい……」

くすぐりさえも淫靡《いんび》な雰囲気にできるとか、どういうことなの……。

どう考えても恥ずかしいシチュエーションになるはずがないのに、言葉一つで戦況を変えるだなんて強敵すぎる……っ。

危うく強請って羞恥で埋まるところだった……と抱きついて「ルキったらずるいんだもの……」と不満を口にすると、「ハァ――……」と長い息を吐いたルカスが私の肩におでこを乗せた。

「ずるいのはどっちだよ……」

声の悲愴感が凄い。でも譲りません。

「……ルキだってば」

「どう考えても俺じゃないだろ……」

どう考えてもあんな技を使うあなたの方がずるいですけど……!?

「ルキよっ」

羞恥から声を荒らげると、顔を上げたルカスがおでこを合わせてきて、拗ねた声を出した。

「なんで」

言葉だけならぶっきらぼうで冷たいのに、その瞳には見間違えようのない愛が浮かんでいて。

必ず気持ちを聞いてくれようとする優しいところが本当に堪らなく好きで……応えなくちゃと湧き上がった想いが口から飛び出てしまった。

「こ……言葉だけじゃ足りないって思ってしまったのよっ……！　もっとちゃんと、あなたとずっと愛し合いたいって……。こんな風に思わせて、ルキの方がずるいわ……っ」

「……なるほど、それは……俺かも」

……かもぉ？

「ルキですっ」

ふんっと譲らない姿勢を見せると、プハッとルカスが可愛らしく吹き出し——それはそれは幸せそうな声で歪んだ愛を真《ま》っ直《す》ぐに伝えてきて、肌が粟立《あわだ》ったわ……っ。

「ははっ……ホント、堕《お》としてぐっちゃぐちゃにしてやろうとしてるのに、なんでそんな簡単に応えてくれるんだ……？」

堕とすという言い方が良くないですよ、ルカスさん……っ。

普通に愛し合うでいいと思うんです。まぁ普通に愛し合うことができたら、調教なんて手は使わないと思うんですけど……。

あ、堕とすってそういうこと？　なるほど、確かに日々堕ちていってる……っ。

恐怖から馬鹿みたいなツッコミをして現実逃避をしていると、鬼畜が指を絡めてきた。

「ねぇ俺のツェツィーリア」

呼びかける声は穏やかそのものなのに、薬指にある指輪を小さく撫でる仕草は明らかに色を含んでいて。腰にあった片手がするりと肩に来たかと思うと、髪を梳《す》いてから反対側に纏《まと》めて首筋から鎖骨までを丸見えにしてきて、肩を強張らせてしまう。

近寄ってくるくせにキスはしない。

肌を突き刺すように見つめるくせに、触れようとしてこない。

それなのにうっかりを装って柔らかな宵闇色の髪を私の肩先に滑らせてきて、尋ねては駄目だとわかっているのに耐えられなくて。

もう終わりにしてよ……と涙目で問いかけてしまったわ……。

「な……なん、ですか……っ？」

「もう一回、俺しか要らないからずっと傍にいてって言ってもらっていい？」

「――……？」

予想外のおねだりに目を見開いてルカスを見つめてしまう。

すると恭しく左手を持ち上げて指輪にキスをされ、照れくさそうに今後を教えてくれた。

「これからはいつだってツェツィに触れていられる環境になった……文字通り生涯俺の隣にいることになっただろ？　この先も絶対に離さないつもりだから、いつだって俺を受け入れると伝えてくれた言葉をもう一度聞きたいなって」

「ッ……」

――マズイ。解釈の差が激しい点とか色々もの申したい部分は多々あるけれど。一番重要な部分が否定しようもなくて、途轍もなくマズイ……ッ。

どうしようっ……一応夜だけだった行為が夜だけではなくなった……!!

ダラダラ冷や汗を流し、私の言葉を待つ金色をチラリと盗み見る。そして懇願を浮かべた美貌に心臓が止まりそうになったわ。

強烈ってこういうことだと思うんですよね……言うことをきかせる作用が強い。

「……っあ、あなたって、本当に狡《ずる》いわ……」

悔しくて。……恋しくて、愛しくて。

とりあえず文句だけは言ってやろうとしたのに、声も表情も作れなくて。

好きだと伝えるように染まる頬に羞恥を覚えながら、せめてもと、彼が言っていたまま返してやったわっ。

「私はルカス・テオドリクス・ヘアプストの妻です。あなたしか要らないのは当然で、あなたの傍にいていいのも、あなたを癒やすのも私の特権なんですっ。だから、その……な、なんでもできるわっ」

どんとこい！　と覚悟を伝えると、金の瞳がキラキラと光を取り込んで輝いた。

「……本当に、いつも予想を超えてくるね、俺の愛しいヒト。何度だって惚《ほ》れ直してしまうよ」

そう言ってそっと顎を掴まれたから、緩む口角で顔を傾けて――ちょんと彼の唇に指を置いて、制止してやりましたっ。

「なんでもできるけど、今は駄目」

「今のはずるいだろッ。クッソ……この先をしたくなるから?」

拗ねた顔で言い返してくる可愛い旦那様に胸をくすぐられながら、彼の唇に当てていた指を自分の唇に持ってきてそっと囁いた。

「……夜に、可愛がってくださるのでしょう?」

これ以上体力を使ってしまったら、マジャールに着く頃に気を失って眠っているかもしれない。

それだけは断固回避！　という切実な思いをひた隠して告げると、ルカスが可愛く照れながらやる気を見せてくれて、涙を禁じ得なかったわ。

「あ……うん。そう、ですね……沢山、一晩中可愛がらせていただきます……。が、頑張るね」

頑張らなくていいです！　とは、当然返せず……。

挙げ句、真っ赤な顔で嬉しそうに見つめてこられて、同意を返してしまう始末……っ。

「は、はい……こちらこそ、よろしく、お願いいたします……」

「ハァ……幸せすぎる……。よし、この先を期待しよう」

どんな期待をしているのかしら……怖くて訊けない、と前を見つめた横顔を眺めていると、パッと笑顔が注がれて。

「一緒に沢山楽しもう」

強い輝きを放つ金色に胸が締めつけられ、繋いだ手に力を込めて気持ちを返した。

「——はい、ずっと一緒に」

この広い空の下を、どこまでもあなたと共に生きる——。

【番外編　騎士と庭師と愛しい真実】

——私の旦那様はとってもモテる。

私という婚約者がいても、生涯を誓い連理の指輪を贈り合っても。

誓約書に互いの名を刻み正式に夫婦となってすら、美しい相貌からは想像もできない強さで剣を振るう姿に、目と心を奪われる女性があとを絶たない。

一目で良いから見たい。なんなら一目と言わず、ずっと見ていたい。

その気持ちはとても理解できます。とても……なんせ妻なのに、訓練場から少し離れた場所にある吹き抜けの廊下から、ルカスさんが鍛錬する姿を覗《のぞ》き見してますから……っ。

「あぁ、他の騎士の方をご指導される姿もとっても素敵……」

「どうしてあんなに美しい方があれほどお強いのでしょう……艶やかな髪色を靡《なび》かせる姿は、まさに蒼薔薇《あおばら》の騎士ですわ」

「一度でいいから花を捧《ささ》げられてみたいわ……」

わかりますっ。淡々としているのに緊張感のある雰囲気を崩さずに指示を出す姿が、居室とは別人のようで凄《すご》くときめくし、一年前に比べて少し背も伸びて肩幅も広くなったので、騎士服がより似合うのよね。

あのヒト、騎士になるために生まれてきたと言っても過言ではない気がする。

キャッキャと乙女らしく頬を桃色に染めてはしゃぐご令嬢方の会話に、心の中で盛大に同意しながら、鍛錬終了の声をかけるルカスとそれに倣って整列する騎士達を見つめる。

蒼薔薇の騎士という、普通だったら恥ずかしすぎる二つ名に相応《ふさわ》しい奇跡のような美貌で大勢を虜《とりこ》にする彼が、護衛という名目の女性避《よ》け用の騎士に囲まれ訓練場をあとにする姿を眺め、我慢できずに愚痴を零《こぼ》してしまったわ。

「……今日も随分と観客が多いわね」

ハァ……と溜息《ためいき》をつくと、アナとケイトが眉尻を下げながら答えてくれた。

「ここ最近増加の傾向にあります」

「〈英雄〉となられてから——というよりも、ツェツィーリア様とご結婚されて王城にいる時間が増えたので、ルカス様を見ることができる機会が増えたためのようです」

前は討伐に出たら数日いなかったけれど、今は黒竜様がいるから移動時間も最短で済んでいるし、討伐も瞬殺らしいものね。

流石《さすが》、我が国が誇るアイドル……じゃなかった、〈英雄〉。

仕方ないとはわかっているけれど、これ以上虜になる女性を増やすのはやめてほしい……っ。

手すりに置いた手を握り締め項垂《うなだ》れかけると、エルサがニコニコした。

「別にルカス様と一緒になりたいとか恋に落ちたいわけじゃないっぽいですよ！　どう見てもツェツィーリア様以外へ向ける視線が部屋の隅のホコリを見る目なので、怖すぎてそこまで夢は見られないって青ざめてますしっ。ほら、あそこ——いだぁッ!!」

「マナー」

少し離れた場所にいるご令嬢達へと指さしかけたエルサの手を、すかさずバチィンッとケイトが叩《たた》き落とす。真っ赤になった手をブンブン振る涙目のエルサに同情しつつ、なんとか返事をしたわ。

「……そ、そう……」

　ホコリ。

　つまり、人じゃないから何かしたらすぐ掃除する《消す》ぞってこと……？　なんてことかしら。

　討伐の祝賀会での睥睨《脅し》はただの脅しではないと、きちんとご理解されちゃってる……っ。

　夢すら見せてくれないなんて、わからせ方がまさに鬼畜！　そう思えども、約束通り私だけを特別な存在としてもらえることが嬉《うれ》しくて。

　……誰にも奪われたくないヒトだから、彼の対応を諫《いさ》めはしても本気で止めるなんて私自身は決してできないことも、悲しいかな理解していて。

　ずっと私だけを見ていて。願わくば、彼が花を捧げる存在が私だけであって――あり得ない願望を抱いてしまって、たまに苦しさを覚えてしまう。

　今日だって、日々増えていくご令嬢に不安を感じ、コソコソと様子を見に来てしまう始末。

　こんなのまるでルカスに不満を覚えているみたいだわ。

　なんてみっともなくて傲慢なのかとやっぱり項垂れかけ――スッと向けられた金の瞳とパチッと視線が合った。

　瞬間、人気者の騎士王子がこちらへ顔と身体《からだ》を向けたせいで、周囲から歓声が上がったけれど、今度は同じようにはしゃげなかったわ。

　――落ち着いて私……っ。

　今日の私は王子妃じゃない、ただの名も知れない貴族家のご令嬢だもの。

有能侍女ズ渾身《こんしん》の変化と幻影魔法で髪は濃い金髪に、瞳は焦げ茶色になっているし。さらには顔だって全然違う造形にしてもらったから、こんな大勢の中から刹那で見つけて私だと見抜くはずないわっ。

……そうでないと、隠れて見ていたことがバレちゃう……っ。

衝動的に逸《そ》らしそうになる顔を必死で留め、強張《こわば》る頬を引き上げて周囲の令嬢と同じように笑みを浮かべる。するとルカスの口元がゆっくりと動いた。

――ツェツィーリア、それで隠れてるつもり？

「……っ」

見抜かれてる……!!

間違いなく呼ばれた名に、跳ねる胸と湧き上がった感情を止めることができず、顔が真っ赤に染め上がった。

「え、嘘《うそ》……ッ。まさか、もうですかっ？」

「……はっやぁ……二カ月に及ぶ魔術の修行が刹那でパー……っ」

「流石ルカス様、番《ツガイ》を見つける魔獣並みに五感が鋭い……！　むしろ魔獣より鋭いっ」

アナが顔を青ざめさせ、ケイトが涙を隠すように両手で顔を覆い、エルサが褒めるように目を輝かせた――……多分褒めたと思う。魔獣より五感が鋭い人間とか、どうなのかなとは思うけれど。

あぁ恥ずかしすぎる……！　と後退《あとずさ》った私を見て、ついさっきまで冷たく前を見据えていた瞳が砂糖菓子のように蕩《とろ》けた。

引き結ばれていた口角は楽しそうに上がり、剣戟《けんげき》の合間も一切感情を表さなかった彫刻に命が吹き込まれる。

明らかなルカスの変化に騎士までざわめき始める中、フィンさんから上着を渡されたルカスが渡り廊下へと続く出入り口へ足を向けたから。

「——ッ庭園へ行くわっ」

ここで掴《つか》まったら絶対に恥ずかしい目に遭う……！

それだけはなんとしても避けないと、とパッと身を翻し、隠れられる場所を求める子供のように色とりどりの薔薇が咲き誇る庭園へと逃げ込んだ。

カサッ……とドレスの裾が草花を擦る。

なんとか捕まらずに辿《たど》り着いた庭園内。サクサクと歩を進めている最中、ふと艶やかな蕾《つぼみ》が目に入って足を止めた。

——そういえば昔、薔薇を渡してくれた庭師の子がいたな。

思い出し、自分の視線よりもほんの少しだけ高い植え込みを見つめていると突然ふわっと風が吹き、花びらが踊るように私の周囲を舞った。

まるで慰めるような優しすぎる風に周囲の気配を窺《うかが》うも、まぁ当然、私にわかるわけなんてなく。

咲きかけの薔薇を指先で撫《な》でながら、拗《す》ねたような声が出てしまったわ。

「……もう、どうして私の場所がわかるの？」

「ハハッ、……知りたい？」

案の定、背後から低く深い大好きな声が当たり前のように応えてくれた。

植え込みに影ができたかと思うと、後ろからスッとオレンジの薔薇が一本差し出され、胸がトクトク……ではなく、ドクドクと動揺で騒ぎ出しちゃったわ。

ルカスさんが私をこんな簡単に見つけられる理由なんて、石鹸《せっけん》で手を洗っても外れる素振りを一切見せない指輪のせいだとは思う。……思うけれど、オレンジの薔薇の花言葉は『あなたの魅力に目を奪われる』……！　なんだか意味深!!

万一エルサの言った通り、驚異的な五感で見つけ出してたら――た、例えば、匂いとか……っ。

恥ずかしい予想が脳裏を過《よぎ》った瞬間、耳横で誘いかける声が響いて、ドレスの中がぶわっと熱を持った。

「……優美に花弁を開く薔薇はとても良い匂いがするんだよ、ツェツィ」

「――ッ……き、綺麗《きれい》に、咲いてますね……」

……意味深すぎるぅ……っ。逃げてごめんなさい……！

「うん、本当にね。受け取ってくれますか？」

「ありがとうございます、ルキ様……」

綺麗に棘《とげ》が取られた薔薇を受け取り、呼ぶ声に謝罪を込める。

そして真っ赤な顔をそっと、そーっと動かして横を見ると、サラリと夜色が私の前髪にかかった。

チュッ……と軽いキスが落とされて、金の瞳が縛るように私を見つめる。

「……っ」

こんなところで――そう声を上げようとしたのに、羽のように軽い口づけとは裏腹に瞳の奥には重すぎる執着心が浮かんでいて、舌が震える感覚がした。

「……あ……」

零れたのは強請《ねだ》るような喘《あえ》ぎで。応えてくれたのは、激情を孕《はら》んだ求愛だった。

「次、俺を喜ばせておきながら逃げたら、その場で奪うからな……！」

「んぅ……ッ」

私の不安を見透かしておきながら、慰めるのではなくその不安《気持ち》が嬉しいと噛《か》みつくようなキスで伝えられて、心の中の醜い気持ちがあっけなく溶かされてしまう。

強欲な愛に満たされた身体から力が抜けたから、無性に悔しくなったわ。

「んっ……だ、だってルキが、蒼薔薇の騎士って呼ばれてるから……っ」

「――……は？」

子供みたいだと思いながら発した言葉に、金の瞳が大きく見開かれた。

「なんだそれ」と顔満面に驚きが浮かんだから、苛立《いらだ》ちが募ってしまって仕方なくて。喧嘩《けんか》を売るように近くにある顔を睨《にら》みつけたわっ。

あんなに持て囃《はや》されているのに知らないなんて、もう少しご自分がモテることを自覚したらどうですか!?

「あなた、『蒼薔薇の騎士』様って陰で呼ばれて人気なのよっ」

「……えぇ……」

伝えた途端、秀麗な顔に苦いモノを食べたような表情が浮かんだから、笑いそうになったわ。

「……もしかして、知らなかったんですか？」

「知らない。なんだ薔薇って……どう考えても褒めてないだろ」

そういえばこのヒトって、十才から騎士団育ちだったっけ。

女神像バリの美貌に目を奪われがちだけれど、騎士を花に例えるのは、どう考えても褒め言葉にはならないか。

羞恥を覚えているのか、うっすらと染まった目元に心が軽くなる。

現金だなと心の中で自嘲しながら、我慢できずにふふっと笑いが零れてしまったわ。

「じゃあルキには、蒼薔薇と呼ばれることに思うところも心当たりもないんですか？」

拗ねた顔が可愛くて、ただ揶揄《からか》いたかっただけだった。

まさかこのちょっとした発言で、愛《いと》しい真実に会えるだなんて思いもしなかった——。

「心当たり？　……あぁ、どうして蒼なのかはわからないけど、薔薇の花だけは勘違いされたら困るから、ツェツィにしか渡したことがないせいかもな」

渡さなかったからあだ名にするとか、イヤミっぽいな貴族の令嬢って……と完全に勘違いしている呟《つぶや》きに、貴族とはそういうものですよとツッコむことすら思いつけない。

「——渡したことがなかった……っ？　え、でもっ、私が正式にあなたから薔薇を貰《もら》ったのは婚約してからで、呼び名と時期が合いません。それ以外でお花をくださった方は、秘密の方と庭師くらいで——……っ」

脳裏に過ったのは、私の腰に回る大きな手と同じようになっていたボロボロの黒い手袋。

そして意思の籠もった声で『あとは美しく咲くだけです』と努力を称《たた》え慰めてくれた少年の声。

あれはいつだった……っ？　確かフェリクス様と会った帰り、認めてもらえない虚《むな》しさに耐えられず泣きそうになって、今と同じように訓練場の近くの庭園《ココ》へ逃げ込んで――!!

信じられない思いでルカスを凝視する。すると私の愛しい愛しい旦那様は、顔満面にどす黒い殺意を浮かべながら答えてくれたわ……。

「言った通り、あのときの花は今とても美しく、艶《あで》やかに咲き誇っているだろう？」

だからフェリクスの言葉に傷つく必要なんて一切ないんだ、と淀《よど》んだ瞳で脅すように告げられて、ぷるぷる震えちゃったわ。

ねぇお願い、思い出し怒りしないで。あの六年間にあなたとの思い出があったんだと、感動する時間をください……っ。

「そ……そうだったらとても嬉しいです。あの……あの後、勝手に摘んで怒られなかったか気になっていて……。私を元気づけてくれた優しい庭師さんがどうなったかご存じでしたら、教えてくださいませんか……？」

知りたい一心で怖々と口を開くと、ルカスが肩を竦《すく》めた。

「さあね。案外王家のバカに罪を擦《なす》りつけて、うまいこと逃げたんじゃないか。フェリクスは当時から色んなご令嬢にホイホイあげてただろ」

「……そ、そういえば庭園の花を勝手に手折るなと、レオン様に注意されていたような……っ」

明かされた秘密に項垂れそうになっちゃったわ……感動する隙がない。

「ほらな」

「……ほらなって、ルキったら。フェリクス様は自ら花を手折るなんて、絶対にしない方じゃない」

「クズでさえ花を渡すんだ。庭師だろうが騎士だろうが、恋い焦がれてやまない相手がいれば、花の一本や二本勝手に手折ることだってあるよ」

ふんっと一切の後悔を見せない姿に、……その想いの重さに安堵《あんど》すら覚えて胸が締めつけられる。

「……もう、そんな風に素敵だから、令嬢方から蒼薔薇の騎士様って呼ばれてしまったのよ」

好きだと伝えたくて。あのとき触れ合えなかった思い出を塗り替えたくて、傷んだ革へ手を伸ばし指を絡めると、期待を孕んだ声が降ってきた。

「……褒めてる？　それとも嫉妬してくれてる？　それとも、誘惑してくれてるの？」

すぐ気持ちを聞きたがって、なんてズルくて可愛《かわい》いヒトなのかしらねっ。

「ふふっ、騎士様はどれだと思います？」

嬉しくてきゅっと手を握り締めると、眼前のご尊顔がキリッとしたわ。

「誘惑で」

相変わらず欲望に素直……。でも、この素直さが私の苦しみを喜びに変えてくれることを知っているから。

愛しいあなたと、新しい思い出を――と手に持った薔薇に口づけてから、その花弁をルカスの口元へそっと寄せて囁《ささや》いた。

「……では、こちらをどうぞ、蒼薔薇の騎士様」

「――……まるであなたのように、とても艶やかで甘い薔薇ですね、御夫人。過分すぎる施しをありがとうございます。お返しを、お許しくださいますか？」

きちんと私の願いをくみ取ってくれた彼に微笑《ほほえ》んで、「ええ、喜んで」と背伸びをした――。

悪《あく》役《やく》令《れい》嬢《じょう》と鬼《き》畜《ちく》騎《き》士《し》4

猫田

2024年1月5日　初版発行

著者　猫田

発行者　野内雅宏

発行所　株式会社一迅社
〒160-0022 東京都新宿区新宿3-1-13　京王新宿追分ビル5F
電話　03-5312-7432(編集)
電話　03-5312-6150(販売)
発売元：株式会社講談社(講談社・一迅社)

印刷・製本　大日本印刷株式会社

DTP　株式会社三協美術

装丁　AFTERGLOW

ISBN978-4-7580-9608-9

MELISSA